HEYNE <

Das Buch
Joachim hat schon bessere Tage gesehen: Seit der Trennung von Joy vegetiert er, umzingelt von leeren Bierflaschen, in seiner Single-Wohnung vor sich hin. Bis eines kalten Dezembertages ein Paket vor seiner Tür steht – mit einem quicklebendigen Hausschwein darin. Ein Gruß von Joachims Exfreundin? In Begleitung des neugierigen Schweinchens, das er auf den Namen Mookie tauft, begibt er sich an Heiligabend auf die Suche nach dem Absender. Auf seiner Odyssee quer durch die Großstadt findet er sich nicht nur Karten spielend im Wohnzimmer syrischer Geflüchteter wieder, sondern stolpert auch über verlorene Väter und die große Liebe. Bald wird klar: Mookie wird Joachims Leben für immer verändern.

Die Autorin
Laura Wohnlich, 1992 in Basel geboren, schreibt eigentlich schon immer. Unter anderem wurden ihre Texte im Entwürfe-Magazin und in der WELT veröffentlicht. Sie war Mitglied beim jungen Theater Basel, stand auf der Bühne und verfasste Drehbücher. 2017 erhielt sie vom Literarischen Colloquium Berlin ein Aufenthaltsstipendium. Ihr Debütroman SWEET ROTATION (2017) war »traurig und lustig, geistreich und psychologisch ausgeklügelt« *(SRF).*

LAURA WOHNLICH

MOOKIE

Weihnachten mit Schwein

ROMAN

WILHELM HEYNE VERLAG
MÜNCHEN

FSC
www.fsc.org
MIX
Papier aus verantwortungsvollen Quellen
FSC® C014496

Verlagsgruppe Random House FSC® N001967

Originalausgabe 10/2020

Redaktion: Joscha Faralisch
Printed in Germany
Umschlaggestaltung und Illustration:
Eisele Grafik Design, München
Satz: Leingärtner, Nabburg
Druck und Bindung: GGP Media GmbH, Pößneck
ISBN: 978-3-453-42443-2

www.heyne.de

1

ZWEI TAGE BEVOR das Schwein in sein Leben trat, wachte Joachim davon auf, dass sein Schädel glühte. Während er die Augen öffnete, war die erste Vermutung, dass es sich um Fieber handelte. Als er jedoch zur Decke blickte und ihm bewusst wurde, wo er gerade lag, musste er sich eingestehen, dass er gestern lediglich wieder zu viel getrunken hatte. Es war Dienstagmittag, keine ungewöhnliche Zeit für ihn, um in den Tag zu starten, aber er hätte eigentlich im Bett und nicht neben der Couch aufwachen müssen. Seiner letzten Erinnerung nach hatte er nämlich gestern Abend im Bett, nackt und in einen leeren Deckenbezug gewickelt, zum einundfünfzigsten Mal versucht, eine neue True-Crime-Serie anzusehen, die gerade angelaufen war und in seiner Stadt spielte. Seit er sich nicht mehr länger als fünf Minuten am Stück auf eine Sache außerhalb von sich selber konzentrieren konnte, war sein Streaming-Abo eigentlich überflüssig.

Da ihm fürs Aufstehen noch die Kraft fehlte, blieb er erst mal zweieinhalb Minuten liegen und verglich mit einer Mischung aus Ekel, Selbstentfremdung und Faszination den Staubanteil mit der Anzahl vergessener, wertlos gewordener Gegenstände unter seiner Couch. Ein nicht EU-konformer Adapter, ein Kugelschreiber ohne Mine, irgendein Schraubschlüssel für ein Möbel, das er nie aufgebaut hatte – alles Dinge, die er sich irgendwann mutwillig angeschafft haben musste, deren Existenz ihm aber zum jetzigen Zeitpunkt fast noch unwirklicher erschien als seine eigene.

Fieber, vierzig Grad, so fühlte sich das an. Ein neuer Tiefpunkt, nicht nur aufgrund der Bodenlage.

In diesem Augenblick begann sein Festnetztelefon zu klingeln. Ein Gerät, von dem er als letzter Mensch auf Erden tatsächlich noch Gebrauch machte, da sein Handy in letzter Zeit öfters wohnungsintern abhandenkam.

Unmöglich indes, ans Abheben zu denken. Er lag schließlich im Sterben. Vielleicht sollte er sich darüber sogar freuen: Vorbei der Terz, dann konnte er endlich die Füße hochlegen und musste sich nicht mehr kümmern. Worum auch immer.

Er wartete, bis der Anrufbeantworter anging. Eine fremde Stimme rief: »Oh, sorry! Ich glaub, ich hab mich verwählt. Fröhliche Festtage!«

Fröhliche Festtage. Dieses Stichwort brachte Joachim dazu, aufzustehen und zum Telefon zu gehen, um es auszuschalten. Sicher war sicher. Dann manövrierte er sich in die Küche, deren Zustand seinem aktuellen Lebensstil alle Ehre machte. Ein dreidimensionales Zeugnis des Verkommens breitete sich vor ihm aus, bestehend aus von verkrusteten Fetzen beherbergten Pizzakartons, wahllos verstreuten Aschehäufchen sowie dreckigen Geschirrstapeln, die sich längst von der Küchenzeilenzone auf Tisch und Fußboden ausgedehnt hatten. Scherben-Puzzle, Bierdosenarmee, kaputter Stuhl, und an diversen Sammelpunkten befanden sich vermutlich auch noch ein paar Überlebende aus der Ameisenstraße des diesjährigen Sommers. Was nicht ins Bild passte: die hochwertige Saftpresse aus Edelstahl, unversehrt und sexy auf einem Schemel in der Ecke thronend. Die hatte Joachim sich für einen halben Monatslohn bei *Grüne Perlen* bestellt, ohne dabei die Absicht zu hegen, sich damit jemals einen sogenannten Smoothie zu mixen. Es war ihm beim Kauf vor allem um die simple, voraussehbare Kausalkette gegangen, die eine Internetbestellung mit sich brachte und die eine beruhigende Wirkung auf ihn hatte.

Er öffnete den Kühlschrank. Dieser offenbarte das klassische Stillleben eines anspruchslosen Singlehaushalts: Gouda in quadratischer Scheiblettenform, eine halbe Packung Vollkorntoast, drei angematschte Tomaten, vier Eier, ein Kilo griechischer Joghurt, offen und mit Film überzogen, in dem eine verweste Gabel steckte, und – warum auch immer – drei Zuckertütchen.

Joachims Blick in den Kühlschrank verfolgte keinen konkreten Zweck, sondern war ein reiner Gewohnheitsimpuls, denn ihm war absolut klar, dass er sich nichts zubereiten, sondern wieder etwas bestellen würde.

Immerhin fühlte er sich trotz des horrenden Katers körperlich in der Lage dazu, einen Joint zu drehen.

Joachim hatte erst vor einem Monat angefangen zu kiffen und war in keinster Weise begabt darin. Was er da zusammenrollte, glich eher Hexenfingern aus Kindercartoons als etwas, das sich Gangster in Rapvideos auf Parkplätzen im Kreis reichten. Auch die Wirkung trug nicht das Geringste zur Optimierung seines Wohlbefindens bei, abgesehen davon, dass er manchmal schneller einschlief.

Er zündete sich den Joint an und begann nach seinem Handy zu suchen. Er hoffte einfach mal, dass er es nicht wieder beim letzten Spätkaufausflug auf der dortigen Kaffeemaschine hatte liegen lassen, so wie vorgestern. Ali, der sechzigjährige Verkäufer und Besitzer des Ladens, hatte besorgt aufgeseufzt, als Joachim in den Laden gestürmt kam, und dann, als er das Handy entdeckte und an sich riss, wissend und traurig genickt.

Joachim konnte sich nicht erinnern, wann er zum letzten Mal tagsüber das Haus verlassen hatte, abgesehen natürlich von den Fixeinkäufen bei Ali gegenüber. Diese sechs Meter über die Straße hin und zurück schaffte er gerade noch, obwohl jeweils sofort Herzrasen einsetzte, wenn die Haustür hinter ihm ins Schloss fiel und der typische Draußengeruch in seine Nase stieg. Ohne sein Smartphone blieb ihm nichts anderes übrig, als in den Einstellungen des Fernsehers nachzusehen, was heute für ein Datum war. Der 21.12. Vorweihnachtszeit, die Stadt war derzeit also zu einem einzigen *Stairway to hell* umfunktioniert: bräsige Feierabendhalunken vor Glühweinständen, seriöse Geschäftsfrauen, die plötzlich Bommelmütze trugen, irgendwelche Freaks in polyesterlastigen Engelskostümen, die in windgeschützten Passagen Spendenbüchsen rüttelten. Das alles hätte als Grund für seine selbst auferlegte Isolation ja bereits völlig ausgereicht. Wenn er sich dieses Alibi denn selbst abgekauft hätte.

Da war es, im Flur lag es, genau da, wo es hingehörte: Sein mobiles Empfangsgerät, ordentlich an ein Ladekabel angeschlossen auf seinem Staubsauger, der hier seit seiner Anschaffung als offizielle Ablagefläche fungierte. Irgendwie schauderhaft, dass man diese ganzen trivialen Vorgänge, die einen zeitgemäßen Alltag regulierten, dann doch immer noch im Griff hatte, auch wenn gerade der ganze Rest des Lebens den Bach runterging.

Immerhin: Er gab dreimal seine PIN falsch ein und musste nach dem Zettel mit der PUK suchen. Den er natürlich nicht fand, weil es ihn höchstwahrscheinlich nicht mal gab. Also musste er sein Festnetztelefon wieder anschließen und damit bei seinem

Anbieter anrufen, sich sieben Minuten lang dasselbe Lied in der Warteschleife anhören, und schließlich eine merkwürdige Identifikationsabfrage über sich ergehen lassen, nur um nach durchstandener Schmach festzustellen, dass bloß eine neue Nachricht auf seinem Smartphone eingegangen war. Es handelte sich um eine Sprachnotiz seiner Mutter, versandt vor vier Tagen. Joachim war ein bisschen mulmig zumute, als er auf Play tippte.

»Lieber Jo, wie geht's dir so? Kommst du gut zurecht? Ich hab mich gefragt, was du Weihnachten so machst ... Also, ich hab ja keine Pläne, wie immer. Aber wenn du vorbeikommen willst, komm ruhig, ich bin da. Dann können wir was Schönes kochen und einen alten Film gucken oder so was. Gib mir doch Bescheid.«

Vier Tage! Joachim schämte sich dafür, dass er sich nicht aufrichtig schämte, und beschloss, ihr zu antworten, nachdem er etwas gegessen hatte und wieder einigermaßen hergestellt war.

Joachim rief bei Cha-Che-Doh an. Der Gedanke an Junkfood widerte ihn an, er brauchte heute mal wieder etwas Hochwertigeres, also kontaktierte er den einzigen ihm bekannten Laden, der keine Pommes im Sortiment hatte.

»Guten Tag, Cha-Che-Doh, was kann ich für Sie tun?«

»Einmal Sushi bitte.«

»Welche Box?«

»Wie, Box?«

»Welche Sushibox möchten Sie? Was soll drin sein?«

»Ach so, na, roher Lachs, Algen, Wakami, nennt man das glaube ich. Aber ohne Wasabi, wenn's geht.«

»Wakame? Ja. Also, online können Sie die Liste sehen mit den Sushiboxen, die wir anbieten. Da können Sie einfach eine auswählen, die Ihnen gefällt. Eine Bestellung ist ab fünfzehn Euro möglich.«

»Ich seh keine Boxen.«

Die Stimme am Telefon leierte eine unverständliche Aufzählung herunter.

Joachim sagte: »Nummer sechs.«

»Also einmal die Nigiri-Box mit Thunfisch und Avocado?«

»Ja, ja, ja. Und wenn's geht, dazu eine Portion Edamame.«

»Okay. Ingwer?«

»Was?«

»Okay. Und was zu trinken dazu?«

»Nicht durstig.«

»Wie? Ja, aber dann sind Sie erst bei zwölf Euro. Wir haben hausgemachten Eistee.«

»Ganz sicher nicht. Wein?«

»Sake, ja, also Reiswein. Aber nur in ganzen Flaschen.«

»Gut, dann den Weißwein.«

»Reiswein.«

»Ja, ja, ja.«

»Okay, gut. Wir sind dann so in dreißig Minuten bei Ihnen.«

»Dann muss ich Ihnen wohl noch meine Adresse durchgeben …«

»Nein, nicht nötig, steht hier im System, Ihre Nummer ist eingespeichert. Null drei sechs neun am Ende, oder? Ist es noch die Falkenstraße?«

»Na, großartig. Ja.« Als ob er da je per Festnetzanschluss angerufen hatte. Doch, musste wohl passiert sein.

»Ja. Also, bis gleich, schönen Abend noch, Herr Borst. Und frohe Festtage.«

Joachim legte wortlos auf. Borst, dass man ihn jetzt auch noch daran erinnern musste. Beim Stichwort Nachname musste er nämlich direkt wieder an Joy denken, die ihn immer Joachim B. genannt hatte, weil laut ihren Angaben ganze vier Joachims in ihrem Bekanntenkreis vertreten waren und es in ihrem Kopf zu viel Verwirrung stiftete, jeden von ihnen einfach Joachim zu nennen. Daher hängte sie kreativerweise allen den Anfangsbuchstaben des jeweiligen Nachnamens an: Joachim M., Joachim F., Joachim B. Die Ausnahme bildete indes Joachim Berger, ihr sogenannter Kindergartenfreund. Das Problem lag auf der Hand: Doppel-B. Jenen Joachim nannte Joy also als einzigen einfach nur Joachim. Schikane pur, ihm, Joachim B., gegenüber. Aber er hatte schnell festgestellt, dass ihm nichts anderes übrig blieb, als sich daran zu gewöhnen, weil Joy in zwischenmenschlichen Dingen eine Hartnäckigkeit an den Tag legen konnte, gegen die man mit Vernunft kaum ankam.

Egal, das mit ihr war eine abgeschlossene Geschichte. Worüber er vermutlich froh sein sollte. Wer hieß schon ernsthaft so, Joy Verga? Der Name klang wie eine Mischung aus Porno- und Achtzigerjahre-Actionstar. Aber Joy hatte mehrfach beteuert, dass sie wirklich so getauft worden war, auf Wunsch ihres Vaters, der angeblich in Texas das Licht der Welt erblickt hatte. Sie selbst sprach kein Englisch und verkörperte optisch das exakte Gegenteil eines Erotiksternchens. Ihre Haare hatten Joachim an Löwenzahnblüten erinnert, aber nicht an solche, die gelb und vor Leben strotzend auf Sommerwiesen leuchteten, sondern eher an jene, die man als Kind an verlassenen Landstraßen zum Auspusten abgerissen hatte.

So. Warten also. Da Joachim nichts in den Sinn kam, womit er sich hätte ablenken können, blieb er einfach auf der Couch sitzen und wartete. Es hatte nicht ansatzweise etwas Meditatives an sich. Vielleicht auch, weil er den Joint inzwischen aufgeraucht hatte.

Dennoch saß er dreißig Minuten lang so da. Vierzig Minuten. Eine Dreiviertelstunde. Joachim erhob sich, trat ans Fenster und blickte hinaus. Zwei junge Männer, Jungs vielmehr, marschierten im exakt gleichen Gang – Neandertalerhaltung und Stechschritt – über die Straße. Beide trugen eine Bauchtasche diagonal überm Brustkorb. Sie betraten die Bar neben Alis Spätkauf, *Quelle* hieß sie und war immer leer, außer wenn irgendein Regionalligaspiel auf dem Flatscreen überm Flipperkasten gezeigt wurde. Dann trudelten meistens ein paar Lkw-Fahrer ein, die Joachim bei gekipptem Fenster im Viertelstundentakt grölen hörte. Fußball, das Sport gewordene Grauen. Insbesondere wenn man noch nicht mal selber auf dem Rasen aktiv war, sondern sich bloß als *Fan einer Mannschaft* verstand. Joachim konnte nicht nachvollziehen, wie ein halbwegs gesunder Geist es fertigbrachte, sich ein Fußballspiel anzuschauen. Für ihn kam das mittlerweile einer Folter gleich. Als ob er mit ansehen müsste, wie jemand stundenlang einen Salzstreuer auf einem Tisch sinnlos hin und her schiebt.

Er wartete, bis die dünnen Buben mit einer offenbar drinnen ergatterten Zigarette, die sie sich brüderlich teilten, wieder auf die Straße getreten und schließlich um eine Ecke gebogen waren, dann setzte er sich zurück auf die Couch und drehte sich einen zweiten Joint. Für später, nach dem Essen, wenn der schlimmste Teil des Tages anfangen würde: der zähe Stundenbrei, genannt Nachmittag, in dem es einzig und allein darum ging, die Zeit irgendwie totzuschlagen, bis es endlich Abend wurde, die Dunkelheit von draußen einen Schatten auf die eigene Lebensrealität legte und er sich nicht mehr allzu deutlich an jene Erkenntnis erinnerte, die seinen jetzigen Zustand herbeigeführt hatte.

Sie, diese Erkenntnis, hatte ihn vor zwei Monaten ereilt, an einem hundsgewöhnlichen Mittwochabend. Joachim befand sich auf dem Heimweg von der Arbeit, hatte sich gerade eine angetrocknete Laugenstange gekauft und wollte den Weg durch die U-Bahnstation zur Rolltreppe antreten. Es ging nicht. Aus heiterem Himmel verweigerten seine Füße den Dienst.

Er stand da, wie angewurzelt, angerempelt von Menschen, die glaubten, es eilig haben zu müssen. Die wussten, wo sie hinwollten. Er hatte es vergessen. Er sah den grauen Bahnsteig vor sich und verstand auf einmal nicht mehr, wie er in der Lage sein sollte, ihn entlangzugehen. Und dann tauchte da urplötzlich diese erschütternde Frage in seinem Kopf auf, die er irgendwann mal irgendwo gelesen und bis dato wieder vergessen hatte: *Wie sah dein Gesicht aus, bevor deine Urgroßmutter geboren wurde?* Er wusste nicht, warum ihm diese haarsträubende Frage, die als *spirituelle Übung* in der Biografie eines buddhistischen Zenmeisters gestanden hatte, ausgerechnet jetzt wieder einfiel. Das Einzige, das er wusste, war, dass er keinerlei Vorstellung davon hatte, wie das Gesicht seiner Urgroßmutter ausgesehen hatte. Folglich konnte er sich auch nicht ganz sicher sein, wie sein eigenes aussah.

Und dann war auf einmal alles weg. Alles, woran er je gedacht hatte. Alles um ihn herum. Sein Blick konnte sich an nichts mehr festhalten. Er hatte keine Erinnerung mehr an das, was vor fünf Minuten gewesen war, geschweige denn an das, was in fünf Minuten sein würde. Er konnte sich nicht mehr rühren und seine Hand ließ die Laugenstange los, die mit einem nichtssagenden Geräusch auf den Boden plumpste. Seine Existenz war völlig unbedeutend. Das wurde ihm in diesem Moment klar. So unbedeutend wie das fettige Plastikpapierchen, das sich zusammen mit einer steifen Serviette und der Laugenstange den Platz in einem Papiertütchen geteilt hatte und das jetzt auf die U-Bahngleise flatterte. Sinnlos. So wie der Kaugummi auf dem Boden da unter dem Mülleimer oder die Tränen des kleinen Jungen zu seiner Linken, der von seiner Mutter vom Kiosk weggezerrt wurde. Komplett sinnlos und vergänglich war das alles. Alles war vergebens. Seine unbekannte Urgroßmutter. Sein per Zufallsgenerator erstelltes Gesicht. Dieser sogenannte Feierabend. Sein Werdegang. Das Dach über seinem Kopf, das gerade nicht mal ein richtiges Dach war, sondern bloß der Boden unter den Füßen der Passanten oben auf der Straße. Deren Leben wiederum auch sinnlos waren. Es schien keine Zeit mehr zu geben. Er war verloren. Er wusste nichts, er hatte nichts, er war nichts.

Seither ging es ihm so wie jetzt. Er schaffte es irgendwie weiterzuleben, das schaffte man ja immer irgendwie. Aber er konnte nicht mehr zur Arbeit gehen und fühlte sich nur noch einigermaßen sicher, wenn er zu Hause blieb. Das Büro, in dem er seither nicht mehr erschienen war, befand sich in einer Agentur, die sich als hippe Verschmelzung von Event- und Werbedienstleistungsbetrieb verstand und allen Ernstes den Namen Verdopplereffekt trug. Er arbeitete dort in der Rechtsabteilung, von der fraglich war, weshalb man sie überhaupt ins Leben gerufen hatte. Denn Joachims einzige juristische Tätigkeiten bestanden darin sicherzustellen, dass die Grafiker keine allzu strafrechtlich relevanten Urheberrechtsverletzungen begingen, und Verträge aufzusetzen, die man auch problemlos hätte gratis irgendwo downloaden können. All das erschütternderweise aber irrwitzig gut bezahlt. Manchmal entwarf Verdopplereffekt Promovideos für Kreditunternehmen oder Flugschulen, seltener hatten die Projekte etwas mit nachhaltigen Bauplänen für vergessene Vorstadtsiedlungen zu tun. Oft genug ging es darum, irgendeiner Cateringfirma abzusagen. Alles in allem also in jeglicher Hinsicht unbefriedigend, vage, ein großer Hipsterfurz. Der Fairtrade-Kaffee hatte scheiße geschmeckt, und Joachim hatte eigentlich schon lange nach einer Entschuldigung gesucht, um dort abzuspringen, was er jedoch erst nach dem Urgroßmutterdebakel geschafft hatte. In Form einer halb garen Mail übrigens, in der er sich erst mal eine Auszeit bis Weihnachten erbat. Von seinem Chef Michael Solmecke kam nie eine Antwort.

Joachim fixierte mit den Augen seit drei Minuten einen Punkt knapp oberhalb der Türklinke, als endlich der fürchterliche Brummton der Klingel erklang, der ihn jedes Mal in Alarmbereitschaft versetzte.

Er sprang auf, ohne dabei seinen Blick von der Tür zu lösen, und stieß sich dabei den Zeh an einem der von ihm relativ wahllos in der Wohnung verteilten Einrichtungsgegenstände. Der unmittelbar einsetzende Schmerz war immens, aber er konnte ihm vorerst keine Beachtung schenken, denn die aktuelle Priorität lautete: Essen entgegennehmen. Die kausalketteninterne Reihenfolge durfte nicht unterbrochen werden.

Vor der Tür stand ein Typ, der aussah, als sei er gerade erst aufgestanden oder als hätte er seit zwei Tagen nicht geschlafen. Alterstechnisch schien zwischen zwölf und zweiundsechzig alles möglich zu sein.

Mit devotem Blick streckte er seine dünnen Ärmchen aus und überreichte Joachim die Sushibox.

Joachim wusste nicht, was er sagen sollte. Er hatte eigentlich seinen ganzen Frust aufgrund der Gesamtsituation in Zorn über die Verspätung kleiden wollen. Er war schon bereit gewesen, dem zufälligen Opfer in Lieferantenkleidung eine Szene zu machen, aber bei einer Person wie jener, die da vor ihm die Schultern hängen ließ, ging das nicht. Ihre unterwürfige Ausstrahlung konnte einem Menschen ohne diktatorische Ambitionen nur unangenehm sein.

»Wie viel schuld ich dir denn?«, versuchte Joachim, etwas Normalität in die Situation zu bringen.

»Äh …« Der Lieferant schielte nach dem Beleg, den er Joachim zusammen mit der Box in die Hände gedrückt hatte.

»Oh, ach, so.« Joachim sah selbst nach. »Wow, sieben Euro für den Wein, stark.« Auf dem Gesicht seines Gegenübers war nichts als weiterhin tiefes Leiden zu sehen.

»Ich kann ja mit Karte bezahlen, oder? Ich hab nämlich kein Bargeld da.«

»Äh, normalerweise schon, aber … das Ladegerät ist gerade kaputt. Äh, Lesegerät, Lesegerät. Also, eigentlich wurde es heute Morgen repariert, aber da war ich noch nicht in der Filiale, und deshalb habe ich jetzt keins dabei leider, sorry.«

Joachim überlegte kurz, ob er ihm seine Karte geben und ihn zum EC-Automaten um die Ecke schicken sollte. Da er aber befürchtete, dass der Junge auf so einen Vorschlag hin fragen würde, ob er bei ihm einziehen dürfe, beließ er es dabei, ratlos die Augenbrauen anzuheben.

Als der Junge murmelte, es täte ihm leid, dass man ihm das am Telefon nicht gesagt habe, fiel Joachim ein, dass er irgendwo doch noch einen Zwanzigeuroschein herumliegen haben musste. Anfang Dezember hatte er den abgehoben, weil er im Vollrausch auf die fatale Idee gekommen war, Joy ein Weihnachtsgeschenk zu kaufen. Zum Glück waren kurz vor dem Betreten eines Drogeriemarktes, der wie das Tor zur Hölle hellblau aus der Dunkelheit hervorleuchtete, irgendwelche guten Geister zu ihm durchgedrungen, die ihn davon abhielten. Also kehrte er um und ging stattdessen zu Ali, um sich von dem Geld Bier zu kaufen. Doch auch dazu kam es nicht, weil er den Schein im Späti bereits wieder vergessen hatte und das Sixpack wie gewohnt mit Karte bezahlte. Und wie immer musste er noch was obendrauf legen, damit er auf die notwendigen zehn Euro kam, um das EC Terminal benutzen zu dürfen, diesmal entschied er sich für Salzstangen. Kurzum: die zwanzig Euro entdeckte er erst zu Hause wieder und warf sie irgendwohin, wo sie erneut in Vergessenheit gerieten.

Er humpelte durch seine Wohnung, während das Hämmern in seinem Zeh mit jedem Schritt schlimmer wurde. Er dachte an Dol, die Maßeinheit für Schmerz, die keiner benutzte, und fragte sich, wie lange es dauern würde, bis eine Amputation unumgänglich war. Dann fand er das Geld in der Küche, zusammengeknüllt hinter einem Gurkenglas.

Der Lieferjunge sah erleichtert aus. Joachim vermutlich auch.

»Na, das ist ja super. Vielen Dank.«

»Den Rest kannst du behalten. Schönen Tag noch und frohe Festtage.«

Joachim machte einen großen Rückwärtsschritt und schloss die Tür.

Durch den Spion linsend konnte er verfolgen, wie die traurige Gestalt ihre Transporttasche mit dem giftgrünen Cha-Che-Doh-Logo schulterte und schwerfällig zum Aufzug schlurfte.

Joachim streckte sich auf der Couch aus und begann, die erste Viererreihe der klebrigen Reiswürfel mit den bunten Mikroinhalten in Sojasoße zu tauchen und mit großen Schlucken den dubiosen Wein hinunterzuspülen. Hatte er noch nie getrunken, Sake, schmeckte aber dankenswerterweise weniger orchideenmäßig als erwartet. Aus der verstaubten Sonos-Box unterm Bücherregal stimmte Frank Sinatra im Radio derweil seinen Weihnachtsklassiker an:

Let your heart be light,
from now on all your troubles will be out of sight

Das wurde zwar mit jedem Jahr schrecklicher, konnte in diesem Moment aber immerhin als einigermaßen gelungene Zufallssatire verbucht werden, zumal Joachim zwischen zwei Bissen bemerkte, dass seine Socke im Bereich des verwundeten Zehs eine rötliche Verfärbung angenommen hatte.

Er ignorierte die Warnsignale, so gut es ging. Erst einmal wollte er in Ruhe zu Ende essen. Und eigentlich war es auch egal, er würde ja eh bald sterben, und bis dahin würde er vielleicht irgendwann noch mal dazu kommen, eine letzte Trommel anzuschmeißen, für die Henkerswäsche sozusagen, und die Blutsocke würde zusammen mit der Pisshose und dem Kotzschal in die Maschine wandern, auch wenn es dann schon zu spät wäre. Blutsocke, Pisshose und Kotzschal – unerlässliche Meilensteine in der Kausalkette *alkoholbedingter Verfall,* dachte Joachim noch, ehe ihm die Essstäbchen aus der Hand glitten und er einnickte.

Als er aufwachte, war die Nachricht seiner Mutter vergessen. Aber er hatte Glück, denn der Nachmittag schien schon fast überstanden zu sein, und spontan fühlte er sich gestärkt genug, eine Beschwerdemail an Cha-Che-Doh zu schreiben. Schön und gut, dass dieses Unternehmen zur Warenverteilung gebrechliche Jünglinge aussandte, denen man sich nichts an den Kopf zu werfen traute, aber die Geschäftsleitung sollte vor berechtigten Tiraden nicht verschont werden!

In so was war Joachim gut: geschäftsleitende Personen ausfindig machen. Binnen weniger Mausklicks hatte er die Mailadresse des zuständigen Filialchefs auf einem Portal, das sich dafür rühmte, Führungskräfte aus allen Herren Länder zu vernetzen, gefunden, gecopypastet und in die Empfängerleiste gepfeffert.

Es konnte losgehen.

Betreff: REKLAMATION!!!!!!
Sehr geehrter Herr Klosaki
Auch wenn das Wort Klo in Ihrem Namen vorkommt, finde ich es nicht angemessen, dass …

Nein, das war etwas zu dick aufgetragen für den Anfang.

Sehr geehrter Herr Klosaki
Ich hatte eigentlich schon immer eine Aversion gegen rohes Essen, und ab heute steht nun definitiv fest für mich, dass ich …

Hm, auch das war Quatsch, weil schon zu verworren. Er wollte seine Beschwerde einfach halten und den Zorn bündeln, um ihn kompakt und präzise auf seinen Gegner abzufeuern, sodass dieser mit einem Schlag ausgeknockt sein würde.

Vielleicht mal anders anfangen:

Hallo Herr Klosaki
Ihr Unternehmen stellt nicht nur ungenießbares Essen her, sondern auch unfähige Mitarbeiter ein, wie ich heute feststellen durfte.

50 Minuten Wartezeit – das ist selbst für rohen Fisch zu viel. Ich weiß, wir sind alle nicht perfekt, und jeder macht mal Fehler, aber meine Vermutung in diesem Fall ist, dass, wie bei den meisten Unternehmen, Sie als Chef das Arschloch und verantwortlich sind, für die mangelnde Motivation Ihrer Angestellten.

Okay, das driftete zwar völlig in eine überzogene Richtung ab, aber – es machte Spaß! Joachim tippte weiter.

Bestimmt sitzen Sie gerade mit Ihrer Frau Cordula zu Hause vor dem Kamin und lassen es sich gut gehen, während Ihre Angestellten sich die Hände wund schuften müssen und demnächst ein Burn-out erleiden werden. In Ihrem Falle heißt hier gut gehen wahrscheinlich: Ihre Frau, die Sie mit irgendeiner minderjährigen Praktikantin betrügen, hat gerade einen Glühwein für Sie gekocht und massiert Ihnen jetzt Ihre fleischigen, stinkenden Füße, während im Hintergrund eine Platte mit französischen Chansons läuft.

Joachim lachte sich ins Fäustchen. Absolut albern, was er da veranstaltete, aber befriedigend.

Sie sind hässlich, tippte er noch obendrauf, *und das wissen Sie natürlich, deshalb müssen Sie es mit Geld kompensieren.* So, jetzt aber mal zum Schluss kommen, sonst war seine Abscheu nicht mehr ernst zu nehmen.

Vielleicht können Sie diese besinnliche Zeit ja mal zur Abwechslung dafür nutzen, über wichtigere Dinge nachzudenken als das Bargeld in Ihrer Kasse. Haben Sie sich zum Beispiel schon mal überlegt, wie Ihr Gesicht aussah, bevor Ihre Urgroßmutter geboren wurde?

Sehen Sie. Wie dem auch sei. Vielleicht können wir aus diesem schrecklichen Weihnachten in diesem Jahr ja wenigstens irgendetwas voneinander lernen. Ich werde an Sie denken, während ich mir alleine Ihren SAKE hinter die Binde kippe. Machen Sie es gut, Herr Sushi-Boss

Okay, der Schluss war etwas melodramatisch geraten, aber für Klosaki reichte es allemal. Joachim schickte die Mail ab. Ein gutes Gefühl!

Dann trank er den fernöstlichen Wein leer und überlegte, ob er sich Nachschub organisieren sollte. Nein, vorerst wohl besser nicht, das Fiebergefühl beim Aufstehen war zu ätzend gewesen. Außerdem wollte er nicht schon wieder Alis kummervollen Blick im Rücken spüren, wenn er dessen Getränkeschrank aufmachte. Gras musste vorerst genügen. Und vielleicht mal doch lieber den Zeh verarzten.

Vorsichtig zog er die Socke vom Fuß. Okay, so übel sah die Sache nicht aus, es quoll zwar viel Blut aus ihr heraus, aber die Wunde an sich war nur ein kleiner L-förmiger Riss. Pflaster hatte er selbstredend nicht im Haus, also wickelte er Klopapier drum, das nach drei Sekunden wieder abfiel. Joachim tat sich selber leid. Ihm war nach Zweisamkeit zumute. Nach einem weiteren Atemorgan, das den Raum parallel zu seinem mit Kohlendioxid versorgte. Nach jemandem, der in der Lage war, Parolen wie »Zu viel Einsamkeit ist ungesund« rauszuhauen, woraufhin Joachim dann denken konnte, dass er doch lieber allein geblieben wäre.

2

JOACHIM HATTE SICH erst mal ins Bad zurückgezogen. In keinem anderen Raum einer Wohnung konnte sich die Nachlässigkeit ihres Bewohners so anklagend offenbaren wie hier: mysteriöse Gerüche aus dem Waschbecken, Pilzkulturen im Zahnbecher und vom Klobürstenbehälter wollte man gar nicht erst anfangen. Trotzdem verkörperten diese sechs Quadratmeter für Joachim einen zuverlässigen Rückzugsort, weil hier drin der Aktionsrahmen so klar abgesteckt war. Auch wenn er gerade nichts von den Dingen tat, für die ein Badezimmer vorgesehen war, sondern eingepfercht zwischen Wand und Wanne saß, mit dem Rücken zum Heizkörper, der nicht mehr funktionierte. Auch die Fliesen unter seinem Hintern waren kalt, und sein Steißbein lag genau überm Schaltknopf. Das tat weh, aber Joachim konnte sich nicht mehr rühren, diese Position hielt ihn vorläufig gefangen, während er mit klammer Hand den Joint anzündete. Plötzlich erschien ihm doch wieder denkbar, dass er Fieber haben könnte. Möglicherweise das Symptom einer Blutvergiftung. So was konnte ja schnell gehen. Seine Mutter hatte sich mal an einem Kalenderblatt des Monats Oktober einen minimalen Riss im Zeigefinger zugezogen und war mit einer Sepsis im Krankenhaus gelandet. Je mehr er darüber nachdachte, desto plausibler erschien ihm, dass sich in diesem Moment Staubpartikel einen Weg durch seine Blutbahn Richtung Herz fraßen, als unaufhaltsame Manifestation einer gerechten Strafe für seine fahrlässige Lebensweise.

Er wollte Joy anrufen, aber es war nicht möglich. Aus Angst vor seiner eigenen Stimme weigerte sich seine Hand, auf den Hörer zu drücken, also schrieb er ihr eine Nachricht. Das funktionierte.

Hallo Joy. Mir geht es nicht gut. Gedanken ans Sterben und bedenklicher Alkoholkonsum. Ich wollte es dir nur mitteilen. Nicht, damit du dir Sorgen machst, sondern einfach, damit du Bescheid weißt.

Joachim hatte keine ausgeprägte Todessehnsucht. Dennoch hatte er sich während der letzten zwei Monate immer mal wieder ausgemalt, wie es wäre, einfach aus der Welt zu verschwinden. Indem er beispielweise sieben Euro für eine Dombesteigung zahlte, zur höchsten Aussichtsplattform hinaufstieg, sich an der Sandsteinbalustrade hochzog und dann auf der anderen Seite hinunter in die Tiefe gleiten ließ wie ein Handtuch, das von der Haltestange rutscht.

Aber bis dato hatten sich solche suizidalen Fantasien jeweils ab dem dritten Zug an einem seiner Zombiejoints wieder aufgelöst, und er dachte stattdessen über den Paragrafen 6 des Strafgesetzbuches oder moosige Felswände nach. Heute aber löste sich überhaupt nichts auf. Stattdessen musste er wieder an seine gesichtslose Urgroßmutter denken und daran, dass es keinen, wirklich nicht einen einzigen Grund gab, länger zu warten.

Er stellte sich vor, dass Joy anrief. Ohne etwas zu sagen. Er stellte sich vor, dass er sie am anderen Ende atmen hören konnte, und seine Vorstellungskraft funktionierte so einwandfrei, dass sein Herz sich in Sekundenschnelle zu einem Stein verklumpte.

Er war allein. Er war wahrscheinlich selbst schuld daran, und er hatte den Moment verpasst, sich etwas anderes einzureden. Also ließ er den Gedanken zu, dass er sich nichts sehnlicher wünschte, als Joy zu sehen.

Joachim konnte im Nachhinein nicht sagen, warum er die Sache mit ihr nicht bei einem One-Night-Stand belassen hatte. Er fühlte sich weder merklich körperlich von ihr angezogen, noch fand er ihre favorisierten Gesprächsthemen ansprechend.

Trotzdem wuchsen sie, was den Geschlechtsverkehr betraf, zu so etwas wie einem *eingespielten Team* zusammen, obwohl ihm auch das rückblickend wunderlich erschien, denn er hatte sich bei ihr nie besonders viel Mühe im Bett gegeben.

Immerhin wirkten ihre Höhepunkte nicht vorgetäuscht, und sie sagte keine komischen Sachen wie »Du weißt ja sogar, wo sich die Klitoris befindet«, wie es eine andere Affäre vor ihr getan hatte.

Für den Rest der Beziehung schien das mit dem *eingespielt* allerdings nicht zu gelten: Rund zweieinhalb Monate nach dem ersten Treffen begann sich etwas in der zwischenmenschlichen Dynamik deutlich zu verschieben.

Zu Beginn hatte Joy sich lässig und unberechenbar gegeben und war auf Joachims Date-Vorschläge nie eingegangen, ohne ihm dabei zu vermitteln, dass sie eigentlich etwas Besseres zu tun haben könnte. Doch schon nach wenigen Wochen wurde sie immer anhänglicher und ängstlicher und schien ihre Tage nur noch danach auszurichten, ob und wann sich Joachim mit ihr treffen wollte.

Ihre anfängliche Coolness verebbte. Stattdessen waren da plötzlich stumme, haltlose Vorwürfe in ihren Blicken, wenn sie sich gegenübersaßen, während ihre Körpersprache eine ganzheitliche Verunsicherung signalisierte. Joachim registrierte diesen Wandel nur unterbewusst, aber das reichte aus, um sein Interesse an ihr umgehend abflachen zu lassen.

Joys Nachrichten begannen, ihn unter Druck zu setzen. Obwohl oder gerade weil er aus ihnen nicht schließen konnte, was sie eigentlich genau von ihm wollte. Der Reiz, sich auf sie einzulassen und sie näher kennenzulernen, auch wenn sie nicht sein sogenannter Typ war, kam abhanden. Bis er schließlich eines Tages so weit war, sich gar nicht mehr darum zu kümmern, ob und wann sie sich das nächste Mal sehen würden.

Stattdessen war es nun Joy, die fragte, ob er Lust habe, etwas zu unternehmen: Kletterhalle, Billardbar, Angeltour – Dinge, die sie selbst eigentlich gar nicht mochte und auf die Joachim erst recht keine Lust mehr hatte. Bald traute Joy sich nicht mehr, etwas anderes vorzuschlagen als abends mit einer Flasche Sekt bei ihm vorbeizukommen, und Joachim kam das gelegen.

Bis Joy eines Tages anrief – es war Herbst, draußen schwül und drinnen auch, die ganze Stadt wartete auf ein Gewitter, das nicht kam – und das Gespräch mit einem phänomenalen Schluchzer eröffnete. Besorgt fragte Joachim, was passiert sei, ob mit ihr alles in Ordnung war, und da jammerte sie, nein, gar nichts sei in Ordnung, überhaupt nichts, und daran sei er, Joachim B., schuld. Sofort verschwand das Bild einer blutüberströmt in einem Krankenhausbett liegenden Joy vor Joachims geistigem Auge. Es dauerte eine Weile, bis ihm dämmerte, dass er auf der Anklagebank saß, ohne eine Ahnung zu haben, was ihm vorgeworfen wurde. Also hörte er sich an, was Joy zu erzählen hatte. Es war eine Menge.

Sie heulte. Sagte, dass sie so nicht mehr weitermachen könne. Ihre Nerven lägen blank, seinetwegen. Seinetwegen könne sie sich nicht mehr auf ihre Arbeit konzentrieren, auf gar nichts mehr, sie sei nicht mehr sie selbst.

»Ich habe keine Lust mehr, von dir warmgehalten zu werden.« Er solle endlich aufhören, mit ihren Gefühlen zu spielen und ihr stattdessen sagen, was wirklich los sei.

Joachim, völlig unvorbereitet auf all das, fragte vorsichtig, was sie meine. Er habe doch gar nichts gemacht, was denn für ein Warmhalten? Und anstelle eines weiteren Schluchzers erklang am andern Ende ein bitteres Lachen: Genau, das sei ja das Problem, er mache nichts. Joachim blieb nichts anderes übrig, als perplex zu wiederholen: »Wie meinst du das?« Daraufhin sagte Joy bloß, sie sei sich zu schade für dieses kindische Scheißspiel, und legte auf.

Joachim hatte sich nie darüber Gedanken gemacht, was er für Joy empfand, im Gegenteil. Er hatte es genossen, das, was zwischen ihnen war, nicht benennen zu müssen. Sie war einfach zu einem sehr passenden Zeitpunkt in seinem Leben aufgetaucht. Kurz nachdem er zum ersten Mal die Arbeit geschwänzt hatte nämlich, lange vor dem Laugenstangenvorfall, als er von diesem Gefühl, das ihn an dem Tag überfallen hatte, bloß hie und da einen Vorgeschmack verspürte in Form des einen oder anderen unpassenden Gedankens. Er hatte zum Beispiel ab und zu im Büro auf dem Klo gesessen, den Jackenhaken an der Tür angestarrt und gedacht: *was soll das denn, welche verlorene Seele hat bitte schön diesen Haken da rangehämmert?* Oder sich, wenn er nach Feierabend in der U-Bahn saß, vorgestellt wie es wäre, einfach nicht mehr auszusteigen und immer weiterzufahren, bis zur

Endstation, und dann zu Fuß weiterzugehen, bis er in irgendeiner fremden Stadt ankäme, wo er unter falscher Identität ein neues Leben starten würde.

Joy hatte ihn von diesen Gedanken ablenken können. Zumindest anfangs, als sie noch kaum merklich bei ihm anklopften wie vereinzelte Tropfen, die sanft auf dem heißen Stein der Vernunft zerzischten. Als die Tropfen sich stetig vermehrten, wurde es schwieriger, sie zu ignorieren. Von Tag zu Tag sammelten sich mehr an, trichterten ihm ein, dass etwas verkehrt lief, bis sie sich schließlich, als Joy sich schon aus seinem Leben verabschiedet hatte, zu einer frevelhaften, unübersehbaren Lache in seinem Innern ausgebreitet hatten wie ein Ölteppich im Ozean und als Tsunami an besagtem Tag in der U-Bahn-Station über ihn hereinbrachen.

Er zwang sich aufzustehen.

Gerade als es ihm auf dem Weg ins Wohnzimmer gelungen war, nicht mehr an Joy zu denken, fiel sein Blick auf eine am Boden liegende Zeitung aus dem letzten Jahr. Bürgerkrieg und Einwanderungskrise und irgendein ausgebrochenes Virus. Wie weit weg das alles war. Aber ihm fiel plötzlich Muhammed ein, Joys neuer Partner. Der syrische Geflüchtete. Namen und Zahlen hatte er sich schon immer gut merken können im Gegensatz zu Gesichtern, und leider waren ihm in diesem Fall noch mehr Einzelheiten bekannt. Joy hatte Muhammed in irgendwelchen Arkaden kennengelernt. Wo er arbeitete, kaufte sie ein. Eine respektable Erstbegegnung in der echten Welt also. Sie und Joachim hatten sich damals hingegen über die Dating-App *Spinder* kennengelernt. Er stellte sich vor, dass gerade ein beschnittener Penis in Joy eindrang und dies der Grund dafür war, dass sie nicht antwortete.

Er brauchte einen Drink. In der Küche fand er sich vor die Wahl zwischen einem abgestandenen Whiskyrest und einem halb vollen Behälter Desinfektionsmittel gestellt, also raffte er sich auf und tigerte zum Späti, ohne eine Ahnung zu haben, wie spät es war.

Draußen war es unverändert düster und nieselig, und der Mond sah aus wie eine angesägte Fingerkuppe.

Auf dem Weg hin und zurück musste er an seine letzte Begegnung mit Joy denken. Ihr Schlussmachanruf lag jetzt etwa drei Monate zurück, und irgendwann danach, wenige Wochen später, waren sie sich noch mal über den Weg gelaufen, in einem Lebensmitteldiscounter, der sich im Untergeschoss einer sogenannten Mall befand. Joachim erinnerte sich daran, wie unwohl er sich dabei gefühlt hatte, sie anzusprechen, weil er befürchtete, Joy könnte noch immer sauer auf ihn sein und würde womöglich nicht davor zurückschrecken, in der Öffentlichkeit auszurasten. Aber er gab sich einen Ruck, weil alles andere peinlich bis absurd gewesen wäre, zumal er direkt hinter ihr stand in der Kassenschlange und sie ihn sowieso spätestens beim Bezahlen entdeckt hätte. Also stupste er Joy vorsichtig an und sagte: »Hallo, na, wie geht's?«

Joy sah nicht im Entferntesten so aus, als ob sie irgendetwas belastete, als sie sich zu ihm umdrehte. Im Gegenteil, sie strahlte auf eine Weise, die unmissverständlich zeigte, wer von ihnen beiden den gesünderen Verarbeitungsprozess durchlaufen hatte. »Hi!«, sagte sie fröhlich und fragte gleich, wie es ihm gehe und was er so mache. Joachim stotterte überrumpelt, nun, man erfülle halt so seine bürgerlichen Pflichten und kaufe ein, Backwaren. Er hielt die braune Tüte nach oben und schüttelte sie vielsagend, ehe er sie aufs Band legte, als sei das irgendwie lustig. Joy aber nickte ernsthaft und meinte: »Cool, ja, ich kaufe Vitamine ein«, ohne ihrerseits auf die Zucchini zu zeigen, die neben ihr her rollten und Joachim verblüfften. Während der Zeit ihres Zusammenseins hatte ihre einzige Bemühung hinsichtlich gesunder Ernährung darin bestanden, die Remoulade mit einem Taschentuch aus ihren belegten Brötchen zu kratzen. Und dann begann sie übergangslos von ihrem neuen Freund zu erzählen. Muhammed. Der ja so ganz anders als sei als er, Joachim B. Leidenschaftlich sei der und *gefühlsbetont* – an so was sei sie ja gar nicht mehr gewöhnt! Er hatte unbedingt gleich eine feste Beziehung mit ihr gewollt und mit seinem überbordenden Interesse an ihr nicht hinterm Berg gehalten. »Er macht mir ständig Komplimente, ohne Hintergedanken, sondern einfach, um mich lächeln zu sehen. Wenn ich glücklich bin, ist er es auch, sagt er immer. Und für ihn ist alles klar, weißt du, da gibt es keine schwammigen Aussichten. Er plant unsere gemeinsame Zukunft.«

Joachim war so überfordert, dass er sich noch nicht einmal persönlich angegriffen fühlen konnte. Statt sich irgendetwas anmerken zu lassen, tat er pflichtbewusst oder instinktiv so, als freue er sich für sie, indem er nickte und »schön, schön« murmelte, während er seine sechs Mehrkornbrötchen, das Bier und den Rotwein auf dem Kassenband neu arrangierte. Muhammed, vor zwei Jahren aus Syrien geflohen, sprach schon fließend Deutsch auf C2-Niveau. Er bezog seit vielen Monaten kein Geld mehr vom Staat, denn er war ein stolzer und arbeitstüchtiger Mann mit Ambitionen.

»Und stell dir vor, er hat jetzt sogar eine eigene Wohnung gefunden, und weißt du, wo die ist?«

Joachim schüttelte betrübt den Kopf.

»Direkt im Haus neben dem, in dem dein bester Kumpel wohnt! Wie hieß der noch gleich? Harald? Verrückt, wie klein die Welt manchmal ist.«

»Krass.«

Joy kicherte. »Ich hab ihn bei diesem Juwelier in den Arkaden kennengelernt. Er arbeitet als Mystery Shopper. Ich hab erst gedacht, er sei ein Ladendetektiv, weil er so auffällig um die Regale herumgeschlichen ist, aber dann hab ich gesehen, dass er einen Einkaufskorb dabeihat.« Hinter ihnen führten derweil ein Obdachloser und ein Junge mit Afro eine hitzige Diskussion darüber, wie der Plastikbalken hieß, den sie zwischen das Bier und die Caprisonne gelegt hatten, und Joachim war neidisch, weil ihm dieses Gespräch im Gegensatz zu dem, in dem er feststeckte, gleichberechtigt erschien.

Er stand da wie gelähmt und musste Joys Schmachtvortrag weiter über sich ergehen lassen: geleaster Mercedes, Beteiligung an einer Wintersocken-Sammelaktion für Obdachlose, und gerade gestern hatte Muhammed auf dem Heimweg einen rumänischen Taschendieb auf frischer Tat ertappt und eigenhändig festgehalten, bis die Polizei eintraf. Joy hatte ganz offensichtlich recht: Dieser Mann war anders als er.

Sie hatten inzwischen gezahlt und die Kassiererin das Rätsel hinter ihnen mit einem gelangweilten »Warentrenner« aufgelöst. Schweigend fuhren sie die Rolltreppe hoch. Gerade als Joachim dachte, er habe das Schlimmste überstanden, zückte Joy ihr Handy und zeigte ihm noch ein Foto ihres Pärchenglücks. Rentiermützen und rote Bäckchen, Löwenzahnhaar neben Vollbart. Dann klopfte sie ihm auf den Arm, säuselte »Ciao, mach's gut, pass auf dich auf« und schwebte zur Ausgangstür.

Joachim blieb stehen und starrte leicht benebelt auf einen Tisch mit braunen Plastikshampooflaschen im Sonderangebot, die aussahen wie Artillerie.

3

ALI WAR NICHT da gewesen. Ein fremder Mann stand in Joachims Stammspäti hinter der Kasse, strahlte ihn arglos an und meinte: »Na, geht es zum Vorglühen?«, als Joachim das Bier auf den Tresen wuchtete. Joachim nickte souverän und machte sich aus dem Staub. Zu Hause angekommen, begann er sofort zu trinken und hörte erst wieder damit auf, als sein Handy klingelte. Glücklicherweise fühlte er sich jetzt schon etwas mehr wie er selbst als vorhin. Angetrunken genug jedenfalls, um den eigenen Zustand irgendwie hinzunehmen. Diese Verlorenheit wurde einem nun mal aufgebürdet, wenn man nicht wie alle andern vor sich hin funktionieren konnte oder wollte, und vielleicht war das gut so, vielleicht war das seine Entscheidung gewesen, vielleicht war es aber auch einfach ein Damoklesschwert. Damoklesschwert? Er hasste dieses Wort.

Joachim erschrak, als er Joys Stimme hörte. »Hallo, ich bin's. Ist alles okay?«

Joachim hielt den Atem an und schluckte einen Rülpser hinunter.

»Ist alles okay?«, wiederholte sie, diesmal klang es weniger wie eine Frage als eine Aufforderung, sich zu äußern. Joachim musste noch mal schlucken, ehe er antworten konnte.

»Ja, jetzt schon.«

»Jetzt? Und was sollte das heißen mit den Selbstmordgedanken? Darüber macht man keine Witze.«

»Das waren ja keine Selbstmordgedanken. Ich hab bloß allgemein über den Tod nachgedacht.«

»Aha.« Sie schien ihm zu misstrauen, und er konnte ihr es nicht verübeln, aber was sollte er tun, er konnte es ihr ja nicht zeigen, das schwarze Loch, das in ihm klaffte und so viel von seiner alten Persönlichkeit verschluckt zu haben schien, dass er sich nicht traute hinzusehen, sondern es lieber mit Bier befüllte.

»Ich fühle mich momentan einfach allgemein nicht sehr gut.«

»Okay. Und was unternimmst du dagegen?«

Rationalismus. Auf einmal war sie strategisch. Joachim starrte auf seine Hände. Er sagte nicht: *Nun, ich habe angefangen zu kiffen und zu saufen, ansonsten nicht viel,* sondern schwieg.

Was sollte unternommen werden gegen etwas, das er bislang nicht einmal benennen konnte? Sollte er zu einem Arzt gehen und sagen: *Hören Sie, ich habe über das Gesicht meiner Urgroßmutter nachgedacht, und dann bin ich durchgedreht?* Klar, er wusste, dass es Medikamente auf dem Markt gab für Zustände, die seinem zumindest nahekamen. Es gab bestrebte Verhaltenstherapeuten, die mit ihm zusammen versuchen würden, dieses Gefühl per Bauklötzchenaufstellung aufzuschlüsseln, und es gab Kinesiologen mit Alpakas im Garten, die ihm sagen konnten, dass er in seiner Wohnung mehr mit Erdtönen arbeiten sollte. Im Zweifelsfalle gab es härtere Drogen. Aber all das fühlte sich falsch an. Weil es ihm im Grunde ja nicht schlecht ging. Objektiv betrachtet lief gar alles rund: Es gab in seinem Lebenslauf keine schweren Schicksalsschläge, er hatte weder ein relevantes Familienmitglied verloren noch einem Bürgerkrieg entfliehen müssen, und bis vor ein paar Wochen hatte er sogar gutes Geld verdient, ganz zu schweigen von Joy. Sämtliche Privilegien als männliches, mitteleuropäisches Gesellschaftsmitglied standen ihm offen. Also warum sollte er sich das Recht herausnehmen, auf irgendeine Form von psychohygienischer Behandlung zurückzugreifen? Bloß weil er verstanden hatte, dass seine Existenz nicht von Bedeutung war? Das war zwar zum Verzweifeln, aber kein Grund für eine Sonderbehandlung, schließlich traf es auf alle zu.

»Wie läuft's mit deinem Freund?«, fragte er dann, weil ihm nichts Angenehmeres einfiel.

»Gut.« Er konnte sie lächeln hören, und offenbar war es ihr durchaus recht, das Thema zu wechseln, denn anstatt weiter nachzubohren, wie es um seinen Lebenswillen stand, verkündete sie: »Wir sind sogar schon so gut wie verlobt! Muhammed will unbedingt heiraten.«

Joachim klemmte das Feuerzeug unter den Deckel seines fünften Biers und brummte: »Natürlich will er das. Ich meine, das wundert mich jetzt nicht. In seiner Kultur ist Heiraten ja die absolute Norm. Eigentlich sogar eine Pflicht. Stichwort Zwangsehen. Und eine ziemlich ausgeartete Jungfräulichkeitspflicht.« Joachim biss sich auf die Lippe, ehe er noch mehr rassistischen Mist verzapfen konnte, und wartete befangen ihre Reaktion ab. Der Bierdeckel ploppte vom Flaschenhals, Schaum quoll auf seine Hand, tropfte auf seine Zehwunde und brannte. Joy schwieg eine Weile, als müsse sie das Gesagte erst einmal verdauen. Dann entschied sie sich aber anscheinend dagegen, Joachims kleingeistiger Zusammenfassung der muslimischen Heiratskultur grundlegend zu widersprechen. Stattdessen beließ sie es bei der Information: »Also, bei uns ist das anders. Ich denke nicht, dass Muhammeds Hochzeitswunsch was mit seiner Herkunft zu tun hat. Er tickt von der Mentalität her nicht anders als wir, weißt du, er betet zum Beispiel auch nicht jeden Tag. Und wir haben ja auch seit Anfang an Sex und so.«

Joachim nickte, und als ihm auffiel, dass sie das nicht sehen konnte, sagte er: »Freut mich.«

»Danke. Und wie läuft es eigentlich bei dir? Hast du jemanden kennengelernt?« Was für ein Hohn. Als ob ihr bei ihrem letzten Zusammentreffen sein seit Wochen unrasierter Bart entgangen sein konnte, der, im Gegensatz zu Muhammeds, nicht üppig verteilt und gleichmäßig sein Gesicht zierte, sondern eher borstenartig und nur an vereinzelten Stellen seines Kiefers vor sich hinwucherte, in einem wenig ansprechendem Kupferton.

Trotzdem behauptete er: »Ich habe morgen Nachmittag ein Date.«

»Musst du nicht arbeiten?«

»Ich hab Urlaub.«

»Aha, schön. Und was macht ihr?«

»Wir gehen auf den Weihnachtsmarkt.«

»Schön.«

»Schön? Das ist überhaupt nicht schön. Im besten Fall gibt man ein Vermögen für einen Crêpe aus, dessen Inhalt einem auf die Jacke fällt, im schlimmsten Fall wird man Opfer eines Terroranschlags.«

Joy lachte. »Du hast dich wirklich kein Stück verändert.«

Joachim ignorierte diese Beleidigung und sagte: »Ich vermisse dich.«

Es dauerte eine Weile, bis Joy fragte: »Warum?«

»Du fehlst mir.«

»Was fehlt dir denn«, wollte sie wissen, »der Sex?«

»Der auch. Aber nicht nur.« Das Bier waberte durch seinen Kopf, und ihm fiel nichts Tiefgründigeres ein, als die Wahrheit zu sagen: »Ich vermisse es, mit dir zu diesen Unzeiten im Bett zu liegen und dieses sinnlose Spiel zu spielen, wo wir uns gegenseitig dieses blöde Zeug gefragt haben wie: *Würdest du dich für hundert Euro nackt in die Fußgängerzone stellen und Leute beleidigen?* Weißt du noch? Manchmal haben wir das ja stundenlang gespielt. Würdest-du-das-und-das-für-soundso-viel-machen.«

Joy entgegnete: »Ja, klar weiß ich das noch. Da hast du einmal gesagt, dass du für tausend Euro fünf Tage lang durchgehend in einem Taucheranzug rumlaufen würdest.«

»Stimmt. Und du meintest, du würdest für hundert Euro einen fremden Menschen im Bus in den Hals beißen.«

»Äh, nee. Hab ich nicht gesagt.«

»Dann waren's eben fünfhundert.«

»Nein. Ich hab gesagt, dass ich für kein Geld der Welt jemand Fremdes beißen würde.«

»Okay.«

Joy seufzte, und Joachim dachte schon, damit sei das Thema »Sie beide früher« abgeschlossen, aber dann fragte sie mit sonorer Stimme: »Und warum wolltest du mich dann plötzlich loswerden, wenn du mich jetzt vermisst?« Joachim tat alles weh. Der Bauch, der Zeh, der Kopf, das Herz.

»Wie kommst du denn auf loswerden? Ich mochte es immer, wenn du hier warst.«

»Finde ich etwas merkwürdig.«

»Warum?«

»Weil du derjenige warst, der das zwischen uns beendet hat.«

»Das ist nicht wahr. Du hast mich angerufen und gesagt, dass du so nicht weitermachen willst.«

»Äh, ja. Weil du mir signalisiert hast, dass du nichts Ernsthaftes von mir willst.«

»Wo hab ich so was denn bitte signalisiert?«

»Ich bitte dich, Joachim B. Das war doch offensichtlich.

Anfangs hast du mir noch einfach so mal zwischendurch geschrieben, um mich zu fragen, was ich so mache oder wie es mir geht. Und dann kamen mit der Zeit immer seltener Nachrichten von dir, und am Ende hast du dich nur noch gemeldet, wenn ich dir zuerst geschrieben habe. Und du hast überhaupt keine Emojis mehr benutzt.«

War das ihr Ernst? Obwohl ihr Tonfall eigentlich klar genug signalisierte, dass sie es ernst meinte, konnte Joachim es nicht fassen: Es ging ihr also um gelbe Rondellen mit Herzchenaugen?!

»Aber warum hast du denn nichts gesagt?«, fragte Joachim.

»Was hätte ich denn sagen sollen?«

»Na, was du willst. Was du von mir erwartest.«

»Ich bitte dich, wenn überhaupt, hätte das andersherum laufen müssen, und *du* hättest *mir* sagen sollen, was du *nicht* von mir willst. Schließlich passte ja alles zwischen uns.«

Joachim wurde schwindlig von diesem Gespräch. Er hatte keine Ahnung mehr, worum es ihm hier eigentlich ging.

»Es tut mir leid«, sagte er erschöpft, dachte sich, wenn schon, denn schon, und ergänzte: »Ich war wohl ein Trottel.« Und damit noch nicht genug: »Ich wünschte, ich könnte die Zeit zurückdrehen.«

Joy konstatierte: »Leider geht das nicht.«

»Ich weiß.«

»Und ich bin glücklich mit Muhammed.«

»Ich weiß.«

Angespanntes Schweigen. Joachim fiel nichts mehr ein, womit er versuchen konnte, ihr Herz zu erweichen. Sie hatte ihn ganz offensichtlich losgelassen.

Und dann sagte sie prompt: »Ich muss langsam los, Muhammed

wartet. Wir müssen morgen früh raus. Wir gehen in einen Escape Room.« Joachim sah endgültig ein, dass er verloren hatte.

Nachdem sie aufgelegt hatte, rutschte Joachim auf Kniescheiben zur Kloschüssel und übergab sich. Pampige Reisknäuel, die in gelblicher Suppe schwammen. Klosakis Rache.

4

JOACHIM WACHTE DAVON AUF, dass ihn die Sonne blendete. Kein Grau mehr hinter der Fensterscheibe, kein von Nebel penetriertes Nieselgedöns, sondern ein strahlender Wintermorgen, wie er im sogenannten Buche stand: schreiend blauer Himmel, wolkenlos, Vogelgezwitscher.

Joachim lag im Bett, hatte kein Fiebergefühl, und auch die Uhrzeit war zur Abwechslung angebracht: neun Uhr sechsunddreißig. Ebenfalls auf seinem Handy zu sehen: keine neuen Nachrichten. Es war der zweiundzwanzigste Dezember.

Nachdem er aufgestanden und angenehm überrascht war, dass er sich nicht so beschissen fühlte wie gestern, trug es sich zu, dass er den Blick durch das Zimmer schweifen ließ und feststellte, dass er die Konturen der Möbel und deren Farbverläufe so scharf wahrnahm wie noch nie zuvor. Alles leuchtete. Der Raum schien zu vibrieren. Irgendeine Schicksalsmacht wollte ihm etwas mitteilen. Angezogen von einer besonders starken Leuchtquelle fiel Joachims Blick auf eine kaputte Stelle im Parkett. Kurz nach seinem Einzug war ihm mal der klobige Ventilator aus den Händen geplumpst und hatte in der Mitte des Raumes ein Stück Holz aus dem Boden gesplittert, das er halbherzig mit Sekundenkleber wieder festgepframpft hatte. Seitdem hatte Joachim weder an diesen unbedeutenden Vorfall zurückgedacht, noch den kaum sichtbaren Makel jemals wieder bewusst registriert. Heute aber fiel ihm die hölzerne Unregelmäßigkeit auf. Die kleine dunkelbraune Halbraute strahlte etwas so Verheißungsvolles aus, dass Joachim sicher war, dass sie eine Botschaft für ihn versteckt hatte. Eine Mission. Ja, er hatte die eindringliche Ahnung, eine Mission wartete auf ihn.

Aber was für eine? Er eilte zu der Bruchstelle hin, um es zu erfahren. Andächtig kniete er sich daneben und löste das Splitterstück mit zwei Fingern aus dem Boden. Was er erwartete, war ein Schatzkästchen, das jemand während des Zweiten Weltkriegs hier versteckt hatte. Ein hundert Jahre altes Tagebuch, einen Goldbarren, wenigstens ein abgetrenntes Fingerglied.

Stattdessen stieß er auf Staub, knöcherne Leimrestfetzen und lehmartige Klümpchen. Hätte nur noch eine Kakerlake gefehlt, die ihn für seine heroischen Erwartungen auslachte. Er legte das Holzstück enttäuscht zurück an seinen Platz. Natürlich. Missionen, die durch Schätze in Wohnungsritzen hervorgerufen wurden, gab es nur in Filmen. Joachim kam sich naiv vor, trotzdem war er noch nicht bereit aufzugeben. Vielleicht wartete die Mission ja auch woanders auf ihn, draußen zum Beispiel. Ja. Er wollte seiner unerwarteten Gemütsverfassung noch mal eine Chance geben.

Joachim beschloss also, sich heute zu überwinden und sich wieder mal in die Stadt zu wagen. Vielleicht könnte er damit beginnen, irgendwo einen Kaffee zu trinken, in einem harmlosen Alte-Leute-Café, mit Laptop bewaffnet, wie das frischgebackene Arbeitslose so machten. Hatte er eigentlich noch Freunde? Jemals welche gehabt?

Klar, es gab Harry, seinen besten Freund seit knapp zwanzig Jahren. Der hatte sich allerdings vor drei Wochen in irgendein weit entferntes Ferienparadies verabschiedet – Costa Rica oder Thailand, vielleicht auch die Azoren, Joachim hatte es vergessen – und angekündigt, er werde da bleiben, bis die Zeit des Grauens, womit er nicht nur Weihnachten, sondern den europäischen Winter generell meinte, vorbei sei. Gemeldet hatte er sich seither nur einmal. In Form eines Fotos, aufgenommen vor einer einzementierten Chlorpfütze, die man wohl im gängigen Fachjargon als lagunenartigen Hotelpool bezeichnete. Im Vordergrund sah man Harrys Körper kopfabwärts, der auf einem Liegestuhl fläzte. Das Foto hatte Joachim vor ein paar Tagen noch vollkommen kalt gelassen, aber als er es sich heute noch einmal ansah, beschlich ihn leiser Neid. Eigentlich gab es doch gegen ein bisschen gepflegte Pauschalidiotie nichts einzuwenden. Apricotfarbene Lobbylandschaften mit Terrakottavasen, Gruppenausflüge per Car zu irgendwelchen Sehenswürdigkeiten, die einem hauptsächlich Sonnenbrand einbrachten, Fehlkäufe an Strandmärkten, und all das untermalt von der wohligen Gewissheit im Hinterkopf, dass jeden Morgen frische Handtücher über der Heizstange hängen würden.

Joachim war bewusst, dass Harry etwas von seiner momentanen Verfassung ahnen musste, auch wenn er ihn nicht darauf angesprochen hatte. Jedes Mal, wenn er Joachim in den letzten zwei Monaten vor seinem Abflug gefragt hatte, ob er vorbeikommen oder etwas unternehmen wolle, sah Joachim sich gezwungen, irgendeine Ausrede zu erfinden, warum er nur Hausbesuche empfangen konnte. Dieses Spiel musste ein Ende haben, wenn sein bester Freund zurückkam, denn er wollte ihn auf keinen Fall verlieren.

Und dann kam ihm auf einmal die zündende Idee: Er würde sich ein Date klarmachen. Er würde es Joy zeigen, und sich selber auch. Seinen blöden Bluff von gestern am Telefon würde er heute ganz einfach in die Tat umsetzen.

Er öffnete also Spinder, das er nach der Supermarktbegegnung mit Joy längst wieder installiert, wenn auch nur im benebelten Zustand verwendet hatte, und begutachtete seine neuen Matches. Bei den meisten handelte es sich um Fake-Accounts, irgendwelche absurd attraktiven Bots, deren Strategie sich ihm nie erschlossen hatte, oder Frauen, die aussahen, als würden sie mit einer Kreissäge zum ersten Date kommen. Als er schon aufgeben wollte, fand er doch noch einen Treffer, der einigermaßen vertrauenerweckend wirkte: Madelaine, 27, blond, zierlich und nur fünf Kilometer von ihm entfernt. Angesichts der lebensbejahenden Energie, die ihre vier Fotos ausstrahlten, und von der er vermutete, dass sie genau das sein könnte, was er jetzt brauchte, sah er über das Foto mit dem Elefantenbaby großzügig hinweg.

Er schickte ihr seinen üblichen Einstiegssatz: *Hallo, das ist ja ein witziger Zufall, dass ich dich hier treffe.* Den fand er gut, weil bei Spinder ja rein gar nichts dem Zufall überlassen wurde, und die meisten ihn sofort ernst nahmen. So auch Madelaine, die umgehend antwortete: *Kennen wir uns?*

Normalerweise feuerte Joachim auf diese Frage hin noch ein paar weitere irreführende Gags ab, aber heute fühlte er sich nicht inspiriert genug dafür. Also schrieb er platt und ehrlich: *Nein, leider bisher noch nicht, aber das kann sich ja noch ändern,* gefolgt von einem Zwinkersmiley. Daraufhin folgte ein kurzes belangloses Hin-und-Her-Gechatte, bei dem sich herausstellte, dass Madelaine Tierärztin war (was das Elefantenbild tatsächlich etwas akzeptabler machte), und ja, sie würde sich gerne mit ihm treffen, und Glühwein auf dem Weihnachtsmarkt gehe für sie absolut in Ordnung, auch wenn sie kein Fan von großen Menschenmassen sei. Das war ja schon mal beruhigend.

Er schrieb: *Prima. 15 Uhr?*

Joachim entdeckte Madelaine gleich vor dem Eingang, flankiert von zwei Securityhünen. Von Weitem sah es aus, als ginge es darum, sie zu bewachen und nicht den Markt. Sie blickte abwechselnd schräg an ihm vorbei und auf ihr Handy. Joachim ging auf sie zu und sagte »Hallo, Frau Tierärztin«, weil er sich nicht sicher war, wie man ihren Namen aussprach, woraufhin sie ihn so freundlich anlächelte, als hätte sie ihn nicht bis gerade eben übersehen.

Nach einer kurzen neutralen Umarmung, die von ihr ausging, schlenderten sie los. Die Fülle an bunter Dekoware und der Geruch nach frittierten Leckereien stellten für Joachim eine immense Reizüberflutung dar. Alles erschien ihm unerreichbar, von ihm abgekapselt. Hier war er und stellte sich seiner Angst vor der Außenwelt, und alles, was diese tat, war, ihm dreckig ins Gesicht zu lachen. Aber immerhin war er in der Lage, normal neben seinem Date herzugehen. Er war hier, lebend unter Lebenden, und bislang war noch kein übermäßiger Fluchtimpuls aufgetreten.

Joachim überlegte krampfhaft, worüber er mit Madelaine reden sollte. Er hatte keine Ahnung. Wie auch – er kannte sie ja nicht. Die gängigen Small-Talk-Themen waren schon auf Spinder ausgeschöpft worden, und neue fielen ihm nicht ein. Mit Joy war das erste Date einfacher gewesen. Damals hatte er aber auch noch nicht über die Gesichter seiner Ahnen nachgedacht. Hatte er in der Zwischenzeit wirklich verlernt, wie man ein weibliches Wesen darauf aufmerksam machte, dass man prinzipiell für eine

Begattung infrage kam? Er fand es unheimlich, Madelaine von der Seite anzusehen und keine Vorstellung davon zu haben, was in ihrem Kopf vor sich ging.

Als sie schließlich beide eine dampfende Tasse mit kleinen Schal tragenden Rentieren drauf in den Händen hielten und sich an einen Stehtisch in Schlittenoptik stellten, an dem zum Glück keine Poltergruppe, sondern nur ein asiatisches Touristenpärchen zugegen war, das sich schweigend eine Bratwurst teilte, kamen sie irgendwie auf das naheliegende Thema Weihnachten zu sprechen. Joachim war fast froh. Dankbar hörte er zu, wie Madelaine erzählte, dass sie morgen zu ihrer Familie fahren werde, nach Strasbourg.

»Schön«, sagte er und meinte das ernst, obwohl er zum Stichwort Frankreich nichts als eine Handvoll Klischeebilder im Kopf hatte, in denen immer ein aus einer Tüte ragendes Baguette vorkam.

»Es geht«, meinte Madelaine, »das ist eigentlich jedes Jahr ein ziemlicher Horrortrip. Meine Eltern haben sich vor vier Jahren ein kleines Bauernhaus gekauft, seither werden die Feiertage immer dort verbracht. Heiligabend taucht die komplette Verwandtschaft auf, und dann herrscht Vollstress bis Neujahr.«

Sie hatte ein schönes Lächeln. Der Schwung ihrer Lippen erinnerte Joachim an die Edamame, die er gestern in der Sushibox vergessen hatte.

»Und du, was machst du an Weihnachten?«, fragte sie.

Joachim stellte erleichtert fest, dass ihn das winterliche Spaßgetränk der Spießbürger seine Orientierungslosigkeit ein wenig vergessen ließ. »Ach, meine Mutter ist keine Weihnachtsfanatikerin, und zum Rest der Verwandtschaft habe ich kaum Kontakt. Also bleib ich wohl alleine zu Hause und werde mich gepflegt volllaufen lassen.«

»Das klingt gut. Da würd ich glatt mitmachen, wenn ich könnte.« Joachim musterte Madelaine und war sich noch nicht sicher, ob er ihr den Kommentar abkaufen sollte, als sie ihn unvermittelt fragte, ob er zu seinem Vater keinen Kontakt habe. Joachim schüttelte den Kopf, und als er merkte, dass Madelaine auf eine Erläuterung wartete, sagte er: »Den kenn ich gar nicht«, wobei er spürte, wie seine Zunge sich umgehend in ein träges Fleischknäuel verwandelte, weil es ihn anödete, zu diesem Thema einmal mehr die passenden Worte aus seinem Mund zu kramen. Schon so oft hatte er sich dazu äußern müssen, viel zu oft. Inzwischen fühlte es sich an wie die Geschichte eines andern, wenn er sich selber wieder sagen hörte: »Hat den klassischen Rückzieher gemacht, als meine Mutter schwanger war, und ist dann nach meiner Geburt gänzlich abgetaucht. Wo er jetzt lebt? Ich hab keine Ahnung.«

»Oh.« Und wie nicht anders erwartet, wurde durch diesen kleinen Einblick in seine Entstehungsgeschichte großes Interesse entfacht. Madelaine bekam diesen horchenden Gesichtsausdruck, den er leider schon von vielen anderen Frauen kannte, die er gedatet hatte, als es ihm noch gut ging.

»Aber seinen Namen kennst du?«

»Nein. Wozu auch.«

»Möchtest du denn gar nicht wissen, wer er ist?«

»Nö.«

»Bist du dir sicher?«

»Wieso sollte ich mich für einen Menschen interessieren, der nichts von mir wissen will, so seh ich das.« Auf einmal war sie ihm nicht mehr unheimlich, da fremd, sondern wurde ihm anstrengend, da berechenbar. Er war zwar bereit gewesen, sich heute mal wieder wie ein normaler Mensch zu benehmen, aber diese konfrontativen Fragen mussten bei so einem Neuanfang nun auch nicht sein.

»Ich kann dich verstehen.« Natürlich.

»Trotzdem bleibt er halt dein Vater, ganz egal, was er alles angestellt – oder in deinem Fall vielleicht eher verpasst – hat. Dein Fleisch und Blut, oder seins, wie man es nimmt.«

Fleisch und Blut, wie Joachim diese Redensart hasste – der Mensch bestand zu siebzig Prozent aus Wasser, wen interessierte da, dass Blut angeblich dicker war?

»Möglich«, beschied er. Anscheinend war das Thema für sie aber immer noch nicht abgehakt.

»Ich will dir bestimmt nicht in dein Leben reinreden, wir kennen uns ja gerade mal vierzig Minuten, aber … es kann halt passieren, dass du eines Tages plötzlich feststellst, dass du bereust, ihn nie kennengelernt zu haben. Das wollte ich damit nur sagen.«

»Okay.«

Das Bratwurstpärchen dampfte ab, sie waren allein. Und Joachim entschied, dass jetzt Schluss sein musste mit den familiären Backgroundinfos zu seiner Person. Lieber wollte er herausfinden, was zwischen ihnen beiden heute noch stattfinden würde. Er spürte nämlich, dass sich körperlich etwas in ihm regte, auch oder gerade weil er diesem Gespräch nichts mehr abgewinnen konnte, also fragte er sie rundheraus, ob sie nachher noch mit zu ihm kommen wolle, um sich bei einem Glas Chardonnay einen Film anzusehen. Sie sah ihn zweifelnd an. »Von mir aus auch einen Merlot und dazu eine Tierdoku.«

Madelaine runzelte die Stirn und studierte das Treiben der handgemalten Wintersportfreunde auf ihrer Tasse. Auch seine saloppe Ergänzung »Okay, Letzteres wohl eher nicht, Tiere siehst du ja jeden Tag schon live zur Genüge, nehm ich an« machte die Sache nicht besser.

Madelaine murmelte: »Ich weiß nicht.«

Joachim bereute seine Aufdringlichkeit, die ihm vor zwei Sekunden noch gar nicht wie eine solche vorgekommen war.

Zurückrudern war indes auch erbärmlich, also sagte er einfach »Okay« und hoffte, dass Madelaine von selbst das Thema wechselte, falls es ihr unangenehm war.

Sie tat es nicht, und er konnte nicht abschätzen, ob das daran lag, dass ihr die Lust an Konversation ebenfalls vergangen war, oder ob sie schlichtweg keine definierbaren Erwartungen an dieses Date geknüpft hatte, sondern den Lauf der Dinge dem Zufall überließ.

Falls Letzteres der Fall war, musste er sich jedenfalls etwas einfallen lassen, denn Madelaine blickte sich jetzt zögernd zum Glühweinstand um, als überlege sie, ihre Tasse zurückzubringen und abzuhauen, falls von ihm kein brauchbarer Input mehr käme. Und da lag genau das Problem, denn er hatte schon lange keinen Geschlechtsverkehr mehr gehabt, und da sich ausgerechnet jetzt seine Abstinenz ziemlich penetrant bemerkbar machte, war damit wohl sein trauriges Schicksal besiegelt. Denn Joachim war nicht mehr naiv genug zu glauben, dass es für eine Frau etwas Abtörnenderes geben konnte als ein sexuell ausgehungerter Kerl, der sie das spüren ließ und auch noch ungeduldig wurde, wenn sie nicht darauf ansprang. Und als Madelaine schließlich meinte »Okay, ich sollte wohl langsam los, ich muss noch ein paar Geschenke einpacken«, wurde ihm endgültig klar, dass er sich zu viel zugetraut hatte. Es war absolut vermessen gewesen, die Öffentlichkeit aufzusuchen, noch dazu an einem so ungefilterten Ort wie dem Weihnachtsmarkt und in Begleitung einer Frau, die zu attraktiv war, als dass er sich *natürlich* verhalten konnte.

Demnach war er fast ein wenig erleichtert, dass sie das jämmerliche Szenario beendete. So musste er sich wenigstens nichts mehr vormachen und konnte sich stattdessen auf einen weiteren Abend in Einsamkeit und Vollrausch einstellen.

Nun musste er also nur noch den Marsch aus diesem elenden Gelände hinter sich bringen. Um die Sache zu beschleunigen, schnappte er sich Madelaines Tasse, und meinte: »Ich bring die zurück, dann können wir los.«

Madelaine sagte nichts, als er losstapfte, und er stellte fest, dass ihre Tasse noch nicht ganz leer war, was ihm irgendwie mehr leidtat als ihr gleichgültiges Gesicht, als er wiederkam und ihr die zwei Euro Pfand in die Hand drückte. Sie blieb stehen, als er unvermittelt weiterging, als wolle sie demonstrieren, dass sie es eigentlich gar nicht eilig hatte und er hier derjenige war, der mit seiner Hektik das Date versaute. Blöde Kuh, dachte Joachim, ohne sich dabei glaubwürdig vorzukommen, und schob sich hektisch Richtung Ausgang, vorbei an Schneekugeln, in deren Glaskuppeln die Welt noch in Ordnung war, handgeschnitztem Holzgeschirr und einer Frau mit Elfenmütze auf dem Kopf, die ihm eine getrocknete Apfelscheibe zum Probieren geben wollte. Joachim hatte keine Lust zurückzublicken, um zu sehen, wo Madelaine blieb. Am liebsten wäre er nach Hause gegangen, ohne sich zu verabschieden, aber irgendein vergessener Rest Anstand hinderte ihn schließlich daran. Also wartete er ungeduldig draußen neben den Securitys, bis sie herauskam, ohne zu wissen, ob sie ihm überhaupt gefolgt war, und rauchte in gehetzten Zügen eine Zigarette. Diese warf er auf den Boden, als sie neben ihm auftauchte, sodass sie fast auf Madelaines Fuß gelandet wäre. Das war keine Absicht, aber sie blickte ihn gereizt an und meinte: »Na dann. Mach's gut.«

»Ja, du auch. Und sorry noch mal.«

»Wofür?«

»Keine Ahnung.«

In diesem Moment passierte etwas Merkwürdiges. Irgendein diagonaler Lichteinfall von oben oder ein Windhauch fand da statt, der ihr Haar umgestaltete, eine Veränderung der Luftfeuchtigkeit; Joachim hatte keine Ahnung, was es war, doch während er sich für ein paar Sekunden nicht von ihrem Anblick losreißen konnte, stellte er fest, dass diese Frau genau die Richtige für ihn sein könnte. Das könnte die Frau sein, mit der er ein neues Leben anfing, in dieser Stadt oder in einem Olivenhain in Frankreich. Vielleicht war das die Mission, die ihm bevorstand. Vielleicht sollte er sie jetzt einfach küssen, und die Welt würde kurz stehen bleiben und alles sich zum Guten wenden. Aber dann sagte sie: »Lass dir doch das mit deinem Vater einfach noch mal durch den Kopf gehen«, und damit verblasste Joachims fragwürdiger Geistesblitz auch schon wieder.

Ihr Edamame-Mund zuckte nach links, als wolle er noch was hinzufügen, aber sie schwieg. Starrte ihm noch einen weiteren Atemzug lang tief in die Augen, dann drehte sie sich um und ließ ihn stehen.

Joachim konnte nicht anders, als ihr nachzublicken, bis sie zwischen den anderen Manteltrîgern verschwunden war. Dann bog auch er in eine Seitenstraße ein und marschierte nach Hause, inklusive eines Abstechers zu seinem Spätkauf des Vertrauens, und siehe da, Ali war wieder vor Ort und runzelte wie gehabt die Stirn, als er fünf Dosen Starkbier und zwei Tütensuppen anschleppte.

5

JOACHIM WACHTE DAVON AUF, dass es an der Tür klingelte.

Draußen war es wieder neblig, der Himmel ein anthrazitfarbener Teppich, und Joachim hatte nicht nur einen Kater, sondern auch einen Filmriss, was wohl bedeutete, dass alles wieder beim Alten war. Das Letzte, woran er sich klar erinnern konnte, war, wie er beim Nachhausegehen durch seine Handyfotos gescrollt hatte, um sich nicht mit der Umgebung auseinandersetzen zu müssen, und dabei fast mit einem Tannenbaum kollidiert wäre. Wie er sich, endlich daheim angekommen, wieder in die schützenden Joggingklamotten geworfen, die fünf Starkbier getrunken, anderthalb Joints geraucht und sich auf einer Videoplattform eine zehnminütige Doku über den Adorabilis angeschaut hatte, daran erinnerte er sich gerade noch verschwommen. Und wie er dann noch mal rausgegangen war, um eine Flasche Rotwein zu kaufen, bei der es ihm schon egal geworden war, wie Ali guckte. Dann versank er in einer Gedächtnisfinsternis, während ihm der Versuch, mit dem Fuß eine Zigarettenschachtel vom Boden zu heben, nur deshalb wieder einfiel, weil er dabei seinen kaputten Zeh noch einmal an genau demselben Gegenstand angestoßen hatte wie gestern und die Schmerzen sich dadurch verdreifacht hatten.

Sehr vage, aber umso unangenehmer, purzelte beim Aufstehen noch ein Erinnerungsbruchstück vorbei, das eine kurze Chatkonversation mit Madelaine beinhaltete. Betrunkene Chats – das Ende von allem. Er beschloss, sich das erst anzutun, wenn er wieder halbwegs hergestellt war.

Es hatte also geklingelt. Wer zur Hölle kam auf die Idee, am 23. Dezember um halb eins mittags bei ihm zu klingeln? Der Sensenmann?

Joachim wusste nicht, wie es ihm gelang, die Tür zu erreichen. Dröhnendes Kopfstechen, dazu diese gemeine Übelkeit, die noch viel zu weit weg war von Erbrechen, gepaart mit dem ohrenbetäubenden Schmerz in seinem Zeh.

»Hallo?«

»Ja, hallo.« Eine unbekannte Stimme, ob weiblich oder männlich war nicht zu sagen.

»Wer ist da?«

»Ich habe ein Paket für Sie abzugeben. Es steht hier unten vor der Haustür. Ich wäre froh, wenn Sie es selber holen könnten, es ist nämlich sauschwer, und ich muss auch gleich weiter. Schönen Tag noch.«

»Was? Hallo?«

Joachim stand bestimmt zwei Minuten regungslos da und starrte die Gegensprechanlage an. Das musste ein Scherz sein, ein miserabler. Als er schließlich die Treppe runterstrauchelte, war er sich schon nicht mehr sicher, ob er sich das Klingeln und die darauffolgende Psychoansage nur eingebildet hatte.

Unten im Hauseingangsflur kam ihm seine Nachbarin Wanda Krausberg entgegen. Er wandte das Gesicht ab, damit sie seine Fahne nicht roch. Wie immer hielt Frau Krausberg es für nötig, ihn zu grüßen und irgendeine zwischenmenschlich irrelevante Frage zu stellen. Joachim murmelte etwas Richtung Wand. Er wollte einfach nur so schnell wie möglich zurück in sein Bett.

Vor der Haustür stand ein Paket. Ein knapp umzugskartongroßes, mit billigem Schnurband umwickeltes Paket, auf das in krakeliger Schrift *Joachim Borst* geschmiert war. Außerdem waren Löcher im Deckel. Erbsengroße, gleichmäßig verteilte Löcher.

Es war nichts Neues, dass Joachim im Suff die eine oder andere Bestellung tätigte, die ihm beim Zeitpunkt der Anlieferung wieder entfallen war. Knoblauchpizza, ein wöchentliches Gemüseabo, die Saftpresse. Schon ein paarmal hatte er konsterniert vor peinlich berührten Lieferanten gestanden, die ihm seine Online-Bestellung auf ihrem Smartphone nachweisen konnten. Was nicht nur neurologisch, sondern auch finanziell gesehen alarmierend war. Doch jede auch noch so abwegige Bestellung wurde von diesen Löchern um Längen getoppt. Dass es sich dabei um Luftlöcher handelte, wurde ihm nämlich spätestens klar, als er sah, dass das Paket leicht ruckelte.

Joachim blickte sich um. Von einem Postboten war weit und breit nichts zu sehen. Auch sonst war niemand auf der Straße, dessen Blick er hätte einfangen können, um sich zu vergewissern, dass er nicht träumte.

In einem Anflug von Geistesgegenwärtigkeit sprintete Joachim zurück ins Hausinnere, ließ die Tür offen und raste zu Frau Krausberg, die gerade dabei war, ihre Erdgeschosswohnung aufzuschließen.

»Entschuldigen Sie, haben Sie beim Reinkommen jemanden gesehen, der hier geklingelt hat?«

»Geklingelt? Nein. Hat jemand bei Ihnen geklingelt?«

»Ja, jemand hat geklingelt und mir das da hingestellt.« Er zeigte nach draußen. Wanda Krausbergs Blick wanderte arglos zu dem Paket, das selbstgefällig den Hauseingang blockierte, und dann wieder zu ihm.

»Wie schön, offenbar ein Weihnachtsgeschenk«, meinte sie und verbog ihre schnurschmalen Lippen zu einem gütigen Lächeln.

»Ich erwarte aber gar kein Paket«, erklärte Joachim mit brüchiger Stimme. »Und da ist ein Tier drin.«

»Ein Tier?«, wiederholte Frau Krausberg behutsam.

»Ja, das Paket hat Luftlöcher, sehen Sie das? Und es macht seltsame Geräusche.«

»Oh. Na, dann ist es wohl ein Haustier, wie schön. Das müssen Sie aber dem Vermieter melden, Herr Borst, dafür muss man nämlich ein bestimmtes Formular beantragen. Solange es keinen Lärm macht, ist es aber erlaubt.« Haustier. Formular beantragen. Die hatte Nerven.

»Ich will kein Tier«, rief er, »da muss eine Verwechslung vorliegen, ich hab mit Tieren nichts am Hut.«

»Ach so.« Wanda nickte unschlüssig und hob ihre Hand gen Türknauf.

»Äh, ja. Und sind Sie denn sicher, dass das Paket nicht für Sie ist?«

»Für mich? Aber nein. Da steht ja Ihr Name drauf, das kann ich ja von hier aus sehen.«

»Stimmt. Aber von Ihnen ist das Ding nicht zufällig? Ich meine, Sie waren ja immerhin gerade draußen, und um die Zeit kommt normalerweise keine Post.«

»Ist sonst denn alles in Ordnung bei Ihnen, Herr Borst?«

»Nein, also, doch, ja, ich meine …« Er spürte, wie ihn endgültig der Mut verließ. Energie hatte er sowieso keine mehr, sein Hangover war auf dem Höhepunkt angelangt.

»Okay, danke, Frau Krausberg. Schönen Tag noch.«

»Gut, den wünsch ich Ihnen auch, Herr Borst. Und frohe Weihnachten. Passen Sie auf sich auf. Übrigens: Sie bluten. An Ihrem Fuß.«

»Ich weiß.«

Mehr gab es hier wohl nicht zu sagen.

Oben angekommen stellte er das gut und gerne fünfzehn Kilo schwere Paket auf den Boden. Dann hastete er in die Küche, machte sich einen Espresso, schüttete sicherheitshalber den Rest Whisky hinzu und setzte sich damit neben das Paket. Er schnürte es auf. Die merkwürdigen Geräusche wurden lauter. Das war keine Katze. Das war erst recht kein Hund und leider auch kein Hamster, den er einfach hätte aussetzen können.

Joachim sah weg, als er den Deckel aufklappte. Hinsehen war auch nicht nötig. Das Schlabbergeräusch war eindeutig. In dem mit dünnen Schaumstoffscheiben ausgepolsterten Karton saß ein Schwein. Ein Schwein! Jemand hatte ihm ein Schwein geschenkt!

Womit hatte er das verdient?

Nachdem er die Tasse geleert hatte, versuchte Joachim, sich erst einmal zu sammeln, ehe er angesichts dieser Abstrusität verzweifelte. Es musste eine Erklärung geben für das hier. Es musste. Bestimmt würde gleich sein Handy klingeln und jemand ihm ins Ohr grölen: »Ha, na, ist die Überraschung gelungen?« Vielleicht war ja auch eine Botschaft in dem Paket versteckt. Joachim wollte nachschauen, was freilich schlecht ging, weil das Ferkel ja drin stand und zu allem Überfluss neugierig seine Finger beschnupperte, mit denen er versuchte, den Schaumstoff von der Schachtel zu lösen. Ihm blieb nichts anderes übrig, als das Schwein aus der Kiste zu hieven und aufs Parkett zu stellen. Der kleine Tierkörper fühlte sich kalt an und krustig. Und sehr nackig. Es war befremdlich. Wer, außer einem Metzger, fasste lebendige Schweine an? Und vermutlich heutzutage nicht mal mehr der. Das schien das Schwein ganz ähnlich zu sehen, zumindest blieb es wie angewurzelt da stehen, wo Joachim es absetzte, und sah ihn vorwurfsvoll an, während er begann, das Paket zu untersuchen.

Das Einzige, was er fand, war eine winzige Karte mit einem geometrischen Tannenbaum drauf und dem gedruckten Glitzerschriftzug *Fröhliche Weihnachten* darunter.

Ansonsten war da nichts. Keine Nachricht, kein Hinweis, kein Anhaltspunkt.

Joachim stand auf und kickte die zerlegten Einzelteile des Pakets mitsamt dem höhnischen Weihnachtsgruß in eine Ecke, woraufhin das Schwein aufquiekte und verschreckt hinters Sofa rannte.

Joachim bemerkte das und rannte ihm hinterher, weil er nicht wusste, was er sonst tun sollte.

Da stand es nun in einer Staublache und glotzte mit seinen glasigen Äuglein, die aussahen wie schwarze Oliven, zu ihm hoch.

»Ich glaub das nicht«, murmelte Joachim. Das Schwein kam näher und schnupperte mit seinem fleischigen Rüssel an Joachims malträtiertem Zeh. Schweine waren Allesfresser, erinnerte er sich. Gleich würde es einmal kräftig zubeißen und die Sache mit der Amputation hätte sich erledigt. Joachim wartete, aber es geschah nichts. Außer, dass das Schwein weitertrippelte, jetzt zur Stehlampe. Seine Gangart erinnerte ihn an Stricknadeln.

Joachim setzte sich auf die Couch. Was jetzt? Sein Blick fiel auf den halb aufgerauchten Joint im Aschenbecher, aber seine

Arme fühlten sich zu schwer an, um auch nur in Erwägung zu ziehen, danach zu greifen. Auf einmal war eine Leere in ihm, die so ausfüllend war, dass sie kurzzeitig alles andere verdrängte, auch den Kater.

Ein Schwein. Schwein. Schwein. Schwein. Joachim dachte das Wort so oft, bis es sich in seinem Kopf so anhörte, als würde ein Betrunkener erfolglos versuchen, Wein zu bestellen.

Dann stand er auf, ging zu dem Schwein hin, das sich gerade unter sein Bücherregal mit der vergessenen Uniliteratur zurückgezogen hatte, und verglich es mit Bildern, die ihm die Suchmaschine beim Stichwort *Schwein* anzeigte.

Viel fand er nicht heraus, bloß, dass es sich nicht um eine reguläre Bauernhofsau, sondern ein Hausschwein handeln musste. Es war nicht viel größer als eine Katze, hatte auf dem Rücken einen circa handgroßen dunkelbraunen Fleck und auf dem linken Auge einen etwas kleineren, helleren. Ansonsten war es nicht so pink, wie Joachim Schweine in Erinnerung hatte, sondern eher hellrosa, an manchen Stellen sogar fast weißlich.

Joachim fehlte die Kraft, weiter zu recherchieren. Er ging in die Küche und holte eine Scheibe Gouda, um sie vor dem Schwein auf den Boden zu legen und »Bitte schön« zu murmeln. Es wurde eifrig geschnuppert, aber offenbar hatte das Minitier keinen Appetit oder höhere Ansprüche. Danach stieß es erneut diese Geräusche aus, die sich eigentlich kaum wie klassisches Grunzen, sondern eher wie dumpfes Bellen anhörten, und verzog sich wieder zur Stehlampe, wo es Joachims Hausschuhe aufgestöbert hatte, die ihm offenbar sympathisch waren.

Joachim blieb nichts anderes übrig, als sich erneut auf die Couch zu setzen und nachzudenken. Da dieser Tag für ihn, so wie es aussah, sowieso nicht mehr schlimmer werden konnte, griff er nach seinem Handy und klickte den Chatverlauf mit Madelaine an:

Joachim, 20:12 Uhr: *Hey. Ich hoffe, du bist gut nach Hause gekommen. Schade, dass das Date so komisch verlaufen ist.*

Madelaine, 20:14: *Warum komisch??*

Joachim, 20:14*: Na ja, ich hatte den Eindruck, ich gehe dir auf die Nerven.* Wie unsicher, peinlich.

Madelaine, 20:16: *Dem war nicht so.*

Joachim, 20:17: *Okay, das freut mich. Trotzdem wolltest du mich nicht begleiten?!?!*

Klasse.

Madelaine, 20:22: *Ich möchte einfach früh schlafen gehen heute, das ist alles. Hatte nichts mit dir zu tun.*

Joachim, 20:40: *Es hatte nichts mit mir zu tun, aber es hätte was mit mir zu tun haben können.* Autsch!

Madelaine, 20:50: *?*

Joachim, 20:52: *Egal. Was machst du jetzt gerade?*

Madelaine, 20:57: *Ich hab mir grad die Haare gewaschen. Du?*

Joachim, 20:58: *Ich ziehe eine Blutspur über den Boden.* Was war er für ein Hornochse.

Madelaine, 21:04: *Oh! Was ist passiert?*

Joachim, 21:07: *Nicht so wichtig.*

Madelaine, 21:08: ☹ *Wenn ich dir irgendwie helfen kann, gib Bescheid.*

Joachim, 21:15: *Okay. Komm vorbei und bring ein Pflaster mit* ☺

Madelaine, 21:17: *Ha, ha. Lustig. Nein, aber jetzt wirklich: Wenn ich was tun kann, melde dich.*

Joachim, 21:18*: Ich brauche keine Hilfe. Weder von dir noch von sonst jemandem!*

Oh, da war er im Rausch offenbar wieder grantig geworden, weil sie seine Aufforderung nicht als ernst gemeinte Einladung verstanden hatte.

Madelaine, 21:22: *Okay …*

Joachim, 21:24*: Und das Vatergesülze hättest du dir auch sparen können.*

Madelaine, 21:27: …

Joachim, 21:33: *Du glaubst, du hast die Welt verstanden. In Wahrheit verstehst du nichts.*

Madelaine, 21:35: *Hab nie behauptet, dass ich die Welt verstanden habe.*

Joachim, 21:36: *Drauf geschissen!!!*

Madelaine, 21:37: *O.k. …*

Joachim, 21:40: *Ich scheiße auf emotionale Schnürpakete wie das Konstrukt Familie, das bringt alles nichts, am Ende stirbt man allein. Und bis es so weit ist, wird die wichtigste Frage, die einem gestellt wird, immer die bleiben, ob man einen Kassenbeleg benötigt. Und auch dabei ist man allein. Fuck off!!! Ich bastle mir ein Grab aus Kassenbelegen! Und dahinter lass ich einen Grabstein aufstellen, auf dem steht:* Glotzt nicht so blöd, Bitches.

Madelaine, 21:43: *O.k. Ich geh jetzt schlafen, morgen muss ich sehr früh zum Bahnhof.*

Joachim, 21:44: *Hau rein!*

Joachim, 21:53: *Schön, eine Familie zu haben, die einen an Heiligabend einlädt!*

Joachim, 23:17: *Hey Madelaine, sorry noch mal … ich bin momentan etwas durch den Wind … wollte nur sagen, dass du eine sehr schöne Frau bist. Und ich hoffe, man sieht sich mal wieder. Schlaf gut & gute Reise morgeeeeeen.*

Dahinter ein völlig sinnloses Blitz-Emoji. Zweimal.

Ende. So viel dazu. Von der würde er nichts mehr hören. Sicherheitshalber guckte er nach, ob er noch anderen Leuten Suffnachrichten getextet hatte. Glücklicherweise nicht.

Joachim massierte sich die Schläfen.

Wie ging es jetzt weiter? Normalerweise hätte er versucht, noch mal zu schlafen. Aber jetzt stand da ein Schwein in seinem Wohnzimmer beziehungsweise inzwischen hatte es sich hingelegt und war mit halb zugeklappten Augen und weit ausgestreckten Stummelbeinchen auf Joachims Hausschuhen eingedöst. Wenn hier etwas feststand, dann, dass er zu dieser Situation irgendeine Art von *Stellung* beziehen musste. Obwohl oder gerade weil er allein war. Man konnte nicht einfach ein Schwein geschenkt bekommen, ohne zu wissen, von wem und warum, es achselzuckend hinnehmen und den Tag mit den gewohnten Nonsensaktivitäten zutackern. Eine Lösung musste her, und die erste, die ihm einfiel und durchführbar erschien, bestand darin, mit dem Vieh zum Zoo zu fahren und es bei einem Tierpfleger abzugeben. Aber nein. Er glaubte nicht, dass ein Stadtzoo einem so unexotischen Tier wie einem Hausschwein Asyl gewähren würde, ganz zu schweigen davon, dass er während der Festtage umständliche Öffnungszeiten vermutete, falls mit solchen überhaupt zu rechnen war. Da kam ihm schon eine andere Idee: ein Tierheim. Logisch. Er könnte das Paket anonym vor der Tür abstellen, damit hätte sich die Sache erledigt. In ein paar Jahren könnte er vielleicht über diesen kruden Vorfall lachen und ihn als Anekdote, die ihm keiner glauben würde, auf Partys, auf denen er nicht sein wollte, erzählen. Aber gerade, als er aufstehen, zur Stehlampe und zur Tat schreiten wollte, realisierte er, dass ihm dieser schlüssige Plan irgendwie missfiel. Und das nicht nur, weil er bereits bei dem Gedanken daran, eine Straßenbahn zu besteigen, wieder das Bedürfnis verspürte, sich ins Bett zu werfen und die Decke über den Kopf zu ziehen.

In Joachim keimte nämlich plötzlich das Gefühl auf, dass es hier um etwas anderes ging. Um etwas Größeres.

Vielleicht hatte es was mit den diversen Restsubstanzen in seinem Blut zu tun, vielleicht auch mit dem besonderen Datum, aber er wurde den Eindruck nicht los, dass hinter diesem fragwürdigen Präsent eine Intention steckte, die über einen einseitig motivierten Festtagsgag hinausging. Und je tiefer er in diese Eingebung hineinhorchte, desto klarer erschloss sich ihm, worauf das hier hinauslief: seine Mission, die sich gestern angekündigt hatte! Hier war sie! Natürlich, offensichtlicher ging es nicht. Und Joachim wusste auch sofort, worin sie bestand: Er würde herausfinden müssen, wer ihm dieses Schwein geschenkt hatte. Das mochte vielleicht im ersten Moment banal anmuten, aber das war es ganz und gar nicht. Die Mission würde Joachim vor Aufgaben stellen, die anders waren als alle Aufgaben, die er sich selber für sein Leben hätte ausdenken können. In erster Linie würde er über viele der Schatten springen müssen, die er seit seiner freiwilligen Isolation mit sich herumschleppte. Er würde aus seiner Komfortzone ausbrechen müssen, die ehrlicherweise ja schon lange nicht mehr, oder eher noch nie, wirklich komfortabel gewesen war. Er würde seinen eigenen Kopf und seine Wohnung verlassen müssen. Er würde eine verdammte Hundeleine kaufen, mit dem kleinen grunzenden Geschöpf vor die Tür gehen und wieder mit Leuten in Kontakt treten! Denn ihm war klar, dass er nicht einfach ein paar Bekannte anrufen und fragen wollte, ob sie ihm ein Schwein geschenkt hatten, nein. Er würde ganz altmodisch vorgehen und systematisch alle Leute abklappern, die hinter dem Rätsel stecken könnten. Um sich selber in den Hintern treten und sein Leben wieder in den Griff kriegen zu können im neuen Jahr. Indem er sich einen neuen Job suchte, und zwar einen, der seinen Kompetenzen gerecht wurde. Nein, das korrigierte er gedanklich sofort: Der Spaß machte. Und vielleicht, warum nicht, würde er sogar eine Freundin finden, mit der er fortan sonntags brunchen und anschließend Gokart fahren konnte und der er eines Tages einen Ring an den Finger stecken würde. Und zwar nicht, weil Joy ihm weisgemacht hatte, dass sich das so schickte, sondern weil es Unsinn war, dass Betrunkene immer die Wahrheit sagten. Im Gegenteil, als Betrunkener hatte er sich viel zu oft in irgendwelchen illusionistischen Welterklärungsansätzen verheddert, die er in nüchternem Zustand als lächerliche Endzeitszenarios entlarvte, an die er nicht glaubte. Es stimmte nicht, was er Madelaine geschrieben hatte. Er wollte nicht auf Familienkonstrukte scheißen, im Gegenteil, in Wahrheit war es genau das, wonach er sich sehnte, wie wohl die meisten von Alleinerziehenden großgezogenen Einzelkinder.

Darum konnte er jetzt nicht weiter still sitzen bleiben und vor sich hin denken. Er wollte endlich handeln. Nur: Wo sollte er auf die Schnelle eine Hundeleine herbekommen? Joachim tippte ›Leine‹ und ›Hausschwein‹ in eine Suchmaschine ein. Viel fand er nicht, aber das, was er entdeckte und den umsetzbarsten Eindruck machte, schien im Wesentlichen aus vier Teilen zu bestehen. Also befand er sich kurze Zeit später auf der Suche nach dem Stirnband, das Joy mal bei ihm vergessen hatte und das ihm viel zu oft ins Auge stach, wenn er gerade etwas ganz anderes suchte, und von dem er trotzdem immer vergaß, wo es war. Er fand es im Badezimmer, unter dem Föhn. Purpurfarben und angenehm stretchbar. Dann holte er die Stirnlampe, welche er besaß, weil er als Siebzehnjähriger mal als Zeitungsausträger gejobbt hatte in den frühen Morgenstunden. Er hatte das alberne Ding später nie mehr wieder verwendet, es aber in den zehn Jahren auch nie übers Herz gebracht, es wegzuwerfen, weil er sich immer gedacht hatte, dass irgendwann in seinem Leben vielleicht noch mal eine unerwartete Situation auftreten würde, in der er sie brauchen konnte. Siehe da, hier war sie. Die Lampe war an einem zwei Finger breiten schwarzen Band befestigt, dessen genaue Materialbezeichnung er nicht kannte, ihm aber so weit geeignet schien. Er entfernte die Lampe, schon hatte er das zweite Band und brauchte nun ein Verbindungsstück. Dafür nutzte er nach kurzer Überlegung die Schnur, die um das Loch-Paket gewickelt gewesen war. Sorgfältig befestigte er die Schnur mit jeweils zwei satten Knoten an Stirnband und Lampenriemen. Sah akzeptabel aus. Jetzt brauchte er nur noch etwas Langes, um es sich ums Handgelenk zu schlingen. Joachim entschied sich für einen alten Ledergürtel mit verrosteter Schnalle. Letztere zog er durch das breite Band der Stirnlampe, welches praktischerweise per Klettverschluss auf- und verschließbar war.

Das Schwein sah ihn verdattert an, als Joachim mit seiner improvisierten Konstruktion auf es zuging. Es dauerte eine Weile, bis er das Stirnband um seinen Hals und den Lampenriemen hinter seine Vorderbeine gezogen hatte. Es beschwerte sich, strampelte und grunzte, aber in seinem Gesicht glaubte Joachim etwas Kooperatives aufblitzen zu sehen, als er es schließlich geschafft hatte. Die verbindenden Paketschnurstränge drehte er so lange herum, bis sie oben am Hals auflagen. Das Schwein grunzte ihn immer noch an, jetzt klang es fast ein wenig anerkennend.

»Passt doch«, murmelte Joachim. Er stand auf, das andere Ende des Gürtels in der Hand, und stellte fest, dass die Leine zu kurz geraten war. So musste er seine rechte Körperhälfte unangenehm nach unten neigen, wenn er beim Gehen den Schweinchenkörper nicht vom Boden anheben und es auf den Hinterläufen mitziehen wollte. Das wäre wohl zwar machbar, würde auf Dauer aber anstrengend werden, also tackerte er spontan noch ein dunkelgraues Handtuch, das er einst zum Geschirrtrocknen gekauft hatte und seither sein unbeachtetes Dasein unter der Spüle fristete, als Schlaufe ans Ende des Gürtels. So war das Ganze tatsächlich wesentlich bequemer und sah nur minimal bekloppter aus als sowieso schon.

»Also«, sagte er, »dann mal los.«

Er hatte den Eindruck, ihm würde etwas verschlafen, aber durchaus einsatzbereit zugenickt.

6

ER KONNTE ES selber kaum glauben, aber zehn Minuten später stand Joachim in angemessener Wintermontur (wasserdichte Stiefel und Schal) auf der Straße, in der linken Hand eine fragwürdige, aber scheinbar funktionierende Leine, an deren Ende sich ein Schwein befand, in der rechten eine Kippe ohne Grasgehalt, und fühlte sich bereit, allem, was seine Mission für ihn bereithalten würde, gegenüberzutreten.

Ganz verabschiedet hatte sich der Kater noch nicht, aber die Klarheit, die seit dem Erweckungsmoment mit dem Holzstück in ihm vorherrschte, war zurück und stark genug, sich mit der Frage zu befassen, wer als Erstes ins Visier genommen werden sollte.

Welche Person aus seinem Bekanntenkreis war irre genug, ihm, dem erklärten Feiertags- und Haustierkritiker Joachim Borst, einen Tag vor Heiligabend ein Schwein anzudrehen? Natürlich musste er gleich an Harry denken. Sein bester Kumpel schreckte vor wenig zurück, wenn es darum ging, Leute zu veräppeln. Aber er befand sich Millionen Kilometer entfernt, und der Aufwand, aus dem Urlaub heraus ein Schwein im Heimatland aufzutreiben und es von einem Übermittler an Joachim bringen zu lassen, sah Harry nicht ähnlich. Außerdem: Wenn er tatsächlich hinter der Aktion steckte, hätte er bestimmt nicht darauf verzichtet, Joachims Reaktion live mitzuverfolgen. Und dass er vor seiner Abreise heimlich seine geliebte Drohne bei Joachim installiert hatte, konnte sich dieser nun wirklich nicht vorstellen, obwohl Graskonsum ja bekanntlich paranoid machte. Trotzdem wäre es falsch, Harry nicht dennoch als Absender zu verdächtigen, also textete Joachim ihm:

Alter, hast du mir ein Schwein geschickt?

Er wusste nicht, wie spät es auf der andern Seite der Erdkugel war, folglich hatte er keine Vorstellung davon, ob Harry gerade ein unzulängliches Brotsortiment an einem Frühstücksbüfett studierte oder sich in einem Eukalyptus-Dampfbad Steine auf den Rücken legen ließ. Jedenfalls erhielt er auf die Schnelle keine Antwort, also musste er seine Suche erst einmal unter den Hiesigen fortsetzen.

Während er zunächst provisorisch Richtung Park loszog, kam ihm die Idee, dass das Schwein möglicherweise von jemandem kam, den er gar nicht kannte. Irgendein völlig Fremder, der im Vorweihnachtsübermut auf die Idee gekommen war, einer willkürlichen Person einen abstrusen Streich zu spielen. Dieser Gedanke war fast noch betrüblicher als der, dass es sich um eine investigative Aktion der veganen Community handelte, bei der das Durchschnittsbürgertum endlich mal wieder face-to-face mit seiner Uneinsichtigkeit konfrontiert werden sollte.

Eine Mutter kam mit ihrer für ihr Alter sehr professionell geschminkten Tochter auf Joachim zu. Erst als das Mädchen im Vorübergehen »süß« sagte und ironisch eine perfekt gezupfte Augenbraue anhob, wurde Joachim bewusst, dass er ein relativ ungewöhnliches Bild abgab mit seinem Schwein.

Nachdenklich schlenderte er weiter, bis sein Blick an einem zerfetzten Poster an einer Litfaßsäule hängen blieb, auf dem ein blonder Elvis-Verschnitt elektrische Geige spielte. Unterhalb dessen Füße zog sich ein Schriftzug mit den relevanten Konzertinformationen, die durch die Risse unleserlich waren, quer über den Bühnenrand. Ganz klein darunter prangten sechs rote Lettern, die ein bisschen aus dem Rahmen fielen, aber entzifferbar waren: *MOOKIE*. Mookie. Joachim wiederholte die sechs Buchstaben im Geiste und realisierte: Das war er. Er hatte einen Namen für sein Schwein gefunden. Immerhin war er bis auf Weiteres an das Tier gebunden und künftig einfach nur *das Schwein* zu sagen, fühlte sich irgendwie unseriös an. Mookie, das war geschlechtsneutral und eingängig. Passte.

Joachim und das frisch getaufte Hausschwein spazierten durch besagten Park. Die Wolken begannen sich zu lichten und ließen vereinzelte Sonnenstrahlen durch das sickern, was der Winter von den Baumkronen übrig gelassen hatte.

Mookie schien die frische Luft zu behagen: Es reckte vital sein Rüsselchen in die Höhe und blieb hie und da interessiert stehen, um Bankfüße oder Erdklümpchen zu beschnuppern. Ansonsten hatte es keinerlei Probleme, mit Joachim Schritt zu halten.

Wenn Joy ihn so sehen könnte! Joachim hätte sich nahezu gewünscht, ihr zufällig über den Weg zu laufen.

Dabei kam ihm unweigerlich auch Muhammed wieder in den Sinn, und schon war sie da, die erste greifbare Fährte. Natürlich! Das Schwein war in dessen Religion ein verpöntes Geschöpf! Joachim schauderte vor Aufregung angesichts dieser unverhofften Spur. Womöglich hatte sein Nachfolger, wenn man ihn denn so nennen wollte, ein klares Motiv, weil er herausgekriegt hatte, dass Joy vorgestern mit Joachim telefoniert hatte. Vielleicht war er ein Typ, der das Handy seiner Partnerin kontrollierte, oder sie hatte ihm davon erzählt – in einer so glücklichen Beziehung wie der ihren gab es schließlich nichts voreinander zu verheimlichen –, und er hatte beschlossen, Rache zu üben. Möglicherweise verkörperte ein lebendes Schwein ja in der Region, aus der er kam, so etwas wie die tote Ratte bei den Mafiosi; einen handfesten Hinweis darauf also, dass Muhammed nichts Geringeres im Sinn hatte, als Joachim umzulegen.

Gespannt blickte er sich um. Eine schwarz gekleidete Person mit Vollbart stand da hinten unter einem Baum, rauchend und telefonierend. Ob das Muhammed war? Abgesehen von Gesichtsbehaarung und Schicksalsfügung gab es keine stichhaltigen Hinweise, aber Joachim verlangsamte sicherheitshalber mal sein Tempo.

Mookie hingegen stupste mit der Nase gegen seinen Stiefel, als wolle es ihn zur Eile antreiben. Ob es seinen Überbringer wiedererkannt hatte und darum flüchten wollte?

Als Joachim mit rasendem Herzen den Baum passierte, wendete sich die Person von ihm ab, sodass er ihr Gesicht nicht sehen konnte. Joachim kannte Muhammed ja nur von dem einen Bild, das Joy ihm gezeigt hatte. Er hatte also keine Ahnung, ob er tatsächlich einen Meter neunzig groß war, wie er sich das ausmalte (die Telefongestalt war indes nicht größer als eins fünfundsiebzig), und ob er rauchte (wovon er eigentlich nicht ausging, da Joy erzählt hatte, er sei Sportler).

Und woher hatte Muhammed, falls er denn wirklich der Schweinschenker war, wissen sollen, dass Joachim genau um diese Uhrzeit durch diesen Park latschen würde? Na ja, gut, das war naheliegend, immerhin war dies die einzige Grünanlage in der näheren Umgebung, und dass jemand, der unerwartet mit einem Schwein konfrontiert wurde, erst mal Richtung Natur pilgerte, war einigermaßen absehbar.

Aber nein, es handelte sich nicht um Muhammed, das wurde jetzt klar. Der Wind trug die Stimme der Person an Joachims

Ohr, und er hörte sie in lautem, närrischem Tonfall über einen ausfallenden Regionalzug sprechen – in einer lokaltypischen Ausdrucksweise, die Joachim dem vor zwei Jahren ins Land gekommenen Muhammed bei aller Aufgeschlossenheit nicht zutrauen konnte.

Aber nur weil er nicht hier im Park auf ihn wartete, war Muhammed noch lange nicht unschuldig. Joachim entschied kurzerhand, ihm einen Besuch abzustatten. Zufällig kannte er ja dank Joy die Adresse.

Welches der zwei Gebäude neben Harrys oder, wie Joy ihn genannt hatte, *Haralds* Reihenhaus das richtige war, ließ sich relativ simpel eruieren: Joachim hatte die Wahl zwischen einem Flachbau, der lediglich ein Blumengeschäft beinhaltete, das sich laut Schild seit Oktober im Umbau befand, und einem zweiten matschfarbenen Mehrfamilienhaus, das bis auf einen minimalen Unterschied im Fensterladendesign genauso aussah wie das, in dem Harry lebte. Auch die richtige Klingel zu finden sollte nicht weiter schwierig sein: B. & B. Andermatt, C. Vogel, E. Smajic, Runde / Brauer, F. Neubauer, Kosmetikstudio *Passion*, M. Mansour. Bingo.

Joachims Puls beschleunigte sich rapide, als er den Finger auf den Knopf presste. Zu seinem Erstaunen ging die Tür sofort auf, ohne dass ihn jemand durch die Gegensprechanlage aufforderte, sich vorzustellen. So weit, so praktisch. Und verdächtig.

Joachim machte sich auf den Weg ins Dachgeschoss. Als er im zweiten Stock anlangte, verharrte sein Blick an der linken Außenwand. Wenn er einen Röntgenblick hätte, könnte er jetzt direkt in Harrys Wohnung sehen, mit der einsamen Wasserpfeife, der Hanfpflanze und dem Playboy-Bunny-Deckenbezug, der laut seinem besten Kumpel in erster Linie die Funktion einer Diskussionsgrundlage erfüllte, da sein Bett unter einem Poster mit der Aufschrift PATRIARCHAT ABSCHAFFEN stand. Möglicherweise war dies das letzte Mal, dass er so nahe an Harrys Sachen dran war.

Mookies Klauen machten laute Kratzgeräusche auf dem Holz, außerdem hechelte es angestrengt. Die Stufen schienen ihm Mühe zu bereiten, also hob Joachim es schließlich auf und trug es unter den rechten Arm geklemmt nach oben.

Als sie im vierten Stock ankamen, erwartete Joys Neuer die beiden bereits im Türrahmen stehend. Er maß zum Glück keine eins neunzig.

Ebenfalls beruhigend, wenn auch überraschend, war Muhammeds Gesichtsausdruck: Aufnahmebereit lächelnd blickte er den ungebetenen Gästen entgegen. Von Mordabsichten war da bis jetzt nichts zu sehen, aber vielleicht war er ja ein guter Schauspieler – Joachim wollte auf der Hut bleiben.

Er stellte Mookie auf den Boden und musterte Muhammed dabei so unauffällig, wie das beim Bücken eben ging: Er trug ein hellblaues, eng anliegendes Hemd, das nicht vollständig zugeknöpft war, sodass etwas Brusthaar rausquoll. Der Saum war säuberlich in eine beigefarbene, gut sitzende Chinohose gepfercht, die an den Knöcheln hochgekrempelt war, darunter nackte Füße. Und über seiner linken Schulter hing ein gelbes Geschirrtuch, das dem legeren Businesslook keinen Abbruch tat. Seine dunklen Locken hatte er offenbar mit einem Glätteisen gezähmt und zu etwas gebunden, das man Joachims Kenntnis nach *Dutt* nannte.

»Hallo!«, sagte Muhammed, als sei es das Normalste der Welt, einen völlig Fremden in Begleitung eines Schweins vor der eigenen Wohnung zu empfangen.

»Hallo«, spielte Joachim den Ball zurück, fügte nach einem

kurzen Zögern »Guten Nachmittag« hinzu, und weil ihm die Stille noch peinlicher war als seine verängstigte Stimme, schob er noch ein: »Entschuldigung, dass ich hier einfach so auftauche« hinterher. Dabei stellte er sich die kleinkarierte Frage, ob Herr Mansour diesen Satz vollumfänglich verstanden hatte, oder ob er langsamer hätte sprechen sollen. Muhammeds Augenbrauen bewegten sich lässig in Richtung des beneidenswert lückenlosen Haaransatzes und verharrten dort. Dann meinte er: »Kein Problem.« Kein Problem? Joachim war verwirrt. Dann kam ihm plötzlich eine Idee: »Ist Joy zufällig da?«

»Entschuldigung, aber darf ich fragen, wer Sie sind?«

»Ach so, ja, mein Name ist Joachim Borst«, stammelte Joachim, »ich bin der … also, ich bin ein Bekannter von Joy. Wir kennen uns über … einen andern Bekannten. Sie hat mir mal erzählt, dass Sie hier wohnen. Und da ich grade in der Nähe war, dachte ich, ich schau kurz vorbei, um zu sehen, ob sie vielleicht hier ist.«

»Und warum?«

»Ehrlich gesagt, um sie etwas zu fragen.«

»Und was?«

»Na ja, ob sie mir ein Schwein geschenkt hat.«

»Ein was?«

Joachim deutete auf Mookie.

Muhammed machte nicht den Anschein, als wolle er Joachim vor Eifersucht an die Gurgel springen. Stattdessen betrachtete er mit unveränderter Augenbrauenposition die kleine Sau zu ihrer beiden Füße. Er schien auf eine Fortsetzung zu warten, also erklärte Joachim: »Also, es stand einfach vor meiner Tür. Das Paket. Ich meine, das Schwein, also, beide, sozusagen, das Schwein war ja in dem Paket drin, äh, ja. Und auf dem Paket war kein Absender drauf, also, kein Name oder so was, von wem das kam, und ich dachte mir so spontan: Vielleicht ist das ja von Joy.« Beziehungsweise von dir, fügte er in Gedanken hinzu und blickte Muhammed forschend an. Der wich jedoch nach wie vor mit keinem Blinzeln von seiner Unerschütterlichkeit ab, sondern sagte, jetzt mit einem amüsierten Unterton in der Stimme: »Ach so, ich verstehe. Nein, sorry, Joy ist leider im Moment nicht da. Aber ich denke nicht, dass sie Ihnen das hier geschenkt hat.« Aha, er dachte es also nicht – weil er es besser wusste? Dass es von ihm war, traute Joachim ihm jedenfalls immer mehr zu, zumal Muhammed jetzt schelmisch grinste und meinte: »Hören Sie, wollen Sie vielleicht hereinkommen und einen Tee trinken? Ich bin gerade am Kochen, mein Herd wartet. Joy kommt nachher noch vorbei, dann können Sie ja gleich mit ihr sprechen.«

Joachim war komplett überfordert. Da hatte er sie, die Einladung in den Tod. Besser hätte Muhammeds Plan ja gar nicht aufgehen können; anstatt zu Hause auf sein Schicksal zu warten, lief ihm sein Opfer bereitwillig von selber in die Falle, und das gerade mal knapp anderthalb Stunden nach Erhalt der Todeswarnung. Wenn Joachim jetzt diese Wohnung betrat, in der angeblich ein Herd wartete, würde er nicht mehr lebend herauskommen, so viel stand fest. Man lud keine fremden Männer mit Schwein spontan zu sich nach Hause zum Tee ein, wenn man keine bösen Absichten hegte. Und warum sollte Joy zufällig auch noch vorbeikommen? Alles absolut unglaubwürdig.

Trotzdem sah Joachim keine andere Möglichkeit, als Ja zu sagen. Muhammeds Blick war verbindlich und gleichzeitig hoffnungsvoll; eine Kombination, der Joachim noch nie begegnet war, sodass er nicht wusste, wie er ihr hätte standhalten können.

Aber vielleicht würde er ja doch einen Ausweg finden. Um Verzeihung und Gnade bitten, wenn Mansour den Revolver auf ihn richtete. Beteuern, dass er ihm und Joy alles Glück der Erde und Allahs Segen wünschte. Vielleicht würde er ihn laufen lassen, wenn er erkannte, dass er in Joachim keinen ernsthaften Konkurrenten zu befürchten hatte.

Joachim ließ sich in ein perserteppichlastiges Wohnzimmer führen, in dem überraschenderweise vier Männer hockten, die alle ziemlich unverkennbar arabisch aussahen. Die Wohnung hatte denselben Schnitt wie Harrys, und hier stand sogar eine Shisha, wie er sie hatte, um welche herum die besagten vier Männer Karten spielten. Muhammed erklärte: »Meine Kumpels.«

Sie sahen erst Joachim an, dann das Schwein. Ihre Blicke waren schwer einschätzbar, irgendetwas zwischen freundlich und Außerirdischensichtung.

Drei der Männer saßen auf einer Couch, über der eine große Flagge hing, grün, weiß, schwarz und rote Sternchen. Joachim tippte auf Syrien, musste sich aber eingestehen, dass er nicht darauf hätte wetten können.

Der vierte Kumpel saß auf einem Kissen am Boden, zog mit der Hand einen Stuhl heran und bedeutete Joachim, sich dazuzusetzen.

Joachim kam sich ziemlich idiotisch vor, zumal niemand etwas sagte, sodass er nicht mal feststellen konnte, ob hier alle seine Sprache verstanden.

Immerhin fragte ihn Muhammed jetzt, ob er Schwarztee trinke. Aber auch das funktionierte nicht als Gesprächseinstieg, weil Joachim weder unhöflich sein noch vergiftet werden wollte, also zuckte er ratlos mit den Achseln. Muhammed verschwand so schnell aus dem Zimmer, dass eigentlich kein Zweifel mehr daran bestand, dass Letzteres eintreffen würde. Die vier Männer hatten ihr Kartenspiel längst unterbrochen, und jetzt, wo der Gastgeber weg war, kam auf einmal Leben in die Gruppe.

»Hallo«, sagte einer von ihnen.

»Hallo«, sagte Joachim, und zum Glück nahmen ihm die Männer die Frage, wie es weitergehen sollte, ab, indem sie sich der Reihe nach höflich vorstellten:

Abdalla, Omar, Yamen; den vierten Namen verstand Joachim leider nicht ganz.

Sie sprachen mit Akzent, aber auf einem fortgeschrittenen Sprachniveau, soweit er das beurteilen konnte, und Abdalla erklärte ihm, dass sie aus Damaskus kämen.

»Schön, die Hauptstadt, oder?« Niemand schien von seinen geografischen Kenntnissen beeindruckt zu sein, stattdessen ergänzte Omar schnell, dass sie alle an der gleichen Uni Ingenieurwissenschaften studiert hätten, bevor sie nach Ausbruch des Bürgerkriegs die Flucht angetreten hatten. Joachim behauptete, er sei Sales Manager, wie er es immer tat, wenn er mit Leuten über seinen Beruf sprechen musste, von denen er annahm, ihnen kein zweites Mal zu begegnen. Abdalla bot ihm die Wasserpfeife an. Joachim nahm den Schlauch entgegen; endlich etwas, womit er umzugehen wusste. Der Apfelrauch tief in der Lunge ließ ihn kurzzeitig den Gedanken an sein bevorstehendes Ableben vergessen. Es fühlte sich sogar fast ein bisschen an, als säße er bei Harry, so vertraut waren diese kalte Metallröhre in seinem Mund und der Blick an die Decke, wo Engel und andere komische Stuckfabelwesen sich gegenseitig Äpfel zuwarfen. Und gleichzeitig fühlte sich das alles hier absolut anders an als alles, was er jemals erlebt hatte.

In dem Moment brachte Muhammed den Tee und fragte Joachim, ob er nachher gleich mitessen wolle.

»Oh, das ist wirklich nett, aber nein, ist schon gut, ich wollte euch gar nicht lang stören.«

»Er ist übrigens ein Bekannter von Joy«, fühlte Muhammed sich berufen, seine Kumpels aufzuklären, »und er denkt, dieses Schwein ist ein Geschenk von ihr.« Verhaltenes Gelächter brandete auf.

»Warum?«, fragte im Anschluss derjenige mit dem schwer zu merkenden Namen.

»Keine Ahnung«, gestand Joachim. Und dann, weil er irgendwie keinen Grund sah, diesen netten Typen etwas vorzumachen, erklärte er: »Vor meinem Haus stand heute einfach dieses Paket mit dem Schwein drin. Ich weiß nicht, wer es mir gebracht hat. Als ich vor die Tür ging, war keiner mehr da. Es ist wie ein Rätsel. Ein Rätsel, das ich irgendwie lösen muss.« Mookie bugsierte derweil mit dem Rüssel eine leere Coladose vor sich her und schien von den Blicken seines Publikums nichts mitzubekommen.

»Das ist ja interessant«, meinte Yamen.

»Haram«, lachte Omar.

Muhammed verschwand wieder in der Küche, und die Syrer begannen, sich auf Arabisch zu unterhalten. Joachim gab sich Mühe, nicht allzu angespannt auszusehen. Ob die vier in Muhammeds Plan eingeweiht waren? Er nippte an seinem Tee. Der eigentlich sehr lecker schmeckte, auch wenn Muhammed mindestens drei Löffel Zucker hineingekippt haben musste. Um das Gift zu übertünchen? Allmählich erschien es ihm unwahrscheinlich. Mit einer kruden Mischung aus Nervosität und Sympathie reichte er den Sishaschlauch an den Namenlosen weiter. Dieser sagte »Danke«, und man wechselte wieder von Arabisch zu Deutsch.

Die Spielkarten wurden neu verteilt und er, Joachim, bekam auch welche hingelegt.

»Oh, äh, danke schön. Aber ich kenne das Spiel gar nicht.«

»Ist ganz einfach«, meinte Abdalla, »ich erkläre dir die Regeln und helfe dir am Anfang ein bisschen, dann lernst du schnell.« Und siehe da, genau so geschah es: Sechseinhalb Minuten später fand Joachim sich mitten in einem schweißtreibenden Kartenspiel wieder und war gerade dabei, auf dem Höchstlevel seiner Konzentration nach einer Möglichkeit Ausschau zu halten, wie er seine letzten drei Karten loswerden konnte. Omar hatte nur noch zwei, der würde ihm wohl zuvorkommen! Zwischen den Spielzügen wurde gelacht, geraucht, gepfiffen. Es war gemütlich.

Am Ende wurde Joachim tatsächlich Zweiter. Die Jungs applaudierten, und er fühlte sich geschmeichelt, zumal er sich nicht daran erinnern konnte, wann er zum letzten Mal an einem nichtvirtuellen Gesellschaftsspiel teilgenommen hatte. Gerade wollte er in einem Anflug von Übermut anbieten, die Karten für eine nächste Runde zu mischen, als Muhammed mit dem Essen hereinkam und »Macht mal Platz!« rief. Ungefragt stellte er auch ihm einen Teller hin, worüber Joachim trotz seiner vorangegangenen Zurückhaltung insgeheim dankbar war. Zum einen, weil er seit dem Sushi-Mahl nichts Festes mehr in den Magen bekommen hatte, zum anderen, weil er sich schon etwas ausgeschlossen gefühlt hätte, wenn er als Einziger leer ausgegangen wäre. Hinzu kam, dass das, was Muhammed auf den Couchtisch stellte, beeindruckend aussah: In einem riesigen Topf blubbernder roter Soße schwammen Hähnchen- und Gemüsestücke, daneben standen zwei kleine Platten, von denen eine mit Fladenbrot, die andere mit Hummus und Petersilienzweigen beladen war.

Joachim ließ sich eine große Portion von allem aufschöpfen. Als Muhammed sich darauf unvermittelt umdrehte, durchs Zimmer schritt und energetisch vor einem antiken Schrank in die Hocke ging, zuckte Joachim kurz zusammen und dachte: Obacht. Jetzt wurde doch noch eine Waffe geholt. Nein. Muhammed hatte eine kleine runde Tupperwarebox in der Hand, die er dem Schwein hinstellte. Mookie bekam auch eine Portion von seinem Essen. Allmählich konnte Joachim Joys Faszination nachvollziehen.

Besteck gab es keines, also beobachtete Joachim, wie die anderen vorgingen: eine Scheibe Fladenbrot nehmen, Fetzen davon abreißen, diese in die Soße tauchen, wahlweise Fleisch oder Gemüse damit aufgreifen, anschließend bei Bedarf noch in Hummus tunken, abbeißen. Alles klar.

Mit jedem Bissen wuchs Joachims Appetit und wurden seine Handgriffe geübter. Es machte Spaß, auf diese Art zu essen, gleichzeitig erforderte es ein gewisses Maß an Konzentration, sodass er genug gefordert war, um nicht daran zu denken, dass ein Glas Wein die ganze Sache abrunden würde. Irgendwann wollte Muhammed von ihm wissen, woher er Joy kenne. »Von einem Bekannten, hast du gesagt?«

Joachim kaute schnell zu Ende, schluckte und räusperte sich.

»Ach, das weiß ich gar nicht mehr so genau. Ist schon lange her. Sie hat mir erzählt, dass ihr heiraten wollt?«

Muhammed setzte wieder sein zufriedenes Grinsen auf und antwortete: »Ja, genau. Wir lieben uns.« Ja, genau, wir lieben uns. So einfach ging das also. Joachim erinnerte sich daran, wie er mal zu einer Frau gesagt hatte: »Wer ernsthaft an die große Liebe glaubt, sollte weniger schlechte Filme schauen und anfangen, bessere Bücher zu lesen.« Die Enttäuschung auf ihrem Gesicht hatte er damals mit einem kindischen Überlegenheitsgefühl zur Kenntnis genommen. Doch hier, in diesem Kreis, kam ihm dieser Satz rückblickend eher wie ein Armutszeugnis vor. Für diese fünf jungen Männer schien die Liebe etwas Einfaches zu sein oder wenigstens etwas Selbstverständliches, denn die anderen nickten zustimmend und ohne jede Ironie.

Yamen erklärte, Muhammed sei der Einzige von ihnen, der noch nicht verheiratet war.

»Echt, ihr alle schon? Und wo sind eure Frauen?«

»Zu Hause«, sagte Abdalla.

»In Syrien«, antwortete der Namenlose.

Joachim konnte mitverfolgen, wie die Gesichter um ihn herum sich verdüsterten. Klar. Er war sich nicht sicher, ob er sich so einem Thema schon gewachsen fühlte, nachdem er zwei Monate so gut wie überhaupt nicht mit fremden Menschen gesprochen hatte, von seinen verunglückten Flirtversuchen mit Madelaine einmal abgesehen. Doch er wollte um keinen Preis wie eine eingeschüchterte Kartoffel rüberkommen, also fragte er: »Aber ihnen geht es gut da?«, und versiegelte schnell seinen Mund mit einer Ladung Hummus.

»Ja, sie leben in sicheren Gebieten. Trotzdem muss man vorsichtig sein, man weiß nie, wie sich die Lage entwickelt. Hoffentlich können wir sie bald herholen. Es ist nicht mehr so leicht, seit sich die Asylgesetze geändert haben.« Die Asylgesetze. Joachim wusste nichts über sie. Wann hatte er sich das letzte Mal mit Politik auseinandergesetzt? Es musste lange zurückliegen. Sehr lange. Lange vor der Laugenstange.

»Meine Frau lebt in einem Heim in Griechenland seit zwei Monaten«, sagte Yamen, »sie kommt aus dem Libanon, ist aber in Aleppo aufgewachsen, und wir versuchen seit drei Wochen, ein Flugzeug zu bekommen, damit sie nach Barcelona fliegen kann. Von dort können wir ihr dann ein Ticket besorgen mit dem Zug hierher.«

»Verstehe«, sagte Joachim, der Mühe hatte, sich die Weltkarte ins Gedächtnis zu rufen, »hoffentlich klappt das, und ihr könnt bald wieder zusammen sein.«

»Ja, inschallah. Weißt du, ohne Papiere ist es schwierig. Man muss immer lange warten. Die Ämter hier lassen sich Zeit.«

Joachim war beeindruckt, wie Yamen diese widrigen Umstände zu abzuarbeitenden Hürden neutralisieren konnte, anstatt an deren Aussichtslosigkeit zu verzweifeln. Für ihn selbst wären Ämter, die sich Zeit ließen, ein handfester Grund für kolossale Nervenzusammenbrüche.

»Ich bin der Einzige mit einer deutschen Freundin«, erklärte Muhammed, »arabische Frauen können sehr anstrengend sein.«

»Tatsächlich?«

»Ja, manchmal schon. Sie sagen nicht immer ehrlich, was sie denken, und das kann Probleme geben.«

»Nicht so direkt und ehrlich wie die Frauen von hier«, ergänzte Abdalla.

Darüber musste Joachim erst einmal nachdenken. War das so? Aus dem Stegreif konnte er jedenfalls nicht unterschreiben, dass Frauen hier ehrlicher waren, wenn er an Joy dachte und daran, dass sie ihm erst gesagt hatte, was sie von ihm gewollt hätte, als es zu spät war.

»Hast du eine Freundin?«

Joachim schüttelte den Kopf.

»Warum nicht?«

Tja, der Grund sitzt neben mir, dachte Joachim und fragte sich gleichzeitig, ob das stimmte, und er wirklich glaubte, dass Joy ihn zurückgenommen hätte, wenn es Muhammed nicht gäbe, dessen Bewegungen ihm aus dem Augenwinkel betrachtet die natürliche Unabhängigkeit eines Steppenlöwen vermittelten.

Joachim behauptete, grundsätzlich durchaus auf der Suche zu sein, doch sei es eben nicht so einfach, eine passende Partnerin zu finden.

»Wallah, wirklich nicht!«, rief Yamen, die anderen nickten kräftig mit, da hatte er anscheinend etwas Richtiges gesagt. Was sich seltsam anfühlte für Joachim, denn er hatte schon vor langer Zeit damit angefangen, Gesprächen über Frauen mit anderen Männern aus dem Weg zu gehen. Die niemals abbrechenden Klischees ermüdeten ihn, außerdem hatte er nichts zu erzählen. Ja, er datete Frauen, ja, meistens schlief er mit ihnen, und danach verlief die Sache im Sande, aber er sah keinen Grund, dies gegenüber seinen Geschlechtsgenossen zu thematisieren.

Manchmal tauschte er sich auf sachlicher Ebene mit Harry über das aus, was er bei Spinder so erlebte, aber selten, und ihm war klar, dass der ihm für das Statement *Es ist schwierig, eine gute Frau zu finden* das Bier aus der Hand genommen oder auf eine zynische Pointe gewartet hätte.

Er wurde gefragt, was für eine Frau er denn suche; wie die so sein solle, seine ideale Partnerin.

»Na ja, also, ich weiß nicht … zwei Beine, zwei Augen … das wär schon ganz gut für den Anfang.«

Alle lachten.

»Du hast recht, Hauptsache, sie hat einen guten Charakter.«

»Ja«, sagte Joachim, der keine Ahnung hatte, was Omar sich unter einem guten Charakter vorstellte. Von sich selbst ganz zu schweigen.

Dann holte der Namenlose sein Handy hervor und zeigte Joachim ein Foto, auf dem eine junge Frau mit schwarzen Locken zu sehen war, bildhübsch und umringt von drei Kindern in weißen Unterhemden. Neben ihnen war ein sandfarbenes Gebäude zu sehen, das von der Architektur her auch in einer dänischen Kleinstadt hätte stehen können, wenn dahinter nicht die Spitzen zweier Moscheen zu erkennen gewesen wären.

»Ist das deine Frau?«

»Ja, meine Frau, Hanem. Und das sind meine Kinder. Ich habe sie nicht mehr gesehen, seit ich hier bin, und vermisse sie sehr.«

Joachim schluckte, wollte etwas sagen. Er wusste nicht, was. Der Namenlose aber guckte ihn erwartungsvoll an.

Joachim murmelte: »Das tut mir sehr leid für dich. Für euch, meine ich.« Da begann der Namenlose unvermittelt lauthals zu lachen, klopfte Joachim aufs Knie und meinte: »Sorry, ich mache Spaß, sorry. Das ist meine Schwester mit ihren Kindern. Das ist ein altes Foto. Sie leben jetzt ganz in der Nähe von hier, morgen gehe ich sie besuchen.«

»Oh.« Gerade als Joachim erleichtert sein und ein bisschen mitlachen wollte, wischte der Namenlose zügig ein paar Fotos weiter und hielt ihm den Bildschirm erneut vor die Nase. Auf diesem Foto waren keine Familienmitglieder mehr zu sehen, sondern ein Haus beziehungsweise dessen Überreste. Ein Anblick von Zerstörung, wie man ihn hierzulande nur aus den Medien kannte: schrecklich und verdrängbar. Joachim spürte, dass ihm das Essen schwer im Magen zu liegen begann. Er hatte das Bedürfnis, sich zurücklehnen und woanders hinzusehen, stattdessen zwang er sich, steif vorgebeugt, das Foto mit einem Gesichtsausdruck zu betrachten, der Kompetenz und Anteilnahme vermitteln sollte. Obwohl er überhaupt nicht abschätzen konnte, ob es für solche Bilder den passenden Gesichtsausdruck gab. Er hatte vergessen, was der Unterschied zwischen Mitleid und Mitgefühl war. Mookie und seine Mission waren in den Hintergrund gerückt. Er fühlte sich schuldig und gleichzeitig viel zu weit weg von dem, was die Männer erlebt haben mussten, was ihm ungerecht erschien – für beide Seiten.

Die anderen schwiegen und schenkten dem Bild des Namenlosen keine weitere Beachtung. Aßen, wischten Krümel von ihren Hosen, taten so, als bekämen sie nichts mit. Vermutlich kannten sie es schon, vermutlich kannten sie viel zu viele solcher Bilder, hatten alle ihre eigenen auf den Leinwänden hinter den Netzhäuten verewigt, brauchten dafür keine Medien.

Dann klingelte es.

Muhammed nahm einen tiefen Zug von seiner Wasserpfeife, dann ging er in aller Ruhe zur Tür. Joachim, der damit rechnete, dass gleich noch mehr arabische Kumpels auftauchen würden, war erleichtert, dass der Namenlose das Handy wegpackte. Im Kopf ging er zackig ein paar denkbare Begrüßungsfloskeln durch. *Salam aleikum* kam ihm natürlich in den Sinn, das konnte er, nach eigenem Ermessen, einigermaßen annehmbar aussprechen; Spätkauf-Ali hatte es ihm beigebracht, als ihm Joachims Kaufverhalten noch nicht seltsam aufgefallen war und er wohl noch an eine natürliche Lernbereitschaft in ihm glaubte.

Aber vielleicht wäre diese Floskel im aktuellen Rahmen zu anbiedernd; Joachim konnte sich des Gefühls nicht ganz erwehren, dass er hier mehr zu repräsentieren hatte als sich selbst. Auch wenn ihm das schon wieder kleinkariert vorkam. Wie sich herausstellte, waren seine Bedenken umsonst, denn dreißig Sekunden später hörte man keinen weiteren Syrer durch den Flur trampeln, sondern Joy Verga. Mit keuchender Stimme sagte sie zu Muhammed: »Da unten liegt ja immer noch dieser Zementsack rum, das musst du dem Vermieter melden. Ich liebe dich, Schatz.« Eine Sekunde später stand sie auch schon im Türrahmen und ließ vor Schreck eine riesige Plastiktüte fallen, als sie Joachim erblickte.

Er konnte das verstehen, schließlich musste es für sie ein skurriles Bild sein, wie da der mutmaßliche Trottel hockte, der ihr vorgestern noch die Ohren vollgeheult hatte, wie schlecht es ihm ginge, und jetzt einen Sessel ihres Ehegatten in spe belagerte, während ihm ein Stück Zitrone zwischen den Zähnen klemmte und ein kleines Schwein neben seinen Füßen döste.

Glücklicherweise sprang Muhammed ihm zur Seite, indem er geistesgegenwärtig auf Mookie zeigte und meinte: »Joachim ist wegen dem Schwein hier.« Joy schwieg eine Weile mit leerem Gesicht, dann wiederholte sie:

»Joachim ist wegen dem Schwein hier«, im Tonfall einer Lehrerin, die die Antwort eines Schülers zitierte, welche keinem erkennbaren Zusammenhang entsprach. Dann schüttelte sie den Kopf und begrüßte erst mal Muhammeds Kumpels, auffallend leidenschaftlicher, als sie Harry damals begrüßt hatte. Dann ließ sie sich im Schneidersitz auf einem der Perserteppiche nieder und zog ihre prall gefüllte Tüte an sich.

»So«, wandte sie sich nun an Joachim, »also, was soll das jetzt genau mit dem Schwein?«

Wie auf Kommando hob Mookie sein Köpfchen hoch, drehte es um hundertachtzig Grad in ihre Richtung, grünzelte kurz und stand schließlich auf, um sich den aufwendig gestalteten Fingernägeln zu nähern. Alle Augen waren auf die Begegnung gerichtet. Es war spannend. Mookie schlenderte so lässig und zuversichtlich hinüber zu Joy, als hätte es nur auf diesen großen Showmoment gewartet. Und Joy, nicht minder überraschend, streckte ihre Hand aus und streichelte so souverän über Mookies

Kopf, dass Joachim abrupt in Erwägung zog, das Schwein käme tatsächlich von ihr.

»Stand heute vor meiner Tür«, meinte er knapp.

»Das Schwein stand heute vor deiner Tür?«

»Ja.«

»Du hast ein Schwein geschenkt gekriegt?«

»Ja. Das da.«

»Echt jetzt? Das ist ja irre.«

Als Joys Hand an ihren Haaransatz sauste, um sich die weißblonden Strähnen zu richten, verlor Mookie das Interesse an ihr. Es gab ein paar würgeähnliche Blubbergeräusche von sich und machte sich auf den Weg zu einem Heizkörper, auf dem ein Stapel Handtücher lag. Sorgfältig gefaltet, nebenbei bemerkt, Joachim konnte fast nicht hinsehen.

»Er dachte, es ist ein Geschenk von dir, darum hat er hier geklingelt«, legte Muhammed lapidar die Fake News auf den Tisch.

Joy riss entgeistert die Augen auf. »Wie bitte? Warum das denn, Joachim B?«

»Na ja …«

»Bist du verrückt geworden?«

»Tja, du warst die Erste, die mir einfiel, weil du die letzte Person warst, mit der ich Kontakt hatte.« Er warf einen kurzen Seitenblick zu Muhammed, um festzustellen, wie der diese fast ehrliche Erklärung auffasste. Muhammed schnippte tiefenentspannt eine Olive von seiner Kniescheibe.

»Wieso sollte ich dir ein Schwein schenken?«, fragte Joy.

»Ich weiß es nicht.«

Yamen kam ihm zu Hilfe: »Er kann ja nicht wissen, von wem das kommt, weil es anonym war. Aber irgendjemand von seinen Freunden muss wohl dahinterstecken, denn die Person wusste ja offenbar, wie er heißt und wo er wohnt.« Joy ging nicht weiter darauf ein, sondern setzte unbeirrt ihr Verhör fort: »Und warum bist du dann hierhergekommen? Und nicht direkt zu mir?« Joachim konnte schlecht sagen, dass er ursprünglich vermutet hatte, dass ihr Partner ihn umbringen wollte. Ihm kam das auch unglaublich absurd vor, weil er inzwischen selber vergessen hatte, wie er in diese orientalische Runde hineingeraten war. Warum war er hier? Um Karten spielen zu lernen? Eine leistungsunabhängige Daseinsberechtigung zu verspüren, fernab kultureller Schubladen? Letzteres hatte er bisher für ein Privileg der Kindheit gehalten. Trotz des Fotos, das der Namenlose ihm gezeigt hatte, stellte er fest, dass ihn Muhammeds unerwartete Gastfreundschaft in ein Gefühl hineingeworfen hatte, das ihm bislang in dieser Form unbekannt gewesen war: Er fühlte sich in einer Gruppe aufgehoben.

Doch trotz des glücklichen Verlaufs, den dieser Spontanbesuch für ihn genommen hatte, wollte er nun keine weitere Zeit mehr vertrödeln. Seine Mission wartete auf ihn. Bald-Ehepaar Mansour war aus dem Schneider, schweinetechnisch gesehen, also musste er weiterziehen, um sein Spiel zu Ende zu spielen. Auch wenn es keine Würfel oder Karten gab, keine offensichtlichen Gegenspieler und erst recht keinen netten Typen wie Abdalla, der ihm die Regeln erklärte und ein bisschen unter die Arme griff.

»Okay, also, dann mach ich mich wohl mal wieder auf den Weg.«

Alle protestierten sofort, nein, er solle doch noch etwas bleiben, wallah, es gäbe noch Eiscreme. Nur Joy starrte ihn mit ihren sturmgrauen Augen ungerührt an.

Joachim stand auf.

»Danke, danke, aber ich sollte wirklich los. Schließlich muss ich das Ding ja wieder irgendwie loswerden.«

»Alles klar«, sagte Muhammed, »Na dann, viel Glück. Gib uns Bescheid, wenn du herausgefunden hast, von wem das Schwein ist.«

Joachim war fast ein bisschen gerührt.

Omar, Yamen, Abdalla und der Namenlose standen auf, um ihm die Hand zu schütteln. Joy blieb sitzen, tat so, als sei sie gerade schwer damit beschäftigt, den Deckel einer Tabakdose korrekt zuzudrehen, als er in ihre Richtung blickte. Muhammed wiederum begleitete ihn noch wohlerzogen zur Tür.

»Vielen Dank für das alles hier« stammelte Joachim. »Es war wirklich … köstlich.«

»Ach, nix zu danken. Du kannst gerne wieder mal vorbeikommen. Ach ja, Joy und ich werden an Silvester eine kleine Party machen. Nicht eine richtige Party, nur so klein. Etwas Kleines. Wenn du magst, komm vorbei.«

Joachim nickte. Dann wollte er geradewegs auf die Treppe zueilen, als ihm einfiel, dass Mookie damit ja so seine Probleme hatte. Also hob er es wieder hoch, diesmal nutzte er beide Arme dafür, was sich schon nicht mehr ganz so ungewohnt anfühlte. Unten angekommen, stieg er vorsichtig über einen Zementsack hinweg und trat hinaus in die Dezembersonne.

7

SO. UND WAS als Nächstes?

Joachim guckte auf sein Handy, und ausnahmsweise war dieser zermürbende Reflex nicht umsonst: Eine Antwort von Harry war eingetroffen! Diese lautete: *Hast du LSD genommen???*

Joachim blickte Mookie an, das gerade die Stirn zu runzeln schien.

»Du bist echt, oder?«, fragte er leise. Mookie grunzte und schloss die Augen, als die Sonne es blendete.

Okay, Harry war also auch nicht der Täter. Joachim kniete sich auf den Asphalt, knipste ein Selfie von dem Schwein und sich und schickte es seinem Kumpel, ohne Text.

Die Antwort waren drei lachende Smileys, danach folgte: *Alter, was geht denn bei dir ab? Dreh mir bloß nicht durch, während ich weg bin!!! Keine Schweinereien ohne mich! In 7 Tagen wieder da.*

Joachim lächelte. Sieben Tage, das war absehbar. Bis dahin hätte er herausgefunden, wer ihm Mookie geschickt hatte; seine Mission hätte einen wegweisenden Abschluss gefunden, und er würde seinen besten Freund mit der erfreulichen Tatsache überraschen können, ein neuer Mensch zu sein. Ein Mensch mit maximaler Verantwortungsbereitschaft und einem Siegerlächeln auf den Lippen, der nicht mehr darauf zu warten brauchte, dass sich seine Tristesse durch ein Wunder von selber auflöste, sondern diese mithilfe seines tierischen Weggefährten selbst überwunden hatte.

Joachim wollte das Handy gerade wieder einstecken, als ihm beim Anblick seines Chatverlaufs ein Name ins Auge sprang: Madelaine! Aber natürlich! Warum hatte er nicht gleich an sie gedacht? Eine Tierärztin, die ein Hausschwein verschenkte – das war zumindest weniger abwegig als ein syrischer Hobbykoch oder ein notorischer Faulpelz am anderen Ende der Welt. Aber was war ihr Motiv? Rache wegen des schlechten Dates? Wohl kaum. Wegen eines verschenkten Rests Glühwein und eines bröseligen Vatergesprächs betrieb kein normaler Mensch einen derartigen Aufwand. Andererseits wäre es fahrlässig genug, diese Möglichkeit nicht weiterzuverfolgen.

Hatte sie nicht gesagt, dass sie heute nach Strasbourg fahren würde?

Ganz kurz zog er in Erwägung, ihr dorthin zu folgen. Warum eigentlich nicht, das wäre mal was Verwegenes, und das Geld für ein Zugticket würde er gerade noch so zusammenbekommen. Aber er verwarf den Gedanken schnell wieder, als ihm klar wurde, dass das Adjektiv *verwegen* nicht sonderlich gut zum Begriff *Stalker* passte.

Er beschloss also, sie erst mal telefonisch zu kontaktieren. Den Gedanken an ihren letzten Textaustausch versuchte er, so gut wie möglich zu verdrängen, während er auf ihre Nummer klickte.

Sie hob bereits nach dem dritten Klingeln ab und klang weder genervt noch abweisend.

»Ja, hallo? Joachim?«

»Ja, genau, ich bin's. Hey. Wie geht's dir so?«

»Ach, danke, mir geht's gut. Und dir? Hast du dich erholt?«

»Erholt? Ja, äh, klar. Ja, mir geht's auch gut. Ich … äh, was machst du so?«

»Ich? Nichts Besonderes. Ich versuche gerade, ein bisschen zu lesen, aber irgendwie haut das nicht so richtig hin.«

»Was liest du denn?«

»Kant. Und was tust du so?«

»Philosophie? Ist das nicht etwas sehr gewagt zu dieser Jahreszeit?« Oje. Dass sie so unbefangen war, brachte ihn aus dem Konzept. »Äh, ich bin gerade unterwegs, also, ich ziehe ein bisschen durch die Stadt. Ohne konkretes Ziel, denke ich, äh, vorerst. Auch nichts Besonderes also.«

»Cool.«

»Ja. Sag mal, bist du eigentlich schon in Strasbourg angekommen? Oder sitzt du noch im Zug?«

»Nee.« Kurze Spannungspause. Dann: »Ich bin zu Hause. Ich hab beschlossen, dieses Jahr nicht zu meiner Familie zu fahren.«

»Ach ja? Warum das denn?« Joachim klickte hastig auf die Spinder-App, um zu kontrollieren, ob sie die Wahrheit sagte.

»Hm. Ob man es glaubt oder nicht, aber unser Gespräch hat mich ein wenig nachdenklich gestimmt.«

»Unser Gespräch? Wie das?« Er hatte keine optimale Verbindung, das Dating-Portal lud extrem langsam. Mookie zerrte röchelnd an der Leine, als er stehen blieb.

»Nun ja, du hattest das gestern so selbstverständlich dahingesagt, dass du Weihnachten alleine bleiben wirst, das hat mich irgendwie zum Grübeln gebracht. Ich hab mir überlegt, was ich wirklich machen möchte während der Festtage, und mir ist nichts eingefallen, absolut nichts, worauf ich Lust habe, aber eins wurde mir klar: dass ich zurzeit einfach keine Nerven habe für den zermürbenden Small Talk mit meiner Tante Jeanette, die mir immer rät, meine Eizellen einzufrieren, weil ich noch nicht fünf Kinder in die Welt gesetzt habe, so wie sie in meinem Alter. Und die Debatten mit meinem Arschlochcousin Antoine, der findet, Menstruationstassen seien der Untergang des Abendlandes, möchte ich mir momentan auch nicht geben. Lieber gebe ich mir alleine die Kante. Mit Kant.«

Joachim musste lächeln. »Nicht schlecht«, konstatierte er. »Ich glaube ja, dass Menschen, die Dinge einfrieren, also, ganz generell, Lebensmittel und so, die Kontrolle über ihr Leben verloren haben.«

»Meinst du?« Sie schien das nicht als Witz zu verstehen, was Joachim begeisterte.

»Bis jetzt läuft es eigentlich auch ganz gut. Ich hab zwar erst zwei Seiten und ein halbes Bier geschafft, und von den zwei Seiten hab ich maximal drei Sätze verstanden, aber ich bleibe dran. Hab ja noch etwas Zeit bis zum Finale morgen.« Ihm indes blieb keine Zeit, darüber nachzudenken, ob er das halbe Bier süß finden sollte oder bedauernswert, denn inzwischen war Spinder verfügbar, und Joachim konnte sehen, dass Madelaine wahrhaftig nur drei Kilometer von ihm entfernt war.

»Du bist also echt zu Hause jetzt?«

»Ja, warum?«

»Nichts, ich … äh … Hättest du Lust auf Besuch?«

Erwartungsgemäße skeptische Stille, es mussten Überzeugungsworte folgen: »Ich meine, ich könnte eine Flasche Champagner auftreiben irgendwo, und dann könnten wir uns eine Zeit lang gemeinsam verbarrikadieren vor der grusligen Weihnachtswelt da draußen … also, bitte versteh mich nicht falsch, das soll jetzt nicht heißen, dass ich dich irgendwie überfallen will oder auf was Bestimmtes aus bin …« Joachim brach erst mal ab und wartete auf Madelaines Reaktion. Die Tierärztin räusperte sich. Und gerade als er in Erwägung zog zurückzurudern, erwiderte sie:

»Na klar, warum eigentlich nicht. Doch, find ich eine schöne Idee. Komm vorbei.«

»Echt? Okay. Cool.«

»Ich muss dich aber warnen: Ich hab nicht aufgeräumt, und ich werde mich auch in den kommenden vierundzwanzig Stunden nicht dazu aufraffen können. Außerdem werde ich mich nicht von meinem Jogginganzug trennen.«

»Damit hab ich absolut kein Problem. Ich hoffe aber, es ist okay für dich, wenn ich in Straßenkleidung komme.«

»Absolut nicht«, lachte Madelaine. Joachim wollte auch lachen, aber er konnte nicht, da sich nervöse Vorfreude und Ehrgeiz in ihm aufbäumten. Er würde sie wiedersehen. Und diesmal würde er sich nicht wie ein autistischer Lustmolch aufführen.

Nachdem sie aufgelegt hatten, trudelten Madelaines Adressdaten unbeschwert unter dem fatalen Kurzmonolog Joachims ein, von dem er gedacht hatte, dass er weitere Textboxen auf der linken Bildschirmseite auf ewig verhindern würde. Und ein weiteres Mal meinte es das Schicksal gut mit ihm, denn nur fünfzig Meter von seinem aktuellen Standort entfernt befand sich eine U-Bahnstation, die ihn zu ihr bringen konnte. Auf den Pfaden in die Unterwelt stieß er dankenswerterweise auf einen Minimarkt, in dem er hütchenförmige Chips, eine Flasche Moët (wenn schon, denn schon), und eine Flasche Chardonnay kaufte. Eigentlich wollte er auch etwas für Mookie mitnehmen, aber es fand sich auf die Schnelle nichts, das einen schweingerechten Eindruck machte. Den Verkäufer, der sich hinter dem circa zwei Meter hohen Verkaufstresen einen indischen Tanzfilm ansah, brauchte er wohl auch nicht nach Schweinefutter zu fragen, also beschloss er, nachher Madelaine um Rat zu bitten.

Die wenigen Menschen am Gleis schienen sich nicht für Mookie zu interessieren, was Joachim nicht weiter wunderte. Hier unten hatte man als routinierter Fahrgast schon alles gesehen. Auch während der Fahrt erntete das Schwein nur ein paar müde Blicke, während Joachim mit klopfendem Herzen auf der Spinder-App beobachtete, wie die Distanz zwischen Madelaine und ihm bei jeder Station um fünfhundert Meter schrumpfte.

Mookie indes schien sich in diesem Gefährt nicht wohlzufühlen: es hatte sich, ausnahmsweise alles andere als schnupperfreudig, hinter Joachims Waden zusammengekauert. Als eine ältere Dame mit dreifarbiger Daunenjacke und einer Dogge einstieg, entstand eine kleine Konfliktsituation, denn der Hund begann zu bellen, als er das Schwein entdeckte. Es war so laut, dass Joachim sich die Ohren zuhalten wollte, aber er musste die Leine festhalten, als die Dogge auf Mookie zusprang und dabei beinahe seine Besitzerin umriss, die sich in letzter Sekunde stöhnend an einer Halteschleife festklammern konnte. Es war nicht ganz ersichtlich, ob diese stürmische Reaktion vonseiten des Hundes freundschaftlich gemeint war, oder ob man da irgendwie deeskalierend eingreifen sollte.

Als die Frau sich wieder gefangen und senkrecht hingestellt hatte, sagte sie: »Herrje, normalerweise macht er so was nicht, der Junior.«

Da wurde Joachim klar, dass sie in ihm keinen verwirrten jungen Mann sah, dem das Schicksal ein Schwein aufgehalst hatte, sondern einen ihresgleichen, den man per ungeschriebenem Gesetz in Haustier-Small-Talk zu verwickeln hatte.

Joachim blickte auf die Dogge, die begonnen hatte, Mookie mit einigermaßen entspanntem Gesichtsausdruck anzuhecheln. Das Schwein schnupperte schüchtern zurück.

»Aus Griechenland«, fuhr die Frau fort.

»Wie?«

»Der Junior. Vor drei Jahren, als mein Mann pensioniert wurde, haben wir drüben eine Inseltour gemacht, und einheimische Freunde auf Mykonos haben uns von einem Bauern erzählt, der immer seine Hundewelpen ertränkt. Das hat uns das Herz gebrochen, also sind wir dahin gefahren und haben gesagt: *Hören Sie, Herr Jorgos, so geht das nicht; wenn Sie keine Welpen mögen, sollten Sie Geld für eine Sterilisation sparen.* Er hat kein Wort verstanden, uns nur böse angeguckt. *Don't kill the puppies*, haben wir gesagt, keine Chance; also hat sich mein Mann die Kleinen kurzerhand geschnappt, und wir sind mit dem Geländewagen abgedüst. Das war vielleicht ein Abenteuer.«

Joachim war baff, so unglaubwürdig ihm diese Geschichte auch erscheinen mochte.

Hund und Schwein schienen sich unterdessen stillschweigend angefreundet zu haben: Einträchtig kauerten sie nebeneinander, und als die Bahn bremste, kippte Mookie sozusagen gegen den Oberarm der Dogge, woraufhin diese tröstlich ihr Kinn auf seinem Rücken ablegte.

»Sehen Sie sich das an. Was für ein süßes Weihnachtspärchen.«

Joachim konnte gerade noch hilflos mit den Achseln zucken, ehe er bemerkte, dass sie aussteigen mussten. Die Tür zischelte bereits schließbereit vor sich hin, also stürzte er los, wobei er leider ziemlich rabiat an der Leine zerrte, sodass Mookie einen unsäglichen Schmerzensschrei ausstieß. So mussten sich die Todesschreie seiner Artgenossen auf dem Schlachthof anhören. Es ging durch Mark und Bein und klang erschreckend menschlich. Die Frau starrte Joachim entsetzt hinterher, als er aus dem Wagen stolperte. Zu Recht.

Madelaine wohnte in einem sympathischen Hinterhaus, in dessen Vorhof es nach frischem Bärlauchpesto roch. Ein Duft, der absolut nicht zur Saison passte und sofort etwas in Joachim auslöste. Er weckte in ihm eine tief sitzende Schwermütigkeit, an die er sich von früher erinnerte, wenn er als Kind mittags im Sommer von der Schule nach Hause gelaufen war und es in seiner Straße nach frisch gekochtem Essen gerochen hatte. Er hatte nie verstanden, warum ihn das immer so melancholisch stimmte; vielleicht, weil der Duft nie aus dem Haus gekommen war, in dem er lebte, vielleicht aber auch, weil er damals schon ahnte, dass er es als Erwachsener nicht hinkriegen würde, Bärlauchblätter zu zerstampfen und mit Öl und Pinienkernen eigenhändig zu Pesto zu verarbeiten, obwohl er Pasta so am liebsten aß.

Wie dem auch sei. Das Klingelschild war unübersichtlich: Tausend kleine selbst gebastelte Namenszettelchen klebten als wirres Puzzle an einer Messingscheibe, aber er brauchte nicht lange zu suchen, denn Madelaine hatte ihn offenbar gesehen und rief aus einem der Fenster: »Hier oben! Ich drück dir auf!«

Im Hausflur war anscheinend der Strom ausgefallen. Es blieb zappenduster, als Joachim mehrmals auf den Lichtschalter zu seiner Rechten drückte. Gerade, als er sich mit dem Handy Licht verschaffen wollte, hörte er, wie oben eine Tür aufgerissen wurde, und Madelaine rief: »Vierter Stock!« Dann ging mit einem lauten Klickgeräusch das Licht an. Jetzt sah Joachim, dass er vorhin gar nicht den Lichtschalter betätigt hatte, sondern die Klingel einer Erdgeschosswohnung, denn nun öffnete sich die betreffende Tür, und ein Junge im Grundschulalter, mit braunen Locken und Mandelaugen trat heraus.

»Hallo?«

»Hallo?«

»Wollen Sie zu meiner Mutter?«

»Wohnt die im vierten Stock?«

»Nee, die wohnt hier.« Der Junge lehnte sich gegen den Türrahmen, als sei er geneigt, ihn hereinzulassen. Dann sah er das Schwein und begann zu kichern. Joachim lachte auch, dann kam ihm die Situation fragwürdig vor, und er sagte:

»Ich habe wohl die falsche Klingel erwischt, tut mir leid.«

Der Junge sagte nichts und wartete, bis Joachim die Treppe erklomm. Dann, als Joachim und Mookie schon fast wieder aus seinem Sichtfeld verschwunden waren, rief er hysterisch: »Frohe Weihnacht, Schweinekopf!« und knallte die Tür zu. Kinder waren seltsam.

Im vierten Stock stand eine Tür offen, von Madelaine war allerdings nichts zu sehen. Vorsichtig spähte er in den Flur, aus dem leise Musik ins Treppenhaus drang, die er auf Anhieb nicht zuordnen konnte, und sagte: »Hallo?«

»Komm einfach rein! Ich bin in der Küche!«

Als müsste er wissen, wo die Küche war. Aber gut.

Joachim ging mit Mookie einen schmalen Flur aus hellem Holz entlang, das laut unter seinen Stiefeln knarzte. Er blieb stehen, zog die Schuhe aus und stellte sie neben ein Paar Pantoffeln, wie man sie eigentlich nur in verschneiten Berghütten trug. Dabei hatte er das aberwitzige Gefühl, dass er dies nicht zum letzten Mal tun würde.

Madelaine stand mit dem Rücken zur Tür an der Küchenzeile und hatte einen cremefarbenen Handtuchturban auf dem Kopf, der zum Takt der Musik wippte. Sie war dabei, mit einem riesigen Messer etwas auf einem Brett zu zerstückeln. Das Stakkato, das dabei entstand, mischte sich perfekt unter den Beat der Synthesizerklänge aus der Bluetooth-Box. Joachims Blick blieb an ihren Schulterblättern hängen, die sich in ungleichem Rhythmus bewegten. Das rechte hüpfte hektisch auf und ab, da der dazugehörige Arm mit dem Schnippelwerkzeug zugange war, während das linke für die Stabilisation des Schneidebretts zuständig war und sich in Zeitlupe im Kreis drehte.

Joachim konnte seinen Blick lange nicht losreißen von diesen Schulterblättern. Er hatte das Gefühl, noch nie zuvor in seinem Leben so liebenswerte menschliche Bewegungen gesehen zu haben. Offenbar war er lautlos genug in den Raum geschlüpft, um nicht auf sich aufmerksam zu machen, sodass Madelaine davon ausging, dass er noch im Flur herumgurkte, denn sie sagte in Ruflautstärke, ohne sich umzudrehen: »Sorry, ich bin gleich bei dir! Die Schuhe kannst du anlassen!«

Joachim wollte gerade etwas sagen und sich irgendwie bemerkbar machen, um sie nicht zu erschrecken, als sie sich auch schon schwungvoll umdrehte und gleichzeitig einen beherzten Satz in seine Richtung machte.

»Huch!«

»Hoppla.« Beinahe wäre man ineinander hineingestolpert, beide lachten verlegen. Zum Glück lag das Messer auf dem Schneidbrett, neben einem dicken Buch. Madelaine trug wie versprochen einen Jogginganzug, kobaltblau, und unter ihren Augen befanden sich zwei halbmondförmige Schatten, die sie nicht übermüdet, sondern höchstens so aussehen ließen, als hätte sie ein bisschen zu lange versucht, Kant zu lesen.

»Hallo«, sagte Joachim.

»Hi, willkommen«, sagte Madelaine.

»Ist das der Immanuel?«, fragte er und deutete auf die Anrichte.

»Ja, ich konnte meine Knoblauchpresse nirgends finden«, erklärte Madelaine fröhlich, dann beugte sie sich kurz entschlossen vor und umarmte ihn herzlich, als hätte er sich ihr gegenüber nie einen Fauxpass erlaubt. Sie roch nach Zitrone und Zwiebeln.

Als Madelaine ihn losließ, fiel ihr Blick auf Mookie. »Oh mein Gott! Das gibt's ja nicht, du hast ein Hausschwein?!«

»Äh … ja. Aber erst seit heute.«

Madelaine begab sich in die Hocke, wobei das Handtuch auf ihrem Kopf verrutschte. Begeistert betrachtete sie Mookie von allen Seiten.

»Das ist ja megasüß!« Sie tippte mit zwei Fingern vorsichtig auf Mookies warmfeuchten Rüssel.

»Findest du?«

»Sieh dir diese Äuglein an. Und diesen niedlichen Fleck da auf dem Rücken. Hat ein bisschen die Form von Afrika, oder?«

Joachim legte den Kopf schief und tat, als studiere er den Umriss des Flecks. In Wahrheit starrte er nur sie an. Madelaine richtete sich wieder auf, wobei eines ihrer Knie einen feinen Knacklaut von sich gab, was Joachim irgendwie schon wieder in seiner ganzen Menschlichkeit liebenswürdig fand. Und als sei diese Empfindung noch nicht verstörend genug, griff er jetzt, wo Madelaine wieder aufrecht vor ihm stand, reflexartig nach dem Handtuch, das auf ihre Schulter geglitten war, und versuchte, es wieder über ihren Scheitel zu drapieren, damit ihr Pulli nicht feucht wurde. Madelaine kicherte, weil er sich ungeschickt anstellte und ihr das Tuch aus Versehen vor die Augen pfriemelte. »Schon gut, warte«, sie zog es sich kurzerhand ganz vom Kopf, hängte es über eine Stuhllehne und schüttelte ihre Haare aus. Anders sah sie aus so, ungekämmt, durch die Feuchte war das Haar länger und dunkler als sonst, beinahe kastanienfarben, so wie seins.

Dann nahm sie Joachim die Tüte ab, fischte die beiden Flaschen heraus und winkte ihn zum Tisch. Gleichzeitig machte sie per Fernbedienung ein Lied lauter, dessen Titel Joachim sich ein Jahr später immer noch nicht würde merken können. Als sie sich einander gegenübersetzten, fiel Joachims Blick auf eine Lichterkette, die Madelaine unter einem Wandregal installiert hatte.

»Sieh an, und so was nennst du erfolgreiche Weihnachtsflucht?«

Madelaine hob gespielt ertappt die Hände. »Hey, ich hab nie gesagt, dass ich Weihnachten nicht mag. Ich mag Weihnachten.«

»Echt?«

»Klar. Du etwa gar nicht?«

»Ich glaube, ich mochte es mal. Als Kind. Da hat das irgendwie noch was mit einem gemacht.«

»Ja. Mir war als Kind an Weihnachten immer wärmer als sonst. Fast ein bisschen so, als hätte man Fieber. Aber auf gute Art.«

»Stimmt. Man ist morgens aufgewacht, und irgendwas in einem drin hat geglüht, das war bei mir auch so.«

»Schön. Aber jetzt sag mal, wie kommt es denn, dass du ein Schwein hast? Seit heute?«

Joachim sah keinen Grund, die Katze im Sack zu lassen. »War ein Geschenk ohne Absender. Und ehrlich gesagt dachte ich, es sei von dir. Darum bin ich hergekommen.«

»Von mir? Warum sollte ich so was tun? Und das ist der Grund, weshalb du hier bist? Da bin ich ja fast etwas beleidigt. Ich dachte, du wolltest mich wiedersehen, weil du mir erzählen möchtest, wie man sich aus Kassenbelegen ein Grab bastelt.«

Joachim lächelte ertappt. »Stimmt, tut mir leid. Na ja, ich dachte, weil du Tierärztin bist. Ach, keine Ahnung.«

»Nein, mit Schweinen hatte ich es bislang noch nicht zu tun. Hunde und Katzen, das sind so meine üblichen Patienten, ab und zu Nagetiere. Einmal hatte ich eine Wasserschildkröte, bei der sich ein paar Panzerplatten gelöst und dabei die Haut darunter verletzt hatten.«

»Musstest du sie einschläfern?«

»Nein, zum Glück nicht. Aber die Besitzer waren leider keine geduldigen Leute; eine Woche später riefen sie an und meinten, die Kröte humple immer noch, sie würden sie jetzt im Park in einen Teich schmeißen.«

Joachim nickte betroffen. Tatsächlich war es kaum vorstellbar, dass diese filigranen Hände per Spritze ein Tierleben beendeten. Oder einem verkaterten Deppen ein Ferkelpaket vor die Tür stellten.

Madelaine fragte, ob sie sich auf den Balkon wagen sollten. Sie wagten sich. Und mit zwei malvenfarbenen Baumwolldecken, Moët-Flasche und der nach wie vor blass am Himmel glimmenden Sonne war Balkon nicht nur machbar, sondern sogar sehr idyllisch.

Mookie ließ sich nicht lumpen und folgte ihnen hopsend über die Schwelle. Als Joachim Madelaine gestand, dass er sich nicht sicher sei, womit er es füttern sollte, wobei arabische Eintöpfe ihm einigermaßen zuzusagen schienen, schlüpfte sie zurück in die Küche und kam mit einer Dose Thunfisch und einem Becher Magerquark zurück. Sie zermantschte die beiden Zutaten in einer geräumigen Plastikschüssel und stellte den entstandenen Proteinbrei auf den Boden. Beide beobachteten gespannt, wie das Schwein sich mit neugierigen Schrittchen näherte. Es schnupperte, grunzte, zögerte. Aber dann aß es. Schlabbernd und selbstvergessen leerte es die komplette Schüssel. Joachim nickte anerkennend.

Madelaine begann mit geübten Griffen den Champagner zu öffnen.

Joachim imponierte, wie sie den Korken in der linken Hand auffing und den ersten überquellenden Schaumweinsprudel mit ihrem Mund.

»Na dann, auf Mookie!«

»Auf dich!«

»Auf unser Nicht-Weihnachten!«

»Oh, du Un-Fröhliche.«

Beim Nachbarhaus ging die Balkontür auf, und ein glatzköpfiger Mann in weißem Bademantel trat hinaus. Er hatte was von Meister Propper. Mit einem Gesichtsausdruck, als hätte er gerade Sex gehabt oder bei einem Umzug mitgeholfen, zündete er eine Zigarette an und lehnte sich dann genüsslich inhalierend gegen die Hauswand. Als Madelaine und Joachim anstießen, rief er »Cheers!« zu ihnen rüber.

»Kennst du den?«, fragte Joachim mit gesenkter Stimme.

»Äh, nein. Wir sind halt einfach Nachbarn. Man sieht sich manchmal auf der Straße oder unten im Hof, aber ich kenne seinen Namen nicht.«

»Vielleicht kann ich ihn ja fragen, ob er eine Idee hat, wer mir das Schwein geschickt hat. Wenn er schon mal da ist.«

Madelaine lachte und streifte dabei ganz leicht sein Knie mit ihren Fingern. »Klar, ruf doch mal rüber. Aber beeil dich, der ist ein Schnellraucher.«

»Soll ich wirklich?« Schade, schon war sie wieder weg, ihre Hand.

»Na los. Das ist deine Chance.«

Aufdringlichkeit war etwas, das Joachim normalerweise schon in kleinen Dosierungen zu vermeiden versuchte. Und noch mehr, als Leute, die sich ihm ungefragt aufdrängten, war ihm das Gefühl zuwider, selber aufdringlich zu sein. Aber heute war er ja offiziell neben seiner Spur, also drehte er sich selbstbewusst zu Meister Propper um und rief: »Hallo! Einen schönen guten Tag!«

Der Mann guckte rüber, also fiel Joachim gleich mit der Tür ins Haus: »Haben Sie ein Schwein verloren?«

»Was?«

»Ist Ihnen ein Schwein entlaufen?«

Meister Propper schüttelte leicht, wie zu sich selbst, den Kopf. Dann drückte er die Zigarette am Balkongeländer aus, warf den Stummel ungeniert in den Vorhof runter und brüllte: »Entschuldigung, ich hab Sie nicht verstanden. Was hab ich?!«

Madelaine presste kichernd die Hand vor den Mund, wobei sie etwas Schampus auf Mookie verschüttete. Es schüttelte sein Köpfchen und beobachtete dann irritiert Joachims Finger, der auf ihn zeigte.

»Ich hab hier ein Schwein!« Er hob seine Füße an, damit der Nachbar eine bessere Sicht zwischen die hiesige Stuhlbeinsituation hatte, »und ich wollte wissen, ob Sie es mir geschickt haben! Es stand heute einfach vor meiner Tür, wissen Sie!«

»Ich?« Der Mann löste sich von der Wand, machte einen Schritt nach vorn, stützte sich mit beiden Händen auf dem Geländer ab und beugte sich so weit vor, dass seine Wampe unter dem Bademantel hervorblitzte und vom Messing in zwei Speckhälften geteilt wurde. »Ach ja!«, rief er, »jetzt seh ich's!«

Madelaine wischte sich Tränen aus den Augenwinkeln. Joachim beflügelte das. Auch, wenn sie vielleicht eher der Gesamtsituation wegen lachte als über seine Sprüche, spornte es ihn an weiterzumachen.

»Wenn Sie nichts dagegen haben, wird das unser Weihnachtsbraten!« Der Typ lehnte sich wieder zurück, zog eine rote Zigarettenschachtel aus der Tasche seines Bademantels und steckte sich eine neue Kippe an. An dieser zog er erst mal konzentriert, ehe er, diesmal ohne hinzusehen, brüllte: »Macht nur, ich gönn euch das! Bei uns gibt's morgen wie jedes Jahr Tiefkühllasagne! Zum Heulen!«

Offenbar hatten sie es mit dem Gebrüll etwas zu weit getrieben; eine gehetzte Frau trat zu Meister Propper auf den Balkon. »Geri, was soll denn der ganze Krawall hier?«

»Da haben Sie's!«, rief Geri Joachim zu. »Alles, was Spaß macht, wird einem verboten! Der SUV, Feuerwerksböller, Fleisch essen – und jetzt darf man sich nicht einmal mehr mit seinen Nachbarn unterhalten!«

»Hier wird sich nicht unterhalten, hier wird geschrien!«, schrie jetzt eine rothaarige Dame von vis-à-vis, die schon länger verärgert am Fenster gestanden hatte.

Joachim versuchte, die Situation sicherheitshalber zu entschärfen, indem er ein allgemeines »Sorry!« in Madelaines Nachbarschaft brüllte.

Geri stieß ein rasselndes Lachen aus, schlang einen Arm um die Frau mit dem neonfarbenen Rollkragenpulli neben sich und ließ den anderen lässig übers Geländer baumeln, um die zweite Zigarette wegzuschnipsen.

»Ja, genau!«, brauste die Rothaarige gegenüber auf, »und immer die Kippenstummel ins Blumenbeet werfen, das ist eine Sauerei!«

Das ließ Geris Gefährtin nicht ohne Weiteres auf ihrem Liebsten sitzen: Aufgebracht schälte sie sich unter dessen fleischigem Bizeps hervor, stürzte ans Geländer und fauchte: »Sie brauchen hier gar nicht den Mund aufzumachen! Ihre Scheißkatze kackt immer den ganzen Sandkasten voll! *Das* ist eine Sauerei! Widerlich!«

Madelaine zupfte an Joachims Jacke und raunte: »Wahnsinn, was? Da verzichte ich extra auf die Familienfeier zu Hause, um sinnlosen Diskussionen zu entgehen, und dann krieg ich das hier geboten.«

»Ironie des Schicksals, würd ich sagen. Und alles nur meinetwegen. Das tut mir leid.«

»Ja, du bist mir was schuldig, würde ich sagen.«

»Mit dem größten Vergnügen. Was wolltest du eigentlich kochen, als ich gekommen bin?«

»Ach, einen Gemüseauflauf mit Feta und Pinienkernen. Isst du mit?«

Joachim fuhr sich über den Bauch. »Hab eigentlich schon genug gegessen heute. Aber in der Weihnachtszeit darf man den Magen ja bekanntlich überstrapazieren.«

»Na ja, ich hasse dieses ewige Lamentieren über die Völlerei an den Festtagen. Ich persönlich nehme an Weihnachten immer ab, weil mir der ganze Stress auf den Magen schlägt.«

»Dann bist du eben die goldene Ausnahme.«

Das war wortwörtlich gemeint, denn in diesem Moment warf die Sonne einen goldenen Halbmond auf Madelaines Gesicht, der sie so bezaubernd aussehen ließ, dass Joachim vom Finale des Hofstreits, den er angezettelt hatte, nichts mehr mitbekam.

8

DEN GEMÜSEAUFLAUF aßen sie in der Küche. Es war mittlerweile dunkel draußen, Madelaine hatte ein paar Kerzen auf den Esstisch und die Fensterbank gestellt. Dabei musste Joachim daran denken, dass irgendein Trottel in einem dieser Gespräche, die dazu geführt hatten, dass er nicht mehr gern über Frauen redete, mal zu ihm gesagt hatte: *Wenn eine Frau Kerzen aufstellt, dann weißt du, dass sie mit dir schlafen will.*

Obwohl das mit Sicherheit Humbug war, zwang Joachim sich, sofort an etwas anderes zu denken, weil er nicht schon wieder das Date ruinieren wollte mit irgendwelchen Trieben, die ihn unentspannt werden ließen.

Der Auflauf konnte Muhammeds Essen nicht ganz das Wasser reichen, aber Joachim schmeckte, dass Madelaine sich bei der Zubereitung Gedanken gemacht hatte. Da waren jedenfalls mit Sicherheit extravagantere Gewürze in den Topf gewandert als die, die er normalerweise benutzte. Benutzt hatte, als er noch kochte. Mookie saß zu ihren Füßen, und wartete vergeblich darauf, dass etwas Gemüse auf dem Boden landete.

Der Moët war längst geleert, und als sie beim zweiten Glas Wein angekommen waren, lehnte Madelaine sich zurück, legte bedeutungsvoll die Gabel beiseite und fragte: »Hast du über die Sache mit deinem Vater eigentlich noch mal nachgedacht?«

Joachim fühlte sich durch den Champagner sanftmütig genug gestimmt, um nicht gleich auf Abwehr zu gehen.

»Vielleicht mach ich das in den kommenden Tagen.«

»Ich meine, wenn du willst«, sagte Madelaine, nahm die Gabel wieder zur Hand, spießte einen einzelnen Fetawürfel auf und betrachtete ihn eingehend, »kann ich dir auch dabei helfen. Also, beim Ausfindigmachen oder halt einfach allgemein. Falls du Unterstützung brauchst.«

Ihm gefiel der Glanz in ihren Augen. Erst jetzt wanderte der Fetawürfel in ihren Mund. Joachim imponierte diese Art zu essen: Vor jedem Bissen nahm Madelaine das, was sich auf ihrer Gabel befand, genauestens unter die Lupe, drehte es um die eigene Achse und inspizierte es kritisch von allen Seiten, so, als müsse sie erst abschätzen, ob die Ware unbedenklich war. Hatte es das Essen dann schließlich in ihren Mund geschafft, kaute sie in andächtigem Tempo und mit hoch konzentriertem Gesicht, als ginge die Qualitätsprüfung in der Mundhöhle in die zweite Runde, und erst wenn der Bissen runtergeschluckt war, tauchte eine gewisse Befriedigung in ihrem Gesicht auf.

Joachim schauderte beim Gedanken daran, dass er Madelaine vorletzte Nacht in seinem Suffwahn mitgeteilt hatte, er brauche ihre Hilfe nicht. Wenn es jemanden gab, der zu brauchbarem Beistand fähig war, dann jemand, der so achtsam essen konnte wie sie.

Madelaine stocherte sich eine neue Futterfuhre zurecht und sah ihn erwartungsvoll an. Ihm fiel nichts Besseres ein, als »Ich weiß nicht« zu sagen, in Begleitung eines großen Schlucks Wein, der ihm leider auch nicht dabei half, eine schlüssigere Antwort zu finden. Stattdessen konnte er nur daran denken, wie schön er sie fand seit dem Goldmoment auf dem Balkon. Was der Einfluss von Muhammeds Kumpels sein musste. Sie hatten ihn mit ihrem Freundinnenverhör offenbar nicht nur gehörig gebrainwashed, sondern auch seine natürlichen westlichen Hemmungen weichen lassen, anders konnte Joachim sich diese störrischen Zuneigungsregungen nicht erklären.

Madelaine sagte: »Ich denke, du solltest es tun.«

»Was? Meinen Vater suchen?«

»Ja. Ich spreche aus Erfahrung, kann man sagen. Ich hab dir ja erzählt, dass sich Weihnachten immer meine ganze Familie in Strasbourg versammelt.«

»Ja.«

»Ja. Mein Vater ist da aber nicht mehr dabei. Er ist gestorben, als ich acht war. Bei einem Autounfall. Er war selber schuld, er hatte was getrunken und ist bei einer Kreuzung falsch abgebogen und in einen Laster gekracht. Er verstarb direkt an der Unfallstelle.«

»Oh mein Gott. Das tut mir leid.«

Madelaine hob die Schultern, aber es war kein richtiges Achselzucken, vielmehr verharrten ihre Arme einfach eine Weile da oben, als sei sie eine Marionette.

»Die meisten Erinnerungen an ihn sind relativ verschwommen, ich war ja noch ein Kind«, erklärte sie. »Woran ich mich aber sehr genau erinnere, ist der Streit, den wir hatten, bevor er losgefahren ist.«

Der Klassiker, dachte Joachim und schämte sich für diesen Gedanken.

»Der Klassiker«, sagte Madelaine zu seiner großen Überraschung. »Wir haben uns gestritten, ich hab ihm in meiner kindischen Wut den Tod gewünscht, wir sind ohne Verabschiedung auseinandergegangen, und dann ist er gestorben.«

Er gab irgendeinen hanebüchenen Schreckenslaut von sich, was hätte er sonst tun sollen.

»Der Grund für unsern Streit waren zwei Überraschungsspielzeuge aus einem Happy Meal.«

Joachim lehnte sich zurück. Es war klar, dass jetzt etwas auf ihn zukam, das seine volle Konzentration erforderte. Und das wollte er auch. Er wollte mit maximaler Aufmerksamkeit alles in sich aufsaugen, was diese Frau ihm zu erzählen hatte.

»McDonald's war Teil des groß angelegten Feindbildes meines Vaters. Er war keiner dieser Ökoväter, der mit Birkenstocks auf Demos für das bedingungslose Grundeinkommen geht. Er war vielmehr eine Art, wie soll ich das sagen, von verkorksten Ideologien getriebener Hedonist. Amerikanische Fast-Food-Ketten waren laut ihm Sammelpunkte für untervögelte Unterschichtsgestalten. Unsere Mutter sah das alles weniger eng, aber sie war zehn Jahre jünger als er und hat in vielerlei Hinsicht zu ihm aufgeblickt und daher in Erziehungsfragen selten widersprochen.«

»Klingt nach einer stabilen Rollenverteilung«, schmunzelte Joachim.

Madelaine lächelte nicht. »Sie hat ihn, glaube ich, wirklich sehr geliebt. Obwohl sie immer behauptet hat, dass sie ihn nur wegen des glamourösen Namens geheiratet hat. Pierre Bégaudeau. Vorher hieß sie Tina Feldmann.«

Als Madelaine die Gabel beiseitelegte für eine vorübergehende Essenspause, tat Joachim es ihr gleich, obwohl sein Appetit gerade in Fahrt kam.

»Es war jedenfalls irgendwann gegen Ende des Sommers, die Schulferien waren schon vorüber, einer der letzten richtig warmen Tage. Meine Mutter, mein großer Bruder Louis und ich waren zusammen im Schwimmbad. Es war das letzte Mal, danach sind wir da nie wieder hingegangen. Eigentlich haben wir seitdem sowieso kaum noch Ausflüge zu dritt unternommen, na ja, wie dem auch sei: Kaum waren wir da, haben wir auf der Sitzwiese eine türkische Familie kennengelernt, ungefähr acht Personen, die grillten und Musik über einen Neunziger-Gettoblaster hörten. Meine Mutter fand das sympathisch und erkundigte sich kurzerhand, ob wir uns dazusetzen dürften. ›Mir wird ja sonst langweilig, wenn ihr am Baden seid und ich hier allein auf meinem Tuch hocken muss‹, sagte sie zu uns. Sie ist wasserscheu.« Madelaine nahm einen Schluck Wein, er hätte sie gerne in den Arm genommen. Stattdessen nippte auch er an seinem Glas und fragte: »Und dann habt ihr euch mit denen angefreundet?«

Madelaine nickte. »So war's. Ich hab mich sofort in Cem verknallt, einen der fünf Neffen der Frau, mit der sich meine Mutter so gut verstand, obwohl der mit seinen zwölf Jahren natürlich viel zu alt für mich war. Während sich die Erwachsenen auf dem Rasen unterhielten, ist Cem mit Louis und mir zum Becken für die etwas größeren Kinder gegangen, wo er uns überredet hat, auf die Wasserrutsche zu gehen. Die meisten trauten sich da nicht drauf, weil es immer ein paar halbstarke Vorpubertierende gab, die darin Stau machten. Ich hatte Schiss, mein Bruder auch, aber Cem befahl den Staukindern furchtlos, sich zu verziehen. Offenbar war er im Teeniebecken eine geachtete Person, denn man ließ uns widerspruchslos rutschen. Cem rutschte als Erster, und ich hab mich todesmutig vor Louis gedrängelt und ging als Zweite und war stolz wie sonst was, als ich unten ins Becken gespült wurde. Ich wusste nicht genau, was ich machen sollte, also blieb ich einfach, wo ich war, bis ich plötzlich Cems Hand spürte, die mich energisch wegzog, damit mir mein Bruder nicht auf den Kopf knallte. Da war es endgültig um mich geschehen. Dieses Gefühl seiner Berührung war so intensiv, dass ich noch heute einen Schauer bekomme, wenn ich daran zurückdenke.«

Joachim wusste nicht, was er davon halten sollte, dass sie demzufolge jetzt gerade einen wohligen Schauer wegen eines Wasserrutschenhelden hatte, der heute zweiunddreißig Jahre alt sein dürfte.

»Die Zeit verging wie im Flug, und irgendwann gegen frühen Abend meinte Cem dann, er habe Hunger, und ging weg, um sich was zu essen zu holen. Louis und ich wussten gar nicht mehr, was wir ohne ihn anfangen sollten, uns war langweilig ohne Cem, also warteten wir einfach dümpelnd am Beckenrand, bis er wiederkam. Das dauerte jedoch unerwartet lange, weil Cem nämlich nicht, wie Louis und ich zunächst annahmen, einfach mal schnell zum Schwimmbadkiosk ging oder sich etwas von seinem Sitzplatz holte.«

»Ach nein? Sondern?«

»Er verließ das Freibad und ging zum zweihundert Meter entfernten McDonald's.«

»Wow.«

»Irgendwann dachte ich, Cem hätte uns in der Zwischenzeit vergessen und längst neue Freunde gefunden, mit denen er jetzt in der Rutsche abhing, und war am Boden zerstört.

Bis er nach einer halben Ewigkeit plötzlich wieder auftauchte, strahlend und mit drei McDonald's-Tüten in den Händen. Ich weiß nicht, was berauschender war: ihn wiederzusehen oder dieser Fettgeruch, der für mich, die ich als Nachmittagssnack nur Pumpernickel kannte, natürlich sehr verlockend war. Cem lotste uns zu seinem Lieblingsplatz, einer großen Eiche hinterm

Volleyballfeld mit viel Schatten. Als er die drei Happy-Meal-Menüs auf Servietten ausbreitete, packte Louis anscheinend das schlechte Gewissen. Er sagte so was wie: *Hab keinen Hunger, ich geh zu den anderen,* und rannte davon. Ich war also plötzlich mit Cem allein und nervös wie noch nie. Mein erstes Date! Klingt irre, aber so fühlte sich das wirklich an für mich. Wir begannen zu essen, und dabei vergaß ich alles um mich herum. Mir schmeckte das so gut: die Chicken Nuggets mit den latschigen Pommes, die klebrige Cola, sogar das Chlor an meinen Händen. Das war für mich ein weltbewegendes Erlebnis. Ein perfekter Tag. Cem, der mich mit seinen wunderschönen Augen anschaute und das Lächeln einer weisen Indianerseele hatte. Der mich nicht wie ein kleines Kind behandelte, sondern wie ein ernst zu nehmendes Wesen. Ich war glücklich.«

»Das klingt wirklich toll. Solche Tage erlebt man selten.«

»Ja. Vor allem, wenn man erwachsen ist. Man nimmt die Dinge viel weniger intensiv wahr, je älter man wird, weil man alles schon mal erlebt hat.«

»Ja. Diese ständigen Wiederholungen von allem sind, glaube ich, das Traurigste am Älterwerden.«

»Das stimmt. In unserem Alter erlebt man viel zu selten erste Male.«

Madelaine schob ihren halb vollen Teller zur Seite, zog einen Aschenbecher an seine Stelle und begann, zwei Zigaretten zu drehen, von denen sie ihm ungefragt eine hinlegte. Joachim war angenehm überrascht, dass sie rauchte.

Madelaines Küche verströmte nun das Flair einer mittelalterlichen Backstube, mit dem bronzefarbenen Kerzenlicht und dem Qualm, der sich zwischen ihren Gesichtern vermengte und gegen die beschlagenen Fenster wallte. Mookie war unter Joachims Stuhl eingeschlafen.

»Die Happy Meals enthielten zu der Zeit gerade Figuren aus *Hercules*, also, dem Kinderfilm von Walt Disney. Die waren mir so fremd wie das Essen selbst, weil bei uns zu Hause natürlich auch keine Disneyproduktionen geschaut wurden. Die fand mein Vater mindestens genauso verwerflich wie McDonald's.

Jedenfalls: Cem hatte mehr Glück mit seiner Spielzeugfigur als ich. So verknallt ich auch war, meine Enttäuschung darüber konnte ich nicht verbergen, dass er so ein schönes weißes Pferd mit blauem Schweif und Flügeln bekommen hatte und ich dieses eklige, halb nackte Mutantending.

Ich dachte schon, mein Tag sei gelaufen. Aber Cem entpuppte sich als der perfekte Gentleman. Geistesgegenwärtig riss er Louis' unangerührte Packung auf und holte das Spielzeug heraus, und als er sah, dass es ein weiteres Mal der kleine hässliche Satyr namens Phil war, seufzte er und sagte: *Kein Problem, du kannst meins haben.* Diesen Satz habe ich heute noch in den Ohren. Sind das nicht die schönsten Worte, die man zu jemandem sagen kann?«

»Doch, eigentlich schon.«

»Na ja, ich weiß zwar nicht, ob er sich für kleine Plastikfiguren von Disney einfach auch schon zu alt fühlte und es ihm peinlich gewesen wäre, damit gesehen zu werden. Aber mir kam diese Geste damals jedenfalls unglaublich großzügig vor.«

Joachim nickte, das fand er auch. Er konnte sich nicht erinnern, mit zwölf Jahren mal freiwillig etwas verschenkt zu haben.

»Ich war nun also glückliche Besitzerin zweier Spielzeugfiguren, wollte aber nicht, dass Mama das sieht. Darum hab ich Cem gebeten, dass er die Figuren in seiner Badehosentasche zurück an unsern Platz schmuggelt. Es begann bereits zu dämmern, und meine Mutter war immer noch ins Gespräch mit Cems Mutter vertieft, sodass er mir meine Hercules-Maskottchen unbemerkt überreichen und ich sie in meinem Kinderrucksack verstauen konnte.«

»Wie aufregend.«

»Ja. Aber du kannst dir denken, was dann passiert ist. Mein Vater war total in Rage, weil wir so spät zurückkamen. Dachte, uns sei etwas zugestoßen, tat zumindest so. Damals waren Handys noch nicht wirklich ein Thema, sodass meine Mutter keine Möglichkeit gehabt hatte, ihn zu benachrichtigen. Ich wollte mich in mein Zimmer verziehen, aber mein Vater sagte, er habe extra gekocht für uns alle, also gäbe es jetzt Essen, in einer halben Stunde müsse er zur Arbeit, also gefälligst sofort alle an den Tisch. Er war Schauspieler, deswegen arbeitete er meistens abends. Aber ich war ja schon satt, also blökte ich ihn an, dass ich nichts wollte. Es gab Streit. Auch meine Mutter hatte keinen Appetit, weil sie von Cems Familie den ganzen Tag über mit Baklava versorgt worden war. Louis blieb von seinem Zorn verschont, der hatte sich ja brav an die Regeln gehalten, war dementsprechend hungrig und stürzte sich auf die blöden Spinattaschen, die mein Vater im Ofen aufgewärmt hatte. Meine Mutter gab schließlich klein bei und setzte sich ebenfalls an den Tisch. Ich aber konnte mich nicht überwinden, ich musste ja meine ganzen neuen Eindrücke erst einmal verarbeiten. Deshalb wollte ich mich aus dem Zimmer schleichen, aber mein Vater kriegte das mit, sprang auf mich zu, hob mich hoch und setzte mich ziemlich grob auf meinen Stuhl. Dabei rutschte mir mein Rucksack von den Schultern, und weil ich schon damals immer zu faul war, meine

Taschen ordentlich zuzumachen, purzelte der komplette Inhalt raus. Sandschaufel, Badeanzug, McDonald's-Spielzeug. Als mein Vater es erblickte, ging er auf meine Mutter los, weil er dachte, sie hätte uns zu McDonald's geschleppt. Mama erwiderte, er solle sich zusammenreißen, und da fingen sie an, sich richtig zu zoffen. Bis Louis dazwischenging und alles ausplauderte: Cem, die Wasserrutsche, die Schatteneiche. Ich hätte meinen Bruder umbringen können. Ich weiß noch, wie stolz er geguckt hat, weil er zu Pierre gehalten und etwas gegen mich in der Hand hatte. Mein Vater fragte mich mit Grabesstimme, ob das alles stimme. Ich gab keine Antwort, sondern verlangte, dass er mir mein Spielzeug zurückgab. Und weißt du, was er dann gemacht hat?«

Joachim schüttelte den Kopf, obwohl er es ahnte.

»Kaputt hat er sie gemacht, meine Figuren. Er hat sie nicht einfach im Müll entsorgt wie ein normaler Mensch, nein, er hat sie tatsächlich auf den Boden geschmissen und ist draufgetreten, mit der ganzen Wut seiner gekränkten Eitelkeit. Für mich brach in dem Moment eine kleine Welt zusammen. Der ganze wunderschöne Sommernachmittag mit all seinen neuen Glücksgefühlen zerbröckelte unter seinen Füßen.«

»Mann, das ist wirklich hart. Er hätte die Spielsachen ja auch einfach irgendwo vor dir verstecken können.«

»Tja, so war Pierre eben. Jähzornig. Na ja, hin und wieder konnte er auch nett sein. Besonders, wenn er sich etwas davon versprach.«

»Glaubst du, es gibt Menschen, die einfach nur nett sind, um nett zu sein?«

»Ja, klar. Daran muss ich glauben, sonst würde ich verzweifeln.«

»Verständlich.«

»Jedenfalls hab ich ihn angeschrien, dass ich ihn hasse und dass ich will, dass er stirbt, kurz bevor er sich auf den Weg zum Theater gemacht hat. An dem Tag war, wenn ich mich recht erinnere, die Premierenaufführung. Die neue Spielsaison war gerade angelaufen, und offenbar hat er sich, bevor er aus dem Haus ist, einen hinter die Binde gekippt, um auf andere Gedanken zu kommen.«

»Verstehe.« Joachim zögerte kurz, aber dann sprach er aus, was er dachte: »Und du machst dir Vorwürfe, weil du denkst, du trägst Mitschuld.«

»Richtig.« Madelaine blickte mit glasigen Augen an ihm vorbei aus dem Fenster. »Mir ist natürlich klar, dass man eine Achtjährige nicht verantwortlich machen kann für das Handeln ihres Vaters, aber du weißt ja wahrscheinlich, wie das ist: nicht nur der Verstand entscheidet, wie man etwas verarbeitet, auch das Herz hat da ein Wörtchen mitzureden. Und manchmal schaffen es die beiden ein Leben lang nicht, sich vollständig zu einigen.

»Ja, aber vielleicht ist das ja gerade sinnvoll, dass man als Mensch zwei unterschiedliche Instanzen in sich trägt, die gegensätzliche Anliegen vertreten.«

»Gut möglich.« Sie musterte sein Gesicht. Lange. Joachim fragte sich, was sie sah. Ob es heute etwas anderes war als gestern, und wenn ja, was.

»Ich habe mich jedenfalls damit abgefunden, dass dieses Schuldgefühl wohl nie ganz verschwinden wird«, murmelte Madelaine, »es ist zu einem Teil von mir geworden, und das ist okay so. Jedenfalls: Auch wenn Pierre nicht gerade ein Vorzeigevater war, schmerzt es mich, dass ich mich nicht vernünftig von ihm verabschieden konnte. Deshalb würde ich dir gerne helfen, deinen Vater zu finden.«

Joachim hätte gerne ihre Hand genommen und gesagt, dass er das zu schätzen wusste. Aber er hatte Angst, dass er sich dabei unglaubwürdig vorkommen würde, also ließ er es bleiben und horchte in die Stille hinein, die nicht bedrückend war, sondern irgendwie konspirativ wirkte. Was für ein Abend.

Madelaine zeichnete mit dem Finger einen Kreis in die beschlagene Fensterscheibe und murmelte: »Mein Vater hat sonst nie getrunken vor Auftritten. Und vorm Autofahren natürlich schon gar nicht, normalerweise fuhr er sowieso immer mit dem Fahrrad zur Arbeit. Aber da er wegen uns spät dran war … Er hätte an dem Abend die zweite Hauptrolle gespielt.« Sie hielt inne, und eine Sekunde lang dachte Joachim, sie würde jetzt anfangen zu weinen, weil das irgendwie gepasst hätte. Gehetzt überlegte er, wie er darauf reagieren sollte. Aber Madelaine begann nicht zu weinen, sondern bekam nur einen leicht erschöpften Blick, und Joachim wusste allmählich nicht mehr, wohin mit seinen Gedanken. Was für ein Abend, dachte er noch einmal. Und plötzlich fühlte er sich dumm. Warum hatte er bisher nicht wissen wollen, wer sein Vater war?

»Tja«, sagte Madelaine und drückte mit einer sanften Bewegung den Kippenstummel aus. »Das war sie also, meine kleine Vater-Anekdote. Ich hoffe, ich hab dich nicht gelangweilt. Oder runtergezogen.«

»Nein.« Das hatte sie wirklich nicht. Aber selbst wenn er entschied, Madelaines Appell ernst zu nehmen: wie sollte er vorgehen? Seine Mutter, logischerweise der einzige Anhaltspunkt, hatte mit ihm nur ein einziges Mal über seinen Vater gesprochen. Er war elf Jahre alt gewesen, und sie war nach einer Vernissage ihres Lieblingskünstlers Nguonue Okoye verwirrt nach Hause gekommen. Joachim hätte eigentlich schon längst schlafen müssen, aber er war den ganzen Tag in ein neues Playstationspiel vertieft gewesen und hatte darüber sowohl jegliches Zeit- als auch Hungergefühl verloren. Erst irgendwann gegen Mitternacht trieb ihn sein knurrender Bauch erstmals in die Küche, und gerade als er dabei war, eine Schüssel mit Smacks zu befüllen, kam Teresa nach Hause. Sie ging nicht wie sonst zuerst ins Bad, um sich die Hände zu waschen, sondern kam direkt in die Küche, und Joachim konnte schon anhand der schlackrigen Schritte auf dem Flur hören, dass etwas nicht stimmte. Sie blieb einen Moment lang mitten im Raum stehen und blickte sich suchend um, als müsse sie sich vergewissern, dass sie in der richtigen Wohnung war. Als sie Joachim entdeckte, schien ihr die Küche endlich vertraut vorzukommen, und sie setzte sich mit einer ungelenken Bewegung zu ihm an den Tisch. Joachim konnte ihren bitteren Atem riechen, während sie auf seine Cornflakes starrte, verhangen, sie schien gar nicht zu registrieren, was hier vor sich ging, trotzdem schob er betreten die Schüssel zur Seite und murmelte, er fühle sich etwas krank. Doch anstatt ihn auszuschimpfen und ins Bett zu schicken, begann sie zu erzählen. Einfach so, aus dem Nichts. Von seinem Vater. Dem Verschollenen, dem Gespenst, dem unsichtbaren Mitverantwortlichen für seine Existenz. Offenbar hatten Okoyes neue Werke irgendetwas in Teresa ausgelöst oder geweckt, etwas Dammbrechendes, Längerfristiges. Denn es war zwar das erste und letzte Mal, dass sie über seinen Vater sprach, aber nicht das letzte Mal, dass sie betrunken war. Sie sprach darüber, wie sehr sie diesen Mann geliebt und wie sehr er sie enttäuscht hatte, während über ihren Augen die ganze Zeit ein dunkler Schleier lag, als wäre sie nicht wirklich da, als würde sie das alles gar nicht ihrem Sohn erzählen, sondern einem stummen Publikum in ihrem Kopf. Joachim erinnerte sich, wie er damals dachte: Das ist nicht meine Mutter, heute ist sie nicht meine Mutter. Ihn verunsicherte dieser emotionale Ausbruch Teresas so sehr, dass er hektisch begann, auf seinem Nokia-Handy Snake zu spielen, um die Tränen seiner Mutter nicht mehr sehen zu müssen, die Wimperntusche über ihre Wangen verteilten. Er versuchte, ihre Stimme auszublenden und sich auf das Geräusch der vereinzelten Autos draußen zu konzentrieren. Teresa lallte, was ihm Angst machte, noch mehr als ihr Weinen, denn er verstand diese phonetische Disharmonie nicht, konnte sie nicht zuordnen und auf nichts zurückführen.

Dies war das erste Mal gewesen, dass Joachim an Teresa eine Seite wahrgenommen hatte, die sie ihrer Mutterrolle komplett enthob und zu einem verletzlichen Menschen machte, und es jagte ihm ein existenzielles Verlorenheitsgefühl ein, sie so zu erleben. Irgendetwas in ihm ahnte wohl, dass das so eine Situation war, aus der Kinder Traumata davontragen konnten, deshalb nutzte er den Moment, als Teresa ihren holprigen Monolog unterbrach und sich ans Fenster stellte, um mit zitternden Fingern zu rauchen, und verschwand in sein Zimmer. Die Schüssel mit den aufgeweichten Cerealien ließ er auf dem Tisch stehen, obwohl er sie noch nicht angerührt hatte, doch anstatt ins Bett zu gehen, setzte er sich wieder an die Playstation, als wäre nichts gewesen, und tatsächlich gelang es ihm irgendwie, nicht nur alles, was Teresa erzählt hatte, sondern diesen ganzen unglückseligen Abend bis heute zu verdrängen.

»Wie geht es dir?«, fragte Madelaine.

»Gut, danke. Ich bin satt und zufrieden.«

Es trat ein Moment des Schweigens ein, während dem Joachim nicht weiter über seinen Vater nachdachte, sondern einzig und allein überlegte, wie es jetzt weitergehen sollte. Mit Madelaine, mit diesem Abend. Mit seinem unverhofften Weihnachtsgeschenk.

»Wo ist eigentlich mein Schwein?«

Madelaine schien es auch nicht zu wissen. Weder wo Mookie stecken mochte, noch was sie mit dem Abend anfangen sollten. Sie stand auf, ging zum Waschbecken, kippte etwas planlos einen Spritzer Spülmittel in die Auflaufform. Dann drehte sie sich abrupt um und verließ mit den Worten »Ich seh mal nach ihm« die Küche.

»Mookie ist in meinem Zimmer und schläft«, sagte sie, als sie zurückkam. Joachim hatte keine Ahnung, wie viel Zeit vergangen war. Er hatte während Madelaines Abwesenheit ununterbrochen auf das Holzfasermuster in der Tischplatte gestarrt und darin dröge Froschaugen erkannt. Jetzt, wo Madelaine plötzlich wieder neben ihm stand, kam sie ihm für einen Atemzug lang fast vor wie eine Art Eindringling. Als sei er hier der Mieter und sie der Gast. Er hatte das wahnwitzige Gefühl, diese Wohnung sei, dicht gefolgt von der Muhammeds, der sicherste Ort, an dem er sich seit Langem aufgehalten hatte.

»Übrigens denke ich, dass Thunfisch keine ideale Dauerlösung ist für Mookie«, sagte Madelaine, und irgendwie glaubte er ihrer Stimme anzuhören, dass sie über diesen Satz lange nachgedacht hatte.

»Aha. Und womit soll ich es denn deines Wissens nach füttern?«

»Hausschweinfutter findest du in der Zoohandlung.«

»Oh, okay. Und wie oft muss ein Schwein eigentlich aufs Klo? Soweit ich mitbekommen habe, musste Mookie noch kein einziges Mal groß machen, seit wir zusammen unterwegs sind. Was mir ehrlich gesagt langsam etwas zu denken gibt.«

»Schweine sind von Grund auf sehr saubere Tiere. Wenn du mit ihm draußen bist, wird es schon selber auf die Idee kommen, in irgendeinem Busch sein Geschäft zu verrichten.«

Sie hielt kurz inne, dann meinte sie: »Vielleicht sollten wir jetzt mal kurz raus mit Mookie, wenn du sagst, es hat heute noch nicht. Ein Schwein in meinem Zimmer geht zwar in Ordnung, aber seine Scheiße möchte ich da dann lieber doch nicht liegen haben.«

»Raus? In den Weihnachtswahnsinn? Es ist fast neun, da kommen uns doch die ganzen weggetretenen Weihnachtsmarktzombies entgegen. Außerdem widerspricht es unserem Verbarrikadierungskonzept.«

Madelaine lächelte zum ersten Mal seit ihrer Happy-Meal-Geschichte.

»Na ja«, meinte sie, »das ist ja hauptsächlich dein Konzept. Aber wir könnten als Kompromiss auch einfach nur kurz runter in den Hof, wenn dir die Straße zu viel ist.«

»Okay, einverstanden. Hof geht klar für mich.«

»Prima. Da wird sich meine Nachbarin bestimmt freuen, wenn ausnahmsweise mal ein Schwein in den Sandkasten kackt statt einer Katze.«

Das Lächeln, das sie diesem Satz hinterherschickte, traf Joachim tatsächlich direkt ins Herz. Er fand alles an ihr schön, sogar die ungleichen Wollsocken. Und er hatte schon seit Stunden nicht mehr an Joy gedacht.

Kurze Zeit später standen sie also unten im finsteren Hof und ließen Mookie ein Toilettenplätzchen suchen. Jetzt, wo die Sonne weg war, war es wieder beißend kalt, und sie hatten ihre Jacken oben gelassen. Joachim fror, ließ sich das aber nicht anmerken, sondern mimte pflichtbewusst den robusten Beschützertypen, als er spürte, wie Madelaines Schultern neben seinen zu zittern begannen. Obgleich er sich nicht traute, den Arm um sie zu legen. Erstaunlicherweise tat Mookie zügig, was man von ihm erwartete: Nachdem Joachim die Leine abgenommen hatte, tappte es ohne weitere Anweisung mit seinem Stecknadelgang zu den Umrissen eines Fahrradschuppens, und als unter dem Vordach ein automatisches Licht anging, sahen sie, wie es dort ein kleines Häufchen auf die Erde plumpsen ließ.

»Na sieh einer an«, sagte Joachim, »ein gut erzogenes Tierchen hab ich da erwischt.«

»Ja, da hast du noch mal Schwein gehabt«, meinte Madelaine. Und ließ ihren Kopf auf seine Schulter sinken. Einfach so.

»Der war echt schlecht«, entgegnete Joachim dann, und versuchte, sich keinen Millimeter zu bewegen, damit auch ihre Wange sich keinen Millimeter von seinem Kiefer wegbewegte.

»Stimmt«, murmelte Madelaine, deren Mund so nah bei seinem Kehlkopf war, dass dieses warme *Stimmt* ihn unterm Ohr kitzelte, und er wollte mehr davon.

Er murmelte ihr etwas ins Haar, sie hauchte ihm etwas ins Ohr zurück, die Kausalkette nahm ihren Lauf.

Madelaine sagte: »Mookie ist echt süß«, und Joachim erwiderte: »Ja. So wie du.« Ihm war in dem Moment sehr egal, wie abstoßend ihm so ein trivialer Flirtspruch vorkäme, wenn er nüchtern wäre. Denn diese Situation war aufregend. Prickelnd. Neu. Seine Gänsehaut entstand nicht nur kältebedingt.

»Ich bin doch grade nicht süß. In dem Outfit.«

»Du siehst super aus so, wie du bist.«

Eine Weile blieb Madelaine still, dann flüsterte sie: »Danke.«

Und da traute Joachim sich endlich doch, ihr seinen Arm um die Schulter zu legen. Verrückt, dass ihm von einer so harmlosen Berührung beinahe schwindelig wurde. Er hoffte, dass sie nicht spüren konnte, wie wild sein Herz schlug. Oder hoffte er es doch?

»Du zitterst«, sagte Joachim.

»Du auch.«

»Quatsch.«

»Doch« Ihre Stimme war jetzt kaum mehr zu hören, aber ihren heißen Atem an seiner sehr kalten Haut spürte er umso intensiver, und länger konnte er jetzt wirklich nicht mehr warten, also hob er sanft seinen Arm von ihrer Schulter, um sich ihr zuzuwenden, mit der rechten Hand ihr Gesicht anzuheben und ihren Blick zu suchen.

Lange suchte er nicht. Sie blickte mit großen Augen, deren Farbe in der Dunkelheit zwischen Silber und Smaragd changierte, zu ihm hoch. Ihre Gesichtszüge waren im blassen Mondlicht ebenfalls nur schemenhaft wahrnehmbar, aber er konnte sehen, dass diese ihm nicht vermittelten, dass er sie nicht küssen sollte, also küsste er sie.

Irgendwo über ihnen bellte ein Hund aus einem gekippten Fenster, und ganz weit weg hörte man kurz das Crescendo einer Sirene, das abrupt wieder abbrach, als hätte es sich ein Polizeieinsatz spontan anders überlegt.

Der Kuss schmeckte nach Sprudelwasser und frisch angespitzten Buntstiften.

Joachim dachte an nichts. Zum ersten Mal seit dem Laugenstangenmoment vergaß er wieder, wo er war, aber diesmal fühlte es sich gut an.

Dann kam Mookie angehopst und beendete den Kuss mit einem Keckern.

9

»WAS HAST DU eigentlich studiert?«

Es war das Erste, was Madelaine fragte, nachdem sie miteinander geschlafen und eine Weile schweigend in verschiedene Zimmerecken gestarrt hatten.

Richtig, davon hatte er bei ihrem ersten Treffen nichts erzählt.

Er hatte nur erzählt, dass er bei einer Agentur namens *Verdopplereffekt* ausgestiegen war, weil ihn die Arbeit nicht befriedigt und er einen Tapetenwechsel gebraucht hatte. Vom Agenturhund *Adidas* hatte er erzählt, der dem ritalinsüchtigen Art Director Gianluca gehörte und von diesem täglich mit Drei-Euro-Croissants gefüttert wurde, und von dem Startkapital, das Michael bei einem Wettbewerb für Entrepreneure gewonnen hatte und ohne das dieses ganze läppische Unternehmen niemals hätte aus dem sogenannten Boden gestampft werden können. Von seinem Studium hatte er nichts erzählt. Genau genommen hatte er seit dem Tag, als er zum letzten Mal aus dem Unigebäude getreten war, das Wort *Jura* nie wieder in den Mund genommen.

»Hm …« Irgendwie fand er es unangebracht, jetzt darüber zu sprechen, wo er sich gedanklich und gefühlsmäßig noch immer eher in Madelaines Körper aufhielt als in ihrem Bett und das Hier und Jetzt erst einmal wieder Gestalt annehmen lassen musste. Er, Madelaines Körper, hatte anders ausgesehen, als Joachim ihn sich vorgestellt hatte, als er noch in der ausgebeulten Sportswear gesteckt hatte, weder im negativen noch im positiven Sinne, einfach anders. Ihre Haut war sehr hell, blasser als ihr Gesicht, an manchen Stellen beinahe durchsichtig erschienen, und sie hatte überall von Kopf bis Fuß kleine Sommersprossen (oder nannte man es Muttermale?), eins davon genau in der Mitte ihres Schamhügels. Joachim hatte den braunen Punkt geküsst und sich dabei gefragt, wie viele Männer das vor ihm wohl schon getan hatten. Sie hatte einen schönen Körper. Es war anders gewesen als mit Joy. Madelaines Beine hatten ihn sofort umschlungen, als er in sie eindrang, und ihn ganz eng an sich gezogen, sodass er sich kaum noch bewegen konnte. Nach einer Minute merkte Joachim, dass er in dieser Position zu schnell kommen würde, außerdem schwitzte er wie verrückt, also zog er sich aus ihr heraus, drehte Madelaine auf den Bauch und veränderte das Tempo seiner Stöße.

Er sagte: »Ich hab das erste Staatsexamen abgeschlossen. Jura, Hauptrichtung Strafrecht. Knapp fünf Jahre.«

Madelaine drehte sich auf die Seite und guckte ihn an. Unangenehm, aus einer Nähe von drei Zentimetern angestiert zu werden, an so was würde er sich wohl nie gewöhnen. Er selber tat das nie bei anderen Menschen, weil er fand, dass alle Leute aussahen wie Monster, wenn man ihre Gesichter so nah vor sich hatte, dass man die dazugehörige Person nicht mehr erkennen konnte.

»Du hast Rechtswissenschaften studiert?« fragte sie.

»Ja.«

»Und dann hast du in einer langweiligen Agentur gearbeitet?«

»Ja.«

Sie drehte sich wieder auf den Rücken, blinzelte zweimal zur Decke hoch, dann schloss sie die Augen und ließ sie zu. Joachim dachte, sie sei eingeschlafen, doch nach einer halben Minute drehte sie sich abermals zu ihm um, stützte sich auf den linken Unterarm und fragte: »Und was wolltest du früher mal werden, später?«

»Na, ein erfolgreicher Anwalt. Ich wollte Menschen, die es verdient hatten, in die Scheiße reiten. Außerdem wollte ich Macht haben, Ansehen und natürlich ganz viel Kohle scheffeln.« Joachim lachte, um die Ironie zu verdeutlichen, aber Madelaine lachte nicht mit, als wolle sie ihm den Gefallen nicht tun, ihn für bescheidener zu halten als er sich selbst.

»Und warum hast du dich umentschieden?«

»Tja, keine Ahnung. Ich schätze, ich hatte irgendwie Angst, dass das alles nicht so wird, wie ich es mir ausmale. Eigentlich ging es mir einfach darum, so schnell wie möglich Geld zu verdienen, um endlich ausziehen zu können. Ich hatte aber keine Lust, es meinen Kommilitonen gleichzutun, die alle in irgendwelche versifften Kompromiss-WGs gezogen sind, in denen mindestens ein Wellenspiegel am Start war und irgendein dämliches Gefäß, in dem Centstücke gesammelt wurden. Und die da dann ewig nicht mehr rausgekommen sind. Ich wollte unabhängig sein. Eine eigene Wohnung haben, eine anständige. Ich wollte von meiner Mutter weg, um ihr nicht mehr auf der Tasche liegen zu müssen. Darum hab ich noch während des Studiums diesen Job angenommen. Der war gut bezahlt, und Solmecke, mein Boss, wirkte anfangs eigentlich wie ein ziemlich umgänglicher Typ.«

»Aber warum hast du dann mit dem Absprung so lange gewartet?«

»Ich weiß es nicht. Irgendwie steckte ich fest. Und nach ein paar Jahren fühlte ich mich auch einfach zu alt für ein Praktikum beim Amtsgericht.«

Es war heiß im Zimmer. Madelaine hatte vor dem Sex die Heizung voll aufgedreht, weil sie beide gefröstelt hatten, nachdem sie sich gegenseitig die Klamotten ausgezogen hatten. Sie, die Heizung, knatterte nun motiviert vor sich hin und sendete im Fünf-Minuten-Takt spürbare Hitzewellen durch den Raum. Draußen hatte es begonnen zu schneien, aber die einzigen Pünktchen, die Joachim tanzen sah, waren die unzähligen kleinen Sommersprossen auf Madelaines Rücken, als sie sich umdrehte, zur Seite rollte und den Arm nach ihrem Handy ausstreckte, das auf dem Nachttisch lag. Sie guckte nicht bloß nach der Uhrzeit, dafür dauerte es zu lange. Offenbar hatte sie eine Nachricht bekommen. Er zwang sich, woanders hinzusehen, als sie sich seufzend zurück auf den Rücken drehte. Er wollte nicht rüberkommen wie ein Depp, der nichts Besseres zu tun hatte, als sie anzugaffen. Also guckte er zum Fenster, sah, dass es schneite, und versuchte, sich darauf zu konzentrieren. Madelaines Geruch ließ sich indes nicht so einfach ausblenden wie der Anblick ihres nackten Körpers. Sie roch ganz anders, als sie schmeckte.

Er sagte: »Guck mal, es schneit.«

Madelaine strampelte wortlos ihren Teil der Decke zur Seite, stand auf, schlüpfte in ein übergroßes T-Shirt, von dem er erst auf den zweiten Blick erkannte, dass es seins war, dann ging sie zum Fenster und stieß es auf. Zuerst strömte der Geruch von kristallartiger, feuchtklarer Luft ins Zimmer, dann die Kälte. Schließlich tanzten vereinzelte Schneeflöckchen hinein und lösten sich, noch bevor sie den Boden berührten, auf. Joachim bekam eine Gänsehaut, irgendwie war es angenehm. Ein Moment mit Kontemplationspotential. Und dann beschloss er, sich einen Ruck zu geben.

»Ich muss dir etwas sagen.«

Madelaine schien nicht mit etwas Bahnbrechendem zu rechnen. Sie machte ein fragendes Gesicht und begann, eine Zigarette zu drehen.

»Ich glaube, das mit Mookie ist mir nicht zufällig passiert.«

Madelaines Haut war ebenfalls von einer Gänsehaut überzogen, das konnte Joachim vom Bett aus sehen. Sie steckte sich die Zigarette in den Mund und fragte: »Wie meinst du das?«

»Um ehrlich zu sein: Ich glaube, es handelt sich um eine Mission. Die mir etwas beibringen muss.«

Sie zündete sich mit einer lässigen Bewegung die Kippe an und lehnte sich in Cowboymanier gegen den Fensterrahmen. Schneeflöckchen flogen in ihre Haare und Wimpern, ihre Lippen zitterten.

»Dir etwas beibringen? Ich kann dir nicht ganz folgen, denke ich.«

Und da erzählte Joachim ihr die ganze Geschichte. Er erzählte ihr nicht alles, aber er begann mit dem Tag, an dem sein Leben auf einmal nicht mehr dasselbe war wie vorher. Die Urgroßmutterfrage erwähnte er nicht, aber dafür die Laugenstange. Er erzählte ihr von der Angst, die sich an jenem Tag entwickelt hatte, nach draußen zu gehen. Von dem Gefühl, plötzlich nichts mehr gewachsen zu sein. Von den vielen Bierdosen sagte er nichts. Sie nickte verständnisvoll. Joachim erzählte von seinem Wunsch, im Alltag wieder zurechtzukommen, der ihn angetrieben hatte, mit ihr auf den Weihnachtsmarkt zu gehen.

»Du hasst Weihnachtsmärkte auch, oder?«

»Ja, total. Frag mich nicht, warum ich das vorgeschlagen hatte.«

Er erzählte ihr von den Joints, ließ dabei aber das Adjektiv *gelegentlich* fallen, und von dem kaputten Stück Holz in seinem Wohnzimmer, das ihm die große Mission angekündigt hatte, ebenso berichtete er von seiner Gewissheit, dass er es ohne Mookie nicht schaffen würde, etwas an seinem Ist-Zustand zu ändern. Er erklärte ihr, wie er, als er das Schwein aus dem Paket geholt hatte, verstand, dass er den Überbringer finden musste. Weil dies der Schlüssel zu einem neuen, glücklichen Leben für ihn sein würde – der einzige, um genau zu sein.

Woher er das wisse?

»Ich weiß es natürlich nicht. Aber es gibt nichts, das dagegen spricht. Am Ende des Tages ist jeder selber für sein Schicksal verantwortlich, das ist mir klar, aber was, wenn man verlernt hat, wie so was geht? Wenn man verlernt hat, wie leben geht? Dann muss man darauf hoffen, dass das Leben einem etwas von außen zuspielt, das einen rauszieht aus diesem Dunkel.«

Madelaine hustete und pustete Rauch in den Schneesturm. Sie hatte seiner ganzen Geschichte aufmerksam gelauscht und nicht ein einziges Mal ungläubig das Gesicht verzogen. Fast wirkte es ein bisschen so, als hätte sie mit so einer Story gerechnet. Als er geendet hatte, schnipste sie mit klammen Fingern die Kippe aus dem Fenster und schloss es vor einer stürmischen Wand verdutzter Eindringlinge in Flockenform.

»Wie lautet denn die nächste Adresse?«, fragte sie, während sie auf Zehenspitzen durch den Raum tappte.

»Wie bitte?«

Sie kroch wieder ins Bett, aber nicht zu ihm unter die Decke. Sie blieb am Rand auf den Knien sitzen und knetete am Saum seines T-Shirts herum.

»Na, du meintest doch, du hast eine Verdächtigenliste, die du abarbeiten musst.«

»Ach so, ja. Nein, eine konkrete Liste hab ich nicht, ich mach das mehr so intuitiv.«

Madelaine rutschte hin und her und wischte ein paar inexistente Krümel von der Matratze. Dann murmelte sie: »Wenn du willst, mach ich mit.«

»Was?«

»Ehrlich gesagt finde ich, deine Mission hört sich sehr spannend an. Wenn du nichts dagegen hast, begleite ich dich und helfe dir beim Suchen.«

Joachim überlegte. Begleitung. Wollte er das? Eigentlich bestand der Sinn seiner Mission nebst dem Aufspüren des Täters ja irgendwie darin, wieder zu sich selbst zu finden, und so was bewältigte man in der Regel alleine. Oder? Er betrachtete Madelaines Kniescheiben, die offenbar die einzige sprossenfreie Stelle an ihrem Körper waren, und stellte sich vor, wie diese, ordentlich in wetterfeste Hosen gepackt, neben seinen hergingen. Ja, das konnte er sich vorstellen. Irgendetwas wallte in ihm auf, etwas Starkes, Tiefes, Brühendes, das ihn an seine Kindheit erinnerte. Vielleicht war es Weihnachten. Vielleicht der jahrelange Verzicht auf Bärlauchpesto. Er widerstand dem plötzlichen Bedürfnis, seinen Kopf zwischen ihre Oberschenkel zu pressen und darauf zu hoffen, dass sie ihm übers Haar streichelte, so wie sie es nach dem Sex getan hatte.

»Dir muss aber klar sein, wie ernst mir die Sache ist«, sagte er, »es geht hier um mein Leben. Sozusagen um Leben und Tod sogar.«

»Ja, das verstehe »ich«, sagte sie, und Joachim stellte fest, dass er daran nicht zweifelte. »Wie wär's denn mit deiner Mutter?«

»Was?«

»Na, wir könnten deine Mutter besuchen morgen. Und sie fragen, ob das Schwein von ihr ist.«

»Stimmt. Okay.« Das war ihm noch nicht eingefallen.

»Gut.«

Madelaine zog gähnend das Shirt über beide Kniescheiben und ließ sich so, als unförmiger Stoffsack, vornüber fallen. Joachim behagte nicht, dass sie ausgerechnet jetzt, wo sie sich so tief in sein Thema vorgearbeitet hatten, schläfrig wurde, darum sagte er:

»Dann müssen wir meiner Mutter aber sagen, wer oder was wir sind.«

Prompt tauchte ihr Gesicht wieder zwischen den Laken auf.

»Wie meinst du das? Was wir sind?«

»Na ja, wenn ich an Heiligabend mit einer Frau auftauche, wird sie gewiss denken, ich wolle ihr meine neue Freundin vorstellen.«

»Ach so. Na ja, du kannst ihr ja erzählen, dass wir Arbeitskollegen sind oder so.«

Joachim hatte sofort das ätzende Gefühl, ein sogenanntes unnötiges Fass aufgemacht zu haben. Und schon hatte er den Salat, weil ihre Antwort ihm wehtat. Arbeitskollegen?

Der alte Joachim hätte das Thema an dieser Stelle beendet, um seinen Stolz zu wahren. Der alte Joachim hätte gesagt: »Klar, ich stell dich als Typografin vor.«

Aber der alte Joachim war nicht mehr da, und dieser neue, aus sich selbst gefallene, aufbruchbereite, von fünf Syrern während eines einstündigen Miteinanderseins offenbar nachhaltig manipulierte Joachim wusste nicht, wie er dieses Störgefühl ausklammern sollte, und deshalb musste er es ansprechen.

»Was wäre denn so schlimm daran, wenn meine Mutter denken würde, dass du meine Freundin bist?«

Er konnte spüren, wie ihr Blick sich in seine Wange bohrte, also zwang er sich, das Deckenweiß zu betrachten.

Schließlich sagte sie: »Nichts.« Einfach nur Nichts. Ein neutrales, nichts meinendes Nichts.

Joachim entschied, den Raum zu verlassen, um auf andere Gedanken zu kommen. Er wollte in die Küche und nach Mookie sehen.

»Gehst du nach Hause?«, fragte Madelaine, als er in seine Hose stieg. Joachim war nach Heulen zumute.

Beim Verlassen des Zimmers trat er auf das benutzte Kondom. Er fühlte sich zu schwach, um es aufzuheben, nicht nur körperlich, sondern auch weil es ihm vorkam wie ein spöttisches Relikt aus einem anderen Jahrzehnt, in dem er für fünfzehn Minuten ein potenter Mann gewesen war. Während er jetzt getroffen in die Küche schlurfte und nicht wusste, was er tun sollte. Er wollte nicht nach Hause gehen. Nicht jetzt. Eigentlich überhaupt nie mehr.

Draußen tobte inzwischen ein regelrechter Schneesturm. Joachim trat ans Fenster, hauchte gegen die Scheibe und starrte hinaus.

Er wusste nicht, wie lange er so dastand. Sein großer Zeh tat immer noch weh, besonders wenn er, so wie jetzt, das Gewicht auf das rechte Bein verlagern musste, damit der linke Fuß nicht einschlief.

Irgendwann entdeckte er in dem Gestöber ein zweites Gesicht neben seinem in der Fensterscheibe. Er erschrak, und es dauerte ein paar Sekunden, bis er begriff, wer hinter ihm stand.

»Wann hast du dich denn reingeschlichen?«

»Ich steh hier schon seit drei Minuten«, sagte Madelaine. »Ich dachte, du wärst gegangen, weil es auf einmal so still war, und dachte mir: *Hat er jetzt wirklich nicht mal Tschüss gesagt?* Aber dann kam Mookie in mein Zimmer, also hab ich vermutet, dass du auch noch da bist.«

»Ach so. Na ja, ich bin am Überlegen, wie ich nach Hause kommen soll, ohne eingeschneit zu werden. Und, äh, es ist ja schon nach Mitternacht, ich muss gleich mal schauen, welche Busse jetzt überhaupt noch fahren. Oder ich bestell mir ein Taxi.«

»Joachim?«

»Ja?«

»Du kannst gerne hier schlafen, wenn du möchtest.«

»Nein, schon gut, ich will dir nicht zur Last fallen, echt, also, kein Stress.«

Madelaine lächelte, griff nach seiner Hand.

»Es würde mich freuen, wenn du hier übernachtest.«

»Echt? Na gut, in Ordnung. Äh, ist Mookie jetzt also in deinem Zimmer?«

Anstatt zu antworten, zwinkerte Madelaine ihm zu und zog ihn an der Hand aus der Küche, weg von ihren leeren Tellern und Kant, in den Flur, wo sie stehen blieb und die Wohnungstür zweimal abschloss. Dann drückte sie ihn gegen die Wand, an die Garderobe, er spürte einen Schwall Jacken in seinem Rücken nachgeben, und küsste ihn. Als er die Augen wieder öffnete, war sie verschwunden, also folgte er ihr in ihr Zimmer, wo sie schon im Bett lag, die Decke über den Kopf gezogen, aber sie streckte die Hand darunter hervor. Joachim ging hin und griff nach ihren kalten Fingern und legte sich neben sie. Im Bett war es kühl und warm zugleich und leicht und schwer, und während ihm die Augen zufielen, fiel draußen weiter der Schnee, und Mookie schnarchte unter Madelaines Schrank.

10

JOACHIM WACHTE von Küchengeräuschen auf. Obwohl er sehr lange nicht mehr in einem fremden Bett aufgewacht war und sehr tief geschlafen hatte, wusste er sofort, wo er war. Er betrachtete ein Bild an der Wand, dessen Strich an Gustav Klimt erinnerte und das Gesicht einer Frau zeigte, die in eine Aprikose biss und eine auffallende Ähnlichkeit mit Madelaine hatte. Hatte das gestern auch schon hier gehangen? Er hatte es irgendwie verpasst, sich den Raum genauer anzugucken.

Er stand auf und blickte sich nach einem Spiegel um. Er fand keinen, was ihm ungewöhnlich erschien für ein Frauenschlafzimmer, also ging er ins Bad, wo er erleichtert feststellte, dass er eindeutig schon mal schlimmer ausgesehen hatte. Er zupfte sich ein paar Haare zurecht, fummelte an seinem Bart herum, tupfte sich Wasser ins Gesicht.

Dann ging er in die Küche, eine Strecke, die ihm bereits so vertraut war, als befände er sich seit zwei Wochen in einer Ferienwohnung, und siehe da, prompt warteten sie da auf ihn, alle beide, sein Schwein und seine Spinder-Bekanntschaft, beide mit der typischen morgendlichen Unschuld im Gesicht. Joachim fühlte sich gut. Das niederschmetternde Gefühl von letzter Nacht schien verpufft zu sein; vermutlich hatte es eben doch wieder mal am Wein gelegen, dass er kurzzeitig gedacht hatte, zwischen Madelaine und ihm sei alles verloren. Auch sie wirkte zufrieden, ausgeschlafen, und sie trug weder Joggingklamotten noch Schlafanzug noch irgendwas von Joachim, sondern eine dunkelgraue Jeanshose und einen blauen Strickpullover mit sehr weiten Ärmeln, die fast ihre ganzen Hände verschluckten.

»Guten Morgen. Bist du schon lange wach?«

»Ungefähr seit einer Stunde«, sagte Madelaine, »ich hab Frühstück gemacht.« Sie deutete mit dem Kinn auf eine Schale unter der Heizung, und Joachim wunderte sich schon, bis er begriff, dass dies für Mookie gedacht war.

»Haferflocken mit warmem Wasser, eine Kartoffel, etwas altes, aufgeweichtes Brot.«

»Klingt absolut köstlich.«

Für sie beide briet Madelaine Spiegeleier, die im Gegensatz zu der orangefarbenen Masse, die Joachim immer fabrizierte, sehr akkurat gerieten: Das Eigelb stellte eine klare, mittig platzierte Insel auf der ovalen Eiweißfläche dar, welche dann von Madelaine ordentlich auf zwei Toastscheiben gepappt und mit einer mannigfaltigen Kräutermischung bestäubt wurde.

Sie aßen, und Madelaine inspizierte wieder jeden Bissen vor dem Verzehr.

Joachim fragte: »Möchtest du immer noch mitkommen, wenn ich heute meine Mutter besuche und sie mit Mookie konfrontiere?«

Madelaine klopfte mit der linken Hand gegen die rechte, um Krümel abzustäuben, und meinte: »Klar, das kann ich mir doch nicht entgehen lassen. Eine Bedingung habe ich allerdings noch.«

»Und die wäre?«

»Du fragst deine Mutter nach deinem Vater. Okay?«

Joachim zog eine Grimasse. Dann nickte er.

Und so machten sie sich kurze Zeit später zu dritt auf den Weg. Erst ging es durch den bezaubernd eingeschneiten Hinterhof, dann eine von irgendeiner kompetenten Seele bereits mit Kieselsteinen bestreute Straße entlang, und irgendwas an dieser Gesamtsituation, wohl auch der Gedanke daran, dass er heute seine Mutter wiedersehen würde, die er wirklich schon ewig nicht mehr besucht hatte, veranlasste Joachim dazu, sich ein Herz zu fassen und Madelaine zu fragen, wie lange ihre letzte Beziehung her sei.

Madelaine zupfte den Kragen ihres Mantels zurecht und meinte: »Schwer zu sagen.«

Mookie ging etwas schneller als sonst, der veränderte Untergrund, die flauschige, knisternde Schneeschicht, schienen ihm Spaß zu machen, und es zog Joachim somit zwanzig Sekunden lang von Madelaine weg, in denen er über die Worte *Schwer zu sagen* nachdenken konnte. Es schneite nicht mehr so stark wie letzte Nacht, aber immer noch genug, dass er auf Madelaines blonder Mähne fünf große Schneeflocken abzählen konnte, als er sagte: »Schwere Sachen soll man tragen und nicht sagen.« Er hatte keine Ahnung, woher dieser Spruch kam.

Madelaine erwiderte: »Na gut, dann lass ich's bleiben, ist mir auch ganz recht.«

»Als dein zukünftiger Boyfriend möchte ich's aber schon ganz gerne wissen.«

»Zukünftiger Boyfriend?« Mist.

»Spaß. Meine zukünftige Arbeitskollegin meine ich natürlich. Also?«

»Wie lange meine letzte Beziehung her ist?«

»Ja.«

Schweigen. In diesem Viertel war vom Weihnachtstrubel

nicht viel zu spüren: Die Straßenlampendeko beschränkte sich gnädigerweise auf ein paar baumelnde Papiersterne, und nur in einem der Fenster um sie herum entdeckte Joachim eine LED-Kette, die im Sekundentakt die Farbe wechselte. Trotzdem blickte sich Madelaine jetzt gehetzt nach allen Seiten um, als rechne sie damit, gleich aus einem beliebigen Hauseingang vom Christkind persönlich mit goldenen Papiersternchen beworfen zu werden.

»Sag bloß, du bist verheiratet«, sagte er schließlich, leider klang es weniger witzelnd als beabsichtigt.

»Bin ich nicht«, seufzte Madelaine, »also gut, wenn du unbedingt wissen möchtest, was meine Geschichte ist, bitte schön.« Dann holte sie Luft und strahlte dabei eine solche Selbstüberwindung aus, dass Joachim sich auf alles Mögliche gefasst machte: Sie war Mutter, Mörderin, lesbisch oder früher mal ein Mann gewesen.

Madelaine sagte: »Also, es ist so: Ich hatte bis vor Kurzem noch einen Freund. Und das Problem ist, dass wir auf ziemlich blöde Weise Schluss gemacht haben.«

Joachim richtete seinen Blick auf Mookies weißverkrusteten Rüssel und atmete unmerklich erleichtert aus. Einen Freund hatte sie also bis vor Kurzem gehabt. Auf blöde Weise Schluss gemacht! Und er hatte sich schon ausgemalt, wie sie jemandem ein hoch dosiertes Narkotikum für Tiere verabreicht und damit zum Pflegefall gemacht hatte!

Madelaine fuhr fort: »Wir stehen immer noch in Kontakt. Es fühlt sich komisch an, mit ihm zu schreiben, aber leider irgendwie auch nicht komisch genug, um damit aufzuhören.«

Das klang schon nicht mehr ganz so gut. Joachim hielt erneut den Atem an. Es wurde sogar noch schlimmer: »Es gab nie diesen eindeutigen Moment, wo wir gesagt haben, so, das war's jetzt endgültig mit uns«, und beim Wort *endgültig* zeichnete sie mit der Hand eine markante Trennlinie in die Luft, als müsse sie die erschrockenen Schneeflocken zurechtweisen, »es war mehr so, dass es irgendwann einen großen Streit gab, bei dem alles ziemlich eskaliert ist, der aber immerhin dazu führte, dass wir uns danach zum ersten Mal hingesetzt und aufrichtig über das gesprochen haben, was uns am anderen stört. Tja, und dann haben wir beschlossen, erst mal eine Auszeit voneinander zu nehmen. Eine Kontaktpause. Bis wir beide wieder einen klaren Kopf haben und entscheiden können, wie es weitergeht.«

Das Einzige, das Joachim nach wie vor heraushörte, war: Sie textete noch mit ihrem Ex. Er dachte an den gestrigen Bettmoment, als sie sich weggedreht und auf ihr Smartphone gestarrt hatte. Wenn ihm je weniger weihnachtlich zumute gewesen war als in diesem Moment, so konnte er sich nicht daran erinnern.

»Und vor zwei Wochen habe ich von einer Freundin erfahren, dass Max – so heißt mein Ex – sich ein Spinder-Profil erstellt hat. Er kennt Julia nicht, meine Freundin, aber sie hat ihn erkannt. Sie hatten ein Match, also hat sie ihn angeschrieben und gefragt, was er so suche, und seine Antwort war: *Ein bisschen Spaß*. Als ich das hörte, war das wie ein K.-o.-Schlag für mich. Eine Faust ins Gesicht und ins Herz. Julia hat ihn sofort blockiert und mir Bescheid gegeben.«

»Hoppla.«

»Ja. Mich hat das völlig verunsichert. Wir haben nicht ausgemacht, dass wir während unsrer Auszeit keine anderen Leute treffen dürfen, aber ich bin irgendwie davon ausgegangen, dass wir es so handhaben, weil wir die Pause ja dafür nutzen wollten, in uns hineinzuhorchen. Um herauszufinden, ob das mit uns als Paar noch mal etwas werden kann oder nicht. Worauf ich vor vier Wochen, als wir uns trennten, ehrlich gesagt noch gehofft habe.«

»Hoppla«, sagte Joachim erneut und verfluchte sich dafür, dieses Thema angeschnitten zu haben. Als Jurist hätte er daran denken können, dass Befragungen in Beziehungsangelegenheiten in den meisten Fällen unangenehme Erkenntnisse hervorbrachten.

»Ich wünschte jedenfalls, ich hätte das alles einfach auf die leichte Schulter nehmen können. Mich frei und locker durch die Welt bewegen und ein bisschen Spaß haben, so wie Max.«

»Aber das konntest du nicht.«

»Nein. Ich bin nicht der Typ für lose Affären. Glaube ich zumindest. Aber ich wollte ihm und vor allem mir selber irgendwie beweisen, dass ich es auch kann. Mich amüsieren, ohne Verpflichtungen. Darum hab ich mir dann auch ein Spinder-Profil erstellt. Ich wollte einfach nicht das Opfer sein, verstehst du?«

Als gäbe es daran etwas nicht zu verstehen. Es änderte aber nichts am Sachverhalt. Joachim bückte sich und wischte etwas Schnee von Mookies Rücken.

Madelaine fuhr fort: »Außerdem änderte Max' Verhalten mein komplettes Bild von ihm. Ich habe ihn während unserer Beziehung als sensiblen Menschen kennengelernt, als jemanden, der Rücksicht nimmt und zuverlässig ist, und als ich das gehört habe, *ein bisschen Spaß*, hab ich mich plötzlich gefragt: *Wer ist dieser Mann? Mit wem war ich da zwei Jahre lang zusammen?* Ich fing an, mir selber Vorwürfe zu machen. Ich überlegte, was ich falsch gemacht hatte, um ihn so zu vergraulen, dass er sich auf einer Flirt-App Spaß suchen muss, den er offenbar mit mir nicht haben konnte.«

»Bei sich selber die Schuld suchen ist natürlich immer gefährlich.«

Madelaine sah mitgenommen aus. Seufzend lehnte sie sich gegen die Fahrplantafel.

»Weißt du, Joachim, das Problem ist ja, dass er sich nicht an die Regeln hält. Wir haben ausgemacht, dass wir uns zwei Monate nicht schreiben. Und was macht er?«

»Er schreibt.«

»Ja, genau, er schreibt furchtbare Dinge.«

»Was denn für furchtbare Dinge?«

»*Hallo wie geht's* und *Was machst du so*.«

»Ist das dein Ernst?«

»Ja. Er schreibt diese ganzen harmlosen beschissenen Sachen. Als wäre ich irgendeine flüchtige Bekannte. Wie verletzend ist das bitte? Wenn er schon schreibt, soll er sich doch wenigstens was dabei überlegen. Ich verstehe das einfach nicht. Und weil ich offenbar total manipulierbar bin, schreibe ich ihm zurück und tue so, als ob nichts wäre. Und so geht das jetzt also seit einem Monat, und ich weiß leider nicht, wie ich damit umgehen soll.«

Joachim war baff, das konnte man nicht anders sagen. Max, was für ein lächerlicher Name.

Es wäre wirklich leichter zu verkraften gewesen, wenn Madelaine sich als Giftmörderin geoutet hätte. Dennoch versuchte er, sich seinen Gram nicht ansehen zu lassen.

»Das klingt wirklich nach einer unkomfortablen Lage. Du solltest die Umstände klären, denke ich, und versuchen herauszufinden, woran du bei ihm bist.«

»Woran ich bei ihm *nicht* bin, trifft es wohl eher.«

Wie traurig sie ihn ansah. Riesige, Trost suchende Augen. Was erwartete sie denn von ihm?

Sollte er ihr sein Mitgefühl dafür ausdrücken, dass sie mit ihm abhängen musste, obwohl sie eigentlich lieber bei Max wäre?

Sie standen nun schon seit sieben Minuten an dieser Haltestelle rum, und noch immer war kein Bus da. Die digitale Fahrplananzeige war außer Gefecht, der dunkle Kasten enthielt lediglich den Hinweis: *Bitte Fahrplan beachten.*

»Lass uns da die Straßenbahn nehmen«, sagte Joachim, »bringt ja nix, hier zu warten.«

»Okay.«

Sie marschierten los. Mookie zeichnete ein paar lustige Muster mit seinem Rüsselchen in den Schneematsch, über die man hätte reden können, aber sie schwiegen, bis sie vor einem Späti standen.

»Vielleicht finde ich da drin ein Alibipräsent für meine Mutter«, sagte Joachim.

»Ja, schauen wir.« Anstatt den Laden zu betreten, fragte Madelaine: »Bist du jetzt irgendwie wütend auf mich?«

Joachim rutschte beinahe auf der kleinen Eisfläche vor der Ladentür aus. Wütend? Warum stellte sie ihm so eine horrende Frage? Hielt sie sich etwa für so großartig, dass sie davon ausging, in ihm so ein hochtrabendes Gefühl wie Wut auszulösen?

»Alles gut«, erwiderte er und betrat hastig den Laden, Madelaine folgte ihm. »Ein Schwein hatte ich ja noch nie als Kunden«, begrüßte sie der Verkäufer, aber die beiden waren zu sehr in ihren Murks vertieft, um darauf einzugehen.

»Weißt du, mir ging es bestimmt nicht darum, auf Spinder eine Fickbekanntschaft zu finden oder so«, hörte Joachim Madelaine hinter sich murmeln, während er die Regale abschritt, »ich wollte mich auch nicht an Max rächen, sondern es einfach mal ausprobieren. Ich hab ja nichts zu verlieren, dachte ich, mal sehen, was sich so ergibt.«

»Hm.« Was sich daraus so ergab. Na, wenn sie meinte.

»Nicht dass du denkst, ich hab mich einfach nur mit dir getroffen, um mich abzulenken. So war das nicht. Also, nicht dass du das Gefühl hast, dass … ach, Scheiße.« Er blickte sich nach ihr um und sah, wie sie sich erschöpft gegen eine Getränketruhe lehnte. Ihm wurde das wirklich zu viel jetzt.

»Madelaine, es ist in Ordnung. Zumindest für mich. Das ist deine Sache, nicht meine, mich geht das überhaupt nichts an, wie du deine Beziehungsprobleme löst.«

»Schlussmachprobleme«, verbesserte sie ihn traurig.

Joachim ließ sich bestimmt nicht als Ablenkungsmittel missbrauchen, die sollte mal halblang machen. Verärgert nahm er ein Gurkenglas vom Regal und betrachtete es. Warum standen hier Essiggurken neben Schokocornflakes?

»Fünf Euro für saure Gurken«, knurrte er, »das ist kein Wucher mehr, sondern geisteskrank.«

Madelaine murmelte: »Ich hab das Gefühl, ich mache alles falsch.«

Joachim stellte das Gurkenglas zurück, etwas zu energisch, es fiel scheppernd zu Boden, blieb aber glücklicherweise heil.

»Aus Fehlern kann man lernen«, murmelte er.

Madelaine nickte tapfer und löste sich von den Colaflaschen in ihrem Rücken, um das Gurkenglas aufzuheben. Ach, es war ein Fehler gewesen, sie mitzunehmen, er hätte es wissen müssen. Mookie und er, das hätte hingehauen. Sie wären als ein ungewöhnliches, aber alles in allem harmonisches Duo durch die Welt marschiert, fokussiert und zugleich intuitiv dem Ziel entgegen, und hätten keine Zeit damit verschwendet, kompromittierende Verflossenengeschichten aufzurollen. Aber das jetzt hier mit ihr, diese abstruse Dreierkonstellation, in die er sich zugegebenermaßen selber reingeritten hatte, das war ein einziger großer Stresszirkus. Er wollte gar nicht daran denken, wie fatal das alles noch werden konnte, wenn sie bei seiner Mutter waren. Aber er sah auch keine Möglichkeit, wie er Madelaine jetzt auf die Schnelle wieder hätte abschütteln können, darum schaute Joachim sich jetzt erst mal weiter im Laden um – leider wieder etwas zu temperamentvoll, denn er fegte mit seinem Ellbogen eine Dose Kidneybohnen und zwei Pringlespackungen zu Boden. Wirklich: Wer hatte das alles hier so scheiße einsortiert? Er warf dem arglos grinsenden Verkäufer einen strafenden Blick zu. Nein, hier drin würde er kein Geschenk finden für Teresa. Als er zum Ausgang pilgerte, winkte der Verkäufer Mookie zu und meinte: »Ciao ciao Piggy.« Um Himmels willen, er musste hier raus, aber Madelaine studierte jetzt allen Ernstes interessiert das Etikett einer Dattelschachtel. Was zum Teufel wollte sie mit Datteln?

Er hatte keine Lust, ihr quer durchs Geschäft zuzubrüllen, dass er ohne Geschenk weiterziehen wolle. Darum gab er sich einen Ruck und stiefelte zu ihr zurück.

Dabei fiel sein Blick auf eine Packung Schwarztee, wobei er einmal mehr an Muhammed denken musste, und diesmal stellte er sich vor, was passieren würde, wenn er und Joy just in diesem Moment den Späti betreten würden. Der Fall war klar: Muhammed und Madelaine würden sich in die Augen blicken, und das berühmte *Klick* würde stattfinden. Es würde aufgehen. Sie waren wie geschaffen füreinander. Zwei gefühlsbetonte Menschen, die nicht nur fantastisch kochen, sondern mit ihrer Freundlichkeit die Welt zu einem besseren Ort machen konnten. Während andere Leute bei der jetzigen Konstellation, höchstens schüchtern fragen konnten, wie mit den kulturellen Differenzen umgegangen wurde, würde ihnen bei einem so eindrücklichen Paar wie Muhammed und Madelaine nichts anderes übrig bleiben, als andächtig zu sagen: *Ein Glück, dass die beiden sich gefunden haben.* Sie würden gemeinsam um die Welt reisen, Hilfswerke gründen und irgendwo ein syrisches Restaurant mit französischem Einschlag eröffnen.

Ja, so würde das ablaufen, Joachim sah es klar vor sich. Joy würde notgedrungen zu ihm zurückkehren, und die Dinge hätten wieder eine ernüchternde, gerechte Ordnung. Selbst was die Anfangsbuchstaben betraf.

Aber das Schicksal hatte kein Interesse an logischen Kausalketten, im Gegensatz zu den Menschen, die sich ihm beugen mussten. Anders gesagt: Die Wahrscheinlichkeit, dass Muhammed und Joy in diesem Moment diesen Laden betraten, war trotz allem sehr gering. Zum Glück.

»Madelaine, können wir weiter?«

»Klar. Ich kauf nur noch schnell diese Schokonüsse.«

»Meine Mutter hat eine Nussallergie.«

»Ich kauf sie ja für mich. Hast du nichts für sie gefunden?«

»Nein. Ich glaube, ich reiße in irgendeinem Park ein paar Blumen ab.«

»Blumen abreißen? Im Winter?«

Joachim zuckte bloß mit den Achseln und wandte sich ab. Er fühlte sich einsam. Ihm wurde klar, dass Mookie in diesem Jahr wohl sein einziges Weihnachtsgeschenk bleiben würde. »Ich rauch draußen eine, bis du bezahlt hast.« Madelaine nickte und bedachte ihn mit einem nachdenklichen, langen Blick, von dem er sich nicht gleich lossagen konnte. Irgendwas war da zwischen ihnen, eine neue Spannung, die von ihr ausging. Madelaines Körpersprache schien sich seit einigen Minuten, eigentlich seit ihrem umfassenden Geständnis bezüglich Exfreund Max, spürbar verändert haben. Sie bewegte sich auf einmal langsamer, irgendwie bedachter. Nicht unbedingt erotisch, eher mit der lasziv aufgeladenen Erhabenheit einer italienischen Opernsängerin. Als müsste sie ihm etwas beweisen – oder etwas wiedergutmachen.

Er lehnte sich gegen die Wand des Nachbargebäudes und zündete eine Zigarette an, wobei Mookie hysterisch wieherte. Er hatte den Arm zu forsch bewegt.

Vielleicht sollte er sich doch mal eine richtige Leine zulegen, dieser Gürtel konnte ja wirklich nicht artgerecht sein. Und sollte er Mookie vielleicht irgendwas zum Anziehen kaufen? Es hatte ja nicht mal Fell, und es waren zwei Grad unter null.

Als Madelaine neben ihn trat, hatte Joachim ein Déjà-vu: Es war wie vorgestern, am Ende ihres ersten Dates, als er vor dem Weihnachtsmarkt auf sie gewartet hatte. Es gab nur zwei Unterschiede: Mookies Anwesenheit und Madelaines Strahlen. Es schien ihr gutgetan zu haben, sich mal den ganzen Liebeskummer von der Seele zu quatschen.

»Auf geht's«, sagte Joachim. Schroff trabte er los.

Madelaine seufzte unbeschwert und folgte ihm in die Straßenbahn.

Sie saßen sich auf einem Viererplatz gegenüber, neben ihnen ein älteres Pärchen, und sprachen kein Wort miteinander. Joachim starrte auf sein Handy, wobei er nichts anderes tat, als uralte SMS-Nachrichten durchzulesen, und Madelaine betrachtete aus dem Fenster wachsam die vorbeiziehende Gentrifizierung, während sie sich unablässig Schokonüsse in den Mund warf. Dabei strahlte sie noch immer eine unerschütterliche Divenhaftigkeit aus, die auch den anderen Leuten aufzufallen schien. Zumindest war der grauhaarige Herr neben ihr ein wenig von ihr weg- und näher zum Fenster gerückt, als sie sich gesetzt hatte, und betrachtete sie nun anerkennend mit verstohlenem Blick von der Seite.

Die meisten anderen Fahrgäste starrten jedoch vor allem Mookie an, was Joachim trotz seines Fokus auf den Bildschirm sehr wohl mitbekam. Es nervte. »Noch nie ein Schwein gesehen?«, murmelte er vor sich hin. Madelaine dachte, er hätte was zu ihr gesagt, und fragte: »Wie bitte?« Schlimmer ging es wirklich nicht mehr. Doch, ging es: Nach sechs Stationen mussten sie die Tram verlassen. Nicht etwa, weil sie ihr Ziel erreicht hatten, sondern weil es irgendeine sogenannte Komplikation gab aufgrund vereister Gleise.

»Toll ist das, einfach irgendwo in der Pampa ausgesetzt zu werden.«

»Ach, komm schon. Dann gehen wir halt zu Fuß, es kann doch sowieso nicht mehr weit sein.«

Aber Joachim hatte keine Ahnung, wie sie von hier aus zu Teresa finden sollten, obwohl sie nicht weiter als zwei Kilometer von seinem ehemaligen Zuhause entfernt sein konnten. Die Gegend sah in Weiß getaucht anders aus als sonst. Surreal und unzugänglich. Eigentlich war es doch überhaupt seltsam: Schnee. Was war mit dem Klimawandel? Letztes Jahr hatte es an Weihnachten noch geregnet. Madelaine lief los. Joachim folgte ihr, ihm war eigentlich egal, wo sie landeten.

Irgendwann blieb Mookie stehen, um an einem ausrangierten Medizinball zu schnuppern, der vor einer Einfahrt lag, die zu einem frei stehenden Einfamilienhaus gehörte. Ein freistehendes Einfamilienhaus, mitten in der Stadt. Sowas hatte Joachim noch nie verstanden.

Sein Blick wanderte über die Einfahrt und blieb an einzelnen Objekten hängen. Mofa, Hundeskulpturen, Auto.

»Ich fass es nicht!«, rief er.

Madelaine, die schon fast beim nächsten Vorgarten angelangt war, blieb stehen und drehte sich mit fragenden Augen zu ihm um.

»Da wohnt mein Chef«, sagte Joachim, »in diesem geschmacklosen Klotz hier lebt Michael Solmecke, ich fass es nicht!« Madelaine kam angerauscht und stellte sich aufgeregt neben ihn. Ihr schokoladiger Atem zog in seine Nase.

»Echt? Bist du sicher?«

»Ja. Da drüben steht sein Roller, eine japanische Sonderanfertigung. Und sein Audi. Und die Skulpturen da hat er mal für Facespot abfotografiert.«

»Das sieht aus wie ein richtiges Alte-Leute-Haus. Wie alt ist dein Chef?«

»Fünfunddreißig. Sieht aber aus wie achtzehn, trotz Koks und Kettenraucherei.«

»Okay. Und jetzt? Willst du ihm einen Beutel Hundekot in den Briefkasten schmeißen oder so?«

»Nein, natürlich nicht. Ich geh da jetzt hin und klingel an der Tür.«

Madelaine verzog verständnislos das Gesicht.

»Mookie«, sagte Joachim.

»Mookie?«

»Kann ja sein.«

»Ach so, du meinst, es könnte von ihm sein?«

»Du solltest Kommissarin werden.«

Madelaine streckte ihm die Zunge raus. Dann stapften sie durch den Vorgarten, in dem der Schnee noch glänzend und unberührt dalag, nicht wie draußen auf dem Gehsteig, wo er bereits zu gräulichem Dreckmatsch gerann.

Sie passierten mehrere überdimensionale Plastikpudel, die offenbar Jeff Koons zitieren sollten und riesige Weihnachtskugeln um die Ohren hängen hatten. Kein Zweifel: Hier waren sie richtig. Wer so was auf sein Grundstück stellte, der verschenkte auch Schweine.

Und Joachim realisierte: Der ausgefallene Bus, die kaputte Tram, der Medizinball – das waren keine Zufälle gewesen. Das Schicksal hatte sie zu Michael Solmecke geführt. Der sich wahrscheinlich zu avantgardistisch gefühlt hatte, Joachim auf andere Weise mitzuteilen, dass er in seiner Firma gut auf ihn scheißen konnte. Obwohl Schweine mitunter ja als Symbol für Wohlstand galten. Na, gleich würde er die Hintergründe herausfinden. Er klingelte. Im Fenster neben der Tür brannte Licht, aber es dauerte fast zwei Minuten, bis jemand öffnete. Vor ihnen stand Michael Solmecke, wie er leibte und lebte: aschblonde Elvis-Tolle über der milchigen Stirn, violetter Bademantel und derselbe erschöpfte und zugleich rastlose Blick, mit dem er sich auch jeden Morgen an seinen Mahagonischreibtisch pflanzte.

»Surprise, surprise«, sagte er. Er schien nicht im Geringsten überrascht zu sein. Joachim jubilierte innerlich. Er hätte schon von Anfang an wissen müssen, dass er dahintersteckte. Aber nun war es so weit, und die Mission steuerte auf ihre Endsequenz zu.

»Hallo!«, flötete Madelaine und streckte Solmecke ihren Arm entgegen. Michael reichte ihr mit versteinertem Grinsen die Hand, sagte nichts, starrte währenddessen Joachim an.

»Ist schon eine Weile her«, murmelte Joachim, »wie man sieht, hast du dir in diesem Jahr Urlaub genommen. Schönes Haus.«

»Danke.« Solmecke warf einen ratlosen Blick zurück, auf sein Haus, wie jemand, der ein Lob für eine Eigenschaft seines Kindes entgegennahm, die ihm selber noch nie aufgefallen war. »Wir sind grad kräftig am Ausmisten auf dem Dachstuhl. Die Hälfte des Krams ist schon weg.«

»Ja, haben wir gesehen. Der Medizinball.«

»Bitte?«

»Egal. Dürfen wir vielleicht ganz kurz reinkommen? Es ist ziemlich kalt.«

Solmecke zögerte kurz. Als schien er zu überlegen, wie er noch rasch die Leichen entsorgen konnte, die im Eingangsbereich rumlagen.

Tatsächlich fühlte es sich so an, als würden sie in ein Obduktionslabor eintreten, so steril und chromstahllastig war der Raum, in den Solmecke sie winkte.

Es sah aus wie der misslungene Versuch, die altmodische Grundarchitektur mit einem Haufen charakterlosem Designquatsch zu übertünchen.

Joachim empfand beinahe Mitleid mit Solmecke. An der rechten Wand stand eine Minibar, wie es sie in Hotels gab, in der Mitte des Raumes befanden sich vier durchsichtige Eames-Stühle.

Solmecke zeigte wortlos auf eine Flasche Chantré, die auf der Minibar stand. Joachim schüttelte den Kopf, er hatte ausnahmsweise keine Lust auf einen beduselten Geist, außerdem war es noch nicht mal zwölf. Auch Madelaine bekundete kein Interesse. Michael griff trotzdem nach der Flasche, ließ sich auf einen der Stühle fallen und nahm einen großen Schluck.

Joachim ließ den Gürtel los, damit Mookie sich frei bewegen konnte. Hoffentlich schiss es auf die alten Dielen. Solmeckes Augen folgten ihm, als es zu einem Wandspiegel ging und sich betrachtete. Joachim sagte: »Also, ich weiß, das mit meiner beruflichen Auszeit kam etwas plötzlich. Nicht nur für dich, für mich eigentlich auch, aber … na ja. Kannst du mir eventuell sagen, was du dir dabei gedacht hast?« Er deutete mit dem Kinn zu Mookie, das sich noch immer musterte und zufrieden zu sein schien mit dem, was es sah.

Anstatt zum Schwein zu gucken, betrachtete Solmecke jetzt den Flaschenhals zwischen seinen Fingern. Mit substanzloser Lust vermischtes Desinteresse konnte keine passendere Bühne haben als dieses Gesicht.

»Ich soll dir etwas sagen?«

»Ja. Ich bin überzeugt, du hast dir da etwas Originelles dabei gedacht. Und darüber würd ich jetzt halt gern mehr wissen, damit dieses ganze Möchtegern-Jim-Jarmusch-Ding endlich ein Ende haben kann.«

Michael Solmecke stieß ein stimmloses Lachen hervor, das sich hauptsächlich mit einem Zischen durch die Nasenlöcher bemerkbar machte. Zwei dicke Tropfen Chantré rannen an seinem Kinn hinunter. Dann zeigte er mit dem offenen Flaschenhals zuerst auf Mookie, dann auf ihn.

»Ist das dein Ernst, Joachim?««Wie, ist das mein Ernst?«, sagte Joachim laut. Sein Blick glitt über Solmeckes Schädeldecke hinweg und fiel auf den Wandspiegel, wo er sich selber sah, wie er seinem Ex-Boss auf die Pelle rückte. Warum zur Hölle war er hier? Es war Heiligabend, er sollte jetzt zu Hause liegen und sich aufs Abschießen vorbereiten. Stattdessen stand er vor Michael Solmecke und musste zusehen, wie dieser sich einen Schwall Weinbrand in den Rachen goss und eigentlich noch viel verlorener aussah als der fremde Eindringling, der er selber war. »Dieser ganze Aufzug«, sagte Michael, »ob das dein Ernst ist, will ich wissen.«

»Ich …« Joachim löste den Blick von seinem Spiegelgesicht, das ihm eher vorkam wie eine karikative Abbildung denn wie eine ehrliche Reflexion seiner selbst, und sah rüber zu Madelaine, an deren verkrampften Schulterblättern er ablesen konnte, dass sie sich hier mindestens genauso unwohl fühlte wie er. Und anstatt seinen Satz zu beenden, setzte Joachim sich auf einen der Stühle. Er war erschöpft und es war ihm auch zu blöd, auf Michael hinunterzublicken. Michael rückte ganz nach vorne an die Stuhlkante und drehte die Flasche mit beiden Händen zwischen seinen mageren Beinen hin und her. »Deine sogenannte berufliche Auszeit kam nicht plötzlich. Mit so was haben wir alle gerechnet. Es war eigentlich keine Frage des Ob, sondern des Wann.«

»Okay.«

»Wir haben drauf gewartet.« Joachim knetete an seinen Kapuzenbändchen herum und wusste nicht, was er sagen sollte.

»Ich hab dich eingestellt, weil du mir irgendwie sympathisch warst«, fuhr Michael ungerührt fort. »Deine Qualifikationen haben eigentlich gar nicht in unser Profil gepasst, das hast du ja bestimmt gewusst. Trotzdem hab ich dir eine Chance gegeben, weil ich irgendwie dachte, du bist einer von der Sorte, die einfach machen, ohne zu viel nachzudenken …«

»Eine Chance gegeben?«, wiederholte Joachim.

»Er ist Jurist«, warf Madelaine ein. Michael riss seinen Blick von Joachim los und funkelte sie an, breit grinsend, offenbar belustigt darüber, dass sie sich einmischte. Allmählich brachte der Weinbrand Leben in seinen Organismus.

»Jurist?«, sagte er glucksend, »Jurist ist er? Da sag ich dir gern mal was: Wir sind alle Juristen. Genauso wie wir alle Lehrer, Verkäufer, Immobilienmakler und Pfadfinder sind. Pfadfinder, verstehst du? Wenn ich will, kann ich auch morgen ein Arzt sein. Ich kann das alles machen, ich kann alles machen, was ich will, weil es eine Frage des Willens ist, wer wir sind, eine Frage des Durchhaltevermögens, das einer in der heutigen Zeit bereit ist, an den Tag zu legen, und nicht eine Frage von Diplomen oder eines Auslandsemesters in Dubai, verstehst du?«

Madelaine öffnete den Mund, hielt Michaels Blick noch eine halbe Sekunde stand, dann presste sie ratlos die Lippen zusammen und sah zu Joachim. Ja, das konnte Solmecke: Menschen sprachlos machen. Joachim hatte zwar nie vollständig durchschaut, wie es ihm gelang, aber er kriegte es tatsächlich irgendwie hin, mit seinen Monologen Wind aus Segeln zu nehmen, von denen die Betroffenen gar nicht gewusst hatten, dass sie sie gehisst hatten. Es war wohl einfach sein Gesamtpaket; die Tatsache, dass Michael Solmecke sich irgendwann mal vorgenommen hatte, unbezwingbar zu sein. Joachim tat es leid, Madelaine hierhergebracht zu haben. Ihm tat es leid, dass sie sich diese Beleidigungen über ihn anhören musste, für sich selber war es ihm schon fast wieder egal.

Michael lehnte sich zurück, legte den rechten Fußknöchel über das linke Knie, trank einen Schluck.

»Ich dachte, Joachim, vielleicht wird das ja noch was mit dir. Fleißig konntest du ja sein, wenn du wolltest. Ich hoffte, du würdest irgendwann anfangen *mitzuziehen*. Aber das hast du nicht. Stattdessen hast du dich eher … abgesondert. Dein eigenes Ding gemacht. Was auch mal gut sein kann, keine Frage, hey, ohne Eigeninitiative läuft es nirgendwo, aber du warst nicht nur unangepasst, sondern auch in dich gekehrt, und in einem Unternehmen wie dem *VE* geht so was einfach nicht; nicht dauerhaft, da braucht es eine gewisse Lust am Teamgeist, ein Verständnis für das Grundkonzept, da kannst du nicht einfach den Gedanken an das Corporate Design ausklammern, nur weil du findest, dass du ein verdammter Jurist bist!« Seine Augen glänzten wie die einer Wildkatze, die ihre Beute in Stücke reißen wollte, aber nicht konnte, weil sie unter Beruhigungsmittel gesetzt worden war.

»In mich gekehrt? Ich war unterfordert.«

»Nenn es, wie du willst. Spielt ja keine Rolle, aus welchen Gründen einer keine Bestleistung abliefert. Am Ende des Tages zählt das Ergebnis. Und wie ich ja schon sagte: Ich hab deinen Absprung vorausgesehen, darum hab ich mich auch schon länger nach Ersatz umgeguckt. Hätte zwar mit einem ordentlichen Kündigungsschreiben deinerseits gerechnet, aber was soll's, dann werde ich das eben selbst übernehmen.«

Joachims Blick fiel auf Solmeckes nackte Zehen. Es waren die Zehen eines alten Mannes, haarlos, faltig und bläulich verfärbt wie Gorgonzolakäse. Madelaine hatte recht: Das war ein Seniorenhaus.

»Ist es also das, was du jetzt machen willst?«, fragte Michael weiter, der bereits ein gutes Drittel der Flasche geleert und eine schnurrende Stimme bekommen hatte, »mit einem Schwein durch die Gegend rennen, in dieser dämlichen Anglerjacke und mit diesem … wie soll man das nennen … Fünfundzwanzig-Tage-Bart? Was willst du damit ausdrücken? Etwa so etwas wie

Freiheit? Anarchie? Soll das eine Art demonstrativer Rachefeldzug sein, weil du der Gesellschaft vorwirfst, dass sie dich unterfordert? Ist das der Grund, weswegen du gegangen bist, weil du jetzt lieber einen auf bekloppten Vagabunden machst?« Sein glasig gewordener Blick blieb an Madelaine hängen, aber offenbar fiel ihm nichts ein, womit er auch noch sie zu einem weiteren Symptom von Joachims außer Kontrolle geratenem Lebenswandel degradieren konnte. Er stellte die Flasche auf den Boden, zwischen seine blanken Fersen, und hielt die Klappe. Joachim holte Luft. Tief. Er wollte etwas sagen. Er wollte zumindest irgendwas sagen. Er musste für sich selbst einstehen. Für sein Leben. Aber es klappte nicht. Ihm fiel nichts ein. Michael hatte recht. Joachim hatte nicht zu *Verdopplereffekt* gepasst und damit basta, es war für alle besser, wenn er dort weg war. Dies war ein Laugenstangenmoment erster Güte. Klarer konnte sich einem die Sinnlosigkeit menschlichen Daseins nicht offenbaren. Während Joachim stumm in diesen stählernen Raum hineinstarrte und wirklich keine Idee mehr hatte, wie es hier weitergehen sollte, sagte Madelaine: »Also, ich finde, Joachim steht diese Jacke sehr gut. Und ehrlich gesagt finde ich Ihren Auftritt hier ein wenig überzogen.« Sie machte eine kurze Pause, als wolle sie Solmecke die Möglichkeit geben, etwas einzuwenden. Der fixierte sie aber bloß mit seinen müde lodernden Tigeraugen, also ergänzte Madelaine: »Wir wollten eigentlich nur fragen, ob dieses Schwein da zufällig ein Weihnachtsgeschenk von Ihnen an Joachim war. Das ist alles.« Mookie stakste unbescholten in eine andere Zimmerecke.

Solmecke legte seine Stirn in Falten. Er war betrunken.

»Hört mal, es ist mir scheißegal, was andere Leute über mich denken. Ja? Es ist mir scheißegal, klar? Ich mach auch mein eigenes Ding. Ich leite ein Unternehmen, aber ich bin auf niemanden angewiesen. Und wisst ihr, wieso? Ich hab mir das alles selber erkämpft. Alles. Mir wurde nichts geschenkt. Nie. Meine leiblichen Eltern haben mich in eine Pflegefamilie gegeben, weil sie sich zu jung fühlten für Verantwortung. Dort hat sich keiner um mich gekümmert, keiner! Alles musste ich mir selber beibringen. Deshalb schenke ich auch keinem mehr was. Schon gar nicht zu Weihnachten.«

Joachim und Madelaine tauschten einen Blick. Beide waren irgendwie erleichtert. Mookie trippelte röchelnd zur Minibar, die ein wenig offen stand, und schob seinen Rüssel hinein.

»Na, dann können wir ja wieder gehen«, stellte Madelaine fest.

»Ja, macht! Ist mir scheißegal! Ich hasse diese Jahreszeit.«

Wie aufs Stichwort wurde in diesem Augenblick ein Schlüssel hinter ihnen im Haustürschloss umgedreht. Solmecke zuckte zusammen, Madelaine wich zur Seite, Joachim fühlte sich mal wieder zu entkräftet, um sich zu rühren.

Eine Frau betrat das Szenario. Sie wirkte unförmig, nicht nur aufgrund der riesigen Jacke, alles an ihr wirkte irgendwie verschoben, bis auf den akkuraten Pagenschnitt.

»Hi, Babe«, sagte sie. Sie meinte Solmecke. Er reagierte mit einem Schnauben.

Joachim konnte sich nicht erinnern, Solmecke jemals über eine Frau sprechen gehört, geschweige denn ihn je in Begleitung eines weiblichen Wesens gesehen zu haben. Bis auf dieses eine Mal, wo er zu einem Firmenapéro zur großen Überraschung aller mit einer extrem aufgetakelten Studentin aufgetaucht war, die sich als Cosima vorstellte, und von der nachher mehrere Leute behaupteten, sie sei ein Escortgirl gewesen.

Die Frau klopfte den Schnee von ihrem Jackenungetüm und zog es dann aus. Darunter trug sie, wie sich herausstellte, nichts weiter als ein ausrangiertes Band-T-Shirt und eine zerbeulte Jogginghose mit einem Loch am rechten Knie.

»Babe? Was ist denn das für eine Veranstaltung hier? Eröffnen wir jetzt einen Streichelzoo oder was?« Mookie zog den Kopf aus der Minibar und warf ihr einen empörten Blick zu.

Solmecke stellte die Chantréflasche auf den Boden und schob sie mit dem Fuß hinter ein Stuhlbein.

Madelaine sagte: »Nein, hier handelt es sich nur um ein kleines Missverständnis. Lass uns gehen, Joachim.«

Gerade als Joachim gehorchen und versuchen wollte, sich zu erheben, rief Solmecke erschreckend laut: »Das ist mein Haus, ich kann hier tun und lassen, was ich will!«

»Ach ja?« Die Pagenschnittdame stürmte erbost auf ihn zu und hob die Flasche vom Boden. »Und was ist das? Ich dachte, wir hätten etwas ausgemacht.«

Solmecke versuchte, ihre Hand zu nehmen, aber sie stieß ihn weg. Joachim spürte eine ungeahnte Fremdscham in sich, die sich zum Glück nicht weiter vertiefen konnte, da Madelaine ihm die Hand reichte und half aufzustehen. Alleine hätte er es nicht geschafft, wäre vermutlich auf ewig hier festgenagelt gewesen und hätte sich diese furchtbare Seifenoper weiter ansehen müssen, aber mit ihrer Hand ging es gut. Er ließ sie nicht los, bis sie bei der Tür waren. Hinter ihnen flogen die Fetzen. Hand in Hand marschierten sie hinaus in den Vorgarten, wo sie sich aufgrund des eisigen Windes noch enger aneinanderklammerten. Vorbei war der Lärm in ihren Rücken. Alles war klar und still. Die Hundeskulpturen wirkten freundlicher als vorher.

Die öffentlichen Verkehrsmittel fuhren wieder wie gehabt, als sie die nächste Station erreichten, und zwischen Madelaine und Joachim war irgendwas Versöhnliches gediehen, das sie vermutlich Michael Solmecke zu verdanken hatten.

11

DER VORMITTAG OFFERIERTE SCHNEE in unterschiedlichen Flockengrößen, darüber ein Gemisch aus Graustufen und vereinzelten Sonne-Inputs. Der Temperaturstand schien sich im Sekundentakt zu ändern. Gerade war es wieder etwas wärmer.

Sie schlenderten die Straße entlang, deren Komposition Joachim so vertraut geworden war, dass er sich auch jetzt, Jahre nach seinem Auszug, noch immer fühlte wie ein Chamäleon, das optisch komplett mit seiner Umgebung verschmolz, ohne wirklich Teil von ihr zu sein.

»Da sind wir also«, sagte Joachim.

»Hier bist du aufgewachsen?«

»Ja.«

»Schön. Die Gegend passt zu dir.«

Joachim spuckte auf den Boden und steuerte auf den Hauseingang zu. Ja, er hatte auf den Boden gespuckt, was möglicherweise ein kleines Desaster war. Aber er verspürte seit einer Stunde eine Rotzsituation in seinem Mund, es war elf Uhr, und er wusste immer noch nicht, was er vom Leben wollte oder das Leben von ihm, und Madelaine hatte gerade gesagt, dass eine Einbahnstraße zu ihm passte.

Im Vorgarten ragte noch immer derselbe Baumstumpf diagonal aus der Erde, den die Verwaltung schon seit Ewigkeiten versprach, entfernen zu lassen, und der von einigen Hausbewohnern konsequent als Ablagefläche für ungewollte Werbeprospekte genutzt wurde.

Nachdem er geklingelt hatte, war die Rotzsituation eine Etage tiefer gerutscht, in Joachims Hals. Ohne Madelaine hätte er vermutlich auf der Stelle wieder kehrtgemacht. Irgendetwas sagte ihm, dass dieser Besuch kein sogenannter Klacks werden würde.

Joachim sah Madelaine dabei zu, wie sie sich im Lift vor den kleinen Spiegel neben dem Messingschild mit den Sicherheitshinweisen beugte und an ihrem Scheitel herumzupfte.

»Du siehst gut aus«, sagte er. Sie drehte sich zu ihm um, ihre Wangen waren rot von der abrupten Hitze hier drin. Er berührte ihr Gesicht mit den Fingern, um es zu kühlen. Madelaine schauderte und schlug lachend seine Hand weg. Dann küssten sie sich in dem Moment, als die Lifttür mit einem Knallgeräusch aufging.

Seine Mutter stand im Türrahmen. Es war nicht klar, ob sie den Kuss gesehen hatte oder nicht, und Joachim war sich unsicher, was ihm lieber wäre.

»Hallo«, sagte er mit seinen zahlreichen zwiespältigen Gefühlen in der Brust. Seit er ausgezogen war, hatte sich der Kontakt zu seiner Mutter auf ein Minimum reduziert. Ein paar wenige Male hatte er sie besucht, ansonsten beruhigte ihn meistens das Wissen, dass sie keinen täglichen Austausch mit ihrem Sohn einforderte.

Teresa blickte mit großen Augen an seinem Gesicht vorbei in das von Madelaine, die neben ihm stand und verlegen eine Hand hochhielt. Mookie, das aufgeregt ins Wohnungsinnere spähte, schien sie noch nicht zu bemerken.

Joachim war so verwirrt über dieses Aufeinandertreffen, dass er die Leine fallen ließ.

Die Frauen bekamen nichts davon mit, dass sich das Schweinchen an ihren Beinen vorbeidrängte. Zu sehr waren sie jetzt damit beschäftigt, Bekanntschaft zu schließen.

Hände wurden geschüttelt und herzliche Grüße ausgesprochen, während Mookie abenteuerlustig in Teresas Wohnung flitzte. Joachim stand daneben, sah sich das an und fragte sich, was das sollte. War er hier jetzt etwa der Außenseiter? Nein, das würde er nicht auf sich sitzen lassen. Er war nicht mehr der ausharrende Joachim, der tatenlos auf seinem Bürostuhl saß und es geschehen ließ, dass irgendwelche unerträglichen Umstände sich zu Routinen verselbstständigten, die ihm vorgaukelten, alles sei normal und es bestünde kein Handlungsbedarf. Er war Joachim, der Handelnde, also bahnte er sich, etwas breitschultriger als vielleicht nötig, einen Weg in die Wohnung, und entschied, Mookie eine selbstständige Erkundigungstour machen zu lassen. Energisch warf er einen Blick in alle drei Zimmer, um sich zu vergewissern, ob alles noch so aussah wie bei seinem letzten Besuch, der tatsächlich letztes Jahr Weihnachten gewesen sein musste. Es hatte an dem Abend, wie gesagt, geregnet; Joachim erinnerte sich daran, wie er einen Regenschirm in seinem ehemaligen Zimmer zum Trocknen aufgespannt und ihn dann dort vergessen hatte. Dieses, sein altes Kinderzimmer, wurde von Teresa inzwischen als Meditationsraum genutzt. Der Schirm war fort, und da, wo sein Bett gestanden hatte, hockte jetzt ein goldener Buddha. Zudem wurde die rechte Wand, die er dazumal mit Filmpostern zutapeziert hatte, nun von einem imposanten Gong beheimatet. Im Wohnzimmer umfing ihn hingegen das vertraute Duftgemisch aus Sandelholz und Grüntee.

Joachim warf sich auf das Rattansofa mit den giftgrünen Kissen und starrte die Wand an, an der die beiden großen Ölgemälde hingen, in deren Farbspiralen er als Kind hatte Sachen erkennen können, die er heute nicht mehr sah. In der Ferne hörte er zwei Frauen miteinander plaudern. Er fühlte sich, als säße er beim Arzt im Wartezimmer und lausche dem Gespräch von zwei anderen Patientinnen, insbesondere, als das Wort *Narkose* fiel.

Irgendwann, gefühlte zwei Stunden später, waren endlich Schritte vernehmbar. Fliesenklackern, Rascheln, die Kühlschranktür, ein Ploppen.

Er hatte Lust zu kiffen, aber er war sich nicht sicher, ob Teresa das verkraften würde. Nachdem sie in einem ayurvedischen Kloster in Slowenien bei Vipassanameditation die Erkenntnis gehabt hatte, dass es ihren Erleuchtungsprozess behinderte, den eigenen Körper nicht ununterbrochen wie einen Tempel zu behandeln, hatte sie sich nie wieder eine Zigarette angesteckt. Alkohol hingegen schien diesen Prozess nicht weiter zu beeinträchtigen, zumindest schwenkte Teresa wie erwartet ein Glas Schampus in der Hand, als sie die Stube betrat.

Hinter ihr folgte sein Spinder-Date, ebenfalls mit Champagner bewaffnet, und strahlte ihn an.

»Wir haben schon Bekanntschaft geschlossen«, erklärte seine Mutter.

»Das sehe ich«, meinte Joachim.

Teresa kam auf ihn zu, stellte das Glas auf den Boden und nahm sein Gesicht in beide Hände, wie sie es früher schon gern getan hatte. Irgendjemand hatte ihr mal gesagt, dass das eine Verbindung erzeugte.

»Wie schön, dass du da bist! Gut siehst du aus! So erholt, irgendwie.«

»Ja. Ich dachte, ich komm mal vorbei und seh nach, wie es dir so geht. Zur Feier von Jesus' Geburtstag.«

Teresa ließ ihn los, nahm das Glas wieder auf und lächelte. Das konnte sie gut, lächeln. Damit hatte sie schon immer alle Leute auf ihre Seite gezogen. Er erinnerte sich, wie sie einmal auf einer Geburtstagsparty von ihr hier bei ihnen zu Hause die ganze Zeit angeschwipst komische, schlüpfrige Sachen gesagt hatte, und wie das niemandem aufgefallen war, weil sie dabei die ganze Zeit alle so überzeugend angelächelt hatte.

»Leider hab ich gar nichts Besonderes eingekauft für heute, das ich euch anbieten könnte. Ich bin noch am Heilfasten, weil ich morgen Abend mit Veronika zum Griechen gehe.« Sie drehte sich zu Madelaine um und erklärte ihr: »Jo und ich haben nie groß Weihnachten gefeiert. Also, seit er kein Kind mehr ist. Mein Ding ist es sowieso nicht wirklich, aber auch er hat nie großes Interesse dran gezeigt. Nicht wahr, Jo? Letztes Jahr ist er nach den Lachsbrötchen abgedüst und meinte, er müsse noch was machen für die Arbeit. Das Ragout musste ich dann alleine essen, weil die anderen ja alle Veggies waren und ich damals noch nicht.« Madelaines vorwurfsvoller Blick erreichte ihn prompt. Joachim seufzte. Ja, es stimmte: Vergangenes Jahr waren noch Teresas beste Freundin und deren Mann zu Besuch gewesen an Heiligabend im Hause Borst, und aus irgendeinem Grund hatten verstörenderweise alle angefangen, sich nach kürzester Zeit irgendetwas Unpassendes auszuziehen. Der Typ zog seine handgestrickten Socken aus, seine Frau ihren gesamten Schmuck, inklusive Bauchnabelpiercing, und Teresa ihren BH. Joachim hatte sich gefühlt wie der unfreiwillige Zeuge eines Ritus, zu dem er keinen Zugang haben wollte. Abgesehen davon verhielten sich die Anwesenden relativ normal. Eigentlich war die Stimmung sogar ganz gut gewesen; Teresa hatte bunte Dips gemacht und Lachsbrötchen und einen teuren Champagner aufgetischt, und man schaffte es tatsächlich während des gesamten Beisammenseins, sämtlichen Smalltalk zu umschiffen. Keiner der Gäste kam auf die gravierende Idee, ihn nach Job oder Ferienplanung zu fragen, aber leider trafen die Alternativgesprächsthemen trotzdem nicht ganz Joachims Geschmack. Er erinnerte sich an mehrere Verschwörungstheorien, bei denen Amerika immer ganz schlecht wegkam, und Sätze, die mit: »Wenn wir dann in Portugal in der Kommune leben« begannen oder aufhörten. Also verabschiedete er sich frühzeitig, um nach Hause zu fahren und den Rechner anzuschmeißen, natürlich nicht um zu arbeiten, sondern um einen leicht bekömmlichen Porno zu schauen oder so.

Achselzuckend meinte Teresa: »Tja, jedenfalls sind das jetzt meine einzigen bescheidenen Weihnachtspläne: Moussaka im *Symposium* mit Vero. Aber immerhin hab ich ja den Champagner, und ein paar Mandarinen müssten auch noch da sein, falls ihr wollt. Oder ich könnte euch eine Pizza zum Mittagessen bestellen.«

Wer war Veronika? Ebenfalls eine Eigenart seiner Mutter: Freunde von ihr in Gesprächen stets unter ihren Vornamen zu erwähnen, auch wenn ihr Gegenüber sie nicht kannte, weil, wie sie mal meinte: »Ich mag das nicht, *meine Freundin blabla* oder *mein Kollege soundso* zu sagen; die gehören ja nicht mir, das sind eigenständige Menschen mit einem Namen.«

»Nein, danke, wir haben erst vor Kurzem gefrühstückt.«

»Verstehe.« Teresa wickelte sich ein Zopfband um die langen schwarzen Haare und ließ sich neben Joachim auf die Couch fallen. Dann verkündete sie feierlich: »Geschenke hab ich auch nicht.«

Madelaine horchte auf. Keine Geschenke?

Teresa meinte: »Setz dich doch, meine Liebe.« Zögernd nahm

Madelaine auf der lilafarbenen Ein-Personen-Liege Platz, auf der Joachim früher ganze Sonntage damit verbracht hatte, Gameboy Color zu spielen und Milchschnitten zu konsumieren. Anscheinend traute sie sich nicht, das Kapitel Geschenke und somit ihren Verdacht weiter zu vertiefen. Mookie war auch gar nicht im Raum, Joachim hatte es auf seinem Rundgang in Teresas Schlafzimmer verschwinden sehen. Stattdessen meinte Madelaine zu Joachim: »Teresa hat mir vorhin in der Küche grad erzählt, dass sie als junges Mädchen mal dabei geholfen hat, ein Fohlen auf die Welt zu bringen. Wusstest du das? Jetzt bin ich schon seit fünf Jahren in der Veterinärmedizin tätig, und ich war noch nie bei einer Fohlengeburt dabei.«

Nein, das hatte er nicht gewusst. Es war aber auch wieder typisch für seine Mutter; immer tischte sie anderen, vor allem fremden Leuten aus dem Nichts irgendwelche Anekdoten auf, von denen keiner, vermutlich nicht mal sie selber, einschätzen konnte, ob sie sie wirklich so erlebt oder nur geträumt hatte.

»Und weiter?«, hakte Joachim nach. Sie sahen ihn beide verwundert an.

»Hast du sie auch schon nach meinem Vater gefragt?«, rutschte es ihm raus.

Eine tosende Stille krachte über ihnen herein. Oha. Joachim bekam augenblicklich eine Gänsehaut am ganzen Körper, sogar innen. In allen Extremitäten kribbelte es, unter seinem Ohr klopfte ihm der Puls beinahe ein Loch in die Haut. Er war mit einer Tür ins Haus gefallen und hatte dadurch offenbar das ganze Gebäude zum Einsturz gebracht. Es herrschte ein Schweigen, wie er es von Unfallstellen kannte. Von überführten Tätern. Aber sie hatten nichts verbrochen, sondern er, offenbar. Wobei Joachim den anklagenden Blick in Madelaines Fall nicht wirklich nachvollziehen konnte, schließlich hatte sie ihn ja überredet, dieses sperrige Thema anzusprechen.

Die nervenstrapazierende Stille wurde jäh unterbrochen, als Teresa einen schrillen Schrei ausstieß. Joachim zuckte zusammen und nahm erst an, es handle sich um eine verzögerte Reaktion auf das, was ihm aus dem Mund gefallen war. Es dauerte eine Weile, bis er registrierte, dass sie ihn nicht beachtete, sondern mit versteifter Wirbelsäule zur Tür starrte. Joachim folgte ihrem Blick. Mookie. Gut gelaunt und selbstsicher betrat es das Zimmer wie ein gern gesehener Talkshowgast ein Fernsehstudio und zertrampelte kurzerhand mit seinen borstigen Saukläuchen Joachims auf dem Boden liegende Knock-Out-Frage. Es blinzelte mit einer beneidenswert unantastbaren Unschuld in die Runde und schien sich zu wundern, warum hier so eine Weltuntergangsstimmung herrschte. Und plötzlich musste Joachim grinsen. Er betrachtete das kleine rosarote Gesicht, von dem er inzwischen auch ohne hinzugucken sagen konnte, über welchem Auge der braune Fleck lag, und hinter welchem Ohr ein silberner Flaum aus der Haut spross. Frischer Mut und warme Zuversicht stiegen in ihm auf. Beinahe hatte er vergessen, dass er der ganzen Sache hier nicht ganz alleine ausgeliefert war. Er hatte einen Verbündeten, der ihm, dem Himmel sei Dank, weder von seinem bemitleidenswerten Ex-Chef überbracht worden war noch von einem mordlustigen Rivalen. Und anscheinend war nicht nur er es, der so empfand; auch Mookie schien zu spüren, dass es, spätestens in diesem Moment, mehr war als ein ungewolltes Weihnachtsgeschenk. Langsam, aber zielstrebig, kam es auf ihn zu. Es setzte sich neben ihn und blickte zu ihm hoch. Sie waren ein Team. Mehr noch, sie waren Freunde.

»Was macht dieses Ferkel in meiner Wohnung?«, fragte Teresa leicht schrill.

»Es ist mit uns gekommen.«

»Mein Gott, ich dachte, das sei ein Mops oder so, als ihr aus dem Lift gestiegen seid. Ich hatte meine Brille nicht auf. Und dann ist es so schnell hier reingehuscht … unglaublich.« Sie beugte sich vor, rückte ihre Brille zurecht, schien nicht recht zu wissen, wie sie ihr Entsetzen in eine für sie ethisch vertretbare Richtung lenken sollte, und murmelte schließlich nur: »Um Gottes willen, sieh sich das einer an.«

Joachim erklärte: »Darf ich vorstellen: Mookie, mein Weihnachtsgeschenk. Und es gibt keinen Grund zur Panik, es ist stubenrein. Bislang.«

Teresas Mund klappte auf. Madelaine war offenbar wieder auf seiner Seite. Sie beteuerte: »Ist es wirklich. Joachim hat das kleine Ding echt gut im Griff für jemanden, der noch nie ein Haustier hatte.«

Teresa murmelte: »Wir hatten mal Meerschweinchen.«

»Ach, echt?«

Joachim hatte keine Lust, über Speedy und Toto zu reden. Zentnerweise Scheiße produzierende Nagetierchen waren jetzt wirklich nicht das Thema, also berichtete er so präzise und knapp wie möglich, was gestern passiert war, und schloss seine Erzählung mit den Worten ab: »Und wenn du es auch nicht warst, dann gehen mir langsam wirklich die Ideen aus, wer es noch gewesen sein könnte.«

Teresa schüttelte fassungslos den Kopf und massierte sich die Waden.

»Mir geht das alles etwas zu schnell«, sagte sie, »Also: ihr beide wollt den Schweinschenker finden und nebenbei auch Joachims Vater, hab ich das richtig verstanden?«

Madelaine nickte vorsichtig, Joachim äußerte sich nicht.

»Und ihr geht davon aus, dass derjenige, der Joachim das Schwein geschenkt hat, ihm damit eine Art, wie hast du es genannt, *Mission* auferlegen wollte?«

»Vielleicht. Ich meine: Wer verschenkt ein Schwein ohne Hintergedanken?« Während Joachim das sagte, fiel es ihm auf einmal wie Schuppen von den Augen. Natürlich.

Er bekam einen Schweißausbruch. Wie hatte er so blind sein können? Er sah zu Madelaine, der haargenau dasselbe durch den Kopf gehen musste wie ihm. Sie kaute mit wildem Blick auf ihrer Unterlippe herum, an ihrem Haaransatz bildeten sich Schweißperlen. Joachim war sich plötzlich ganz sicher. Es konnte keine andere Lösung geben: Es war sein verschollener Erzeuger, der beschlossen hatte, nach dreißig Jahren Funkstille erstmals ein Lebenszeichen zu senden. Und weil er gewusst hatte, dass es nichts gab auf dieser Welt, womit man seinem Sohn eine so lange Abwesenheit angemessen erklären geschweige denn sie irgendwie rechtfertigen konnte, hatte er sich für die größtmögliche Absurdität entschieden, die einem einfallen konnte, wenn man auf sich aufmerksam machen wollte. Vielleicht war er aber auch schon vorher ein exzentrischer Hausschweinbesitzer gewesen und hatte diese Lieferung an Joachim von langer Hand geplant. Konnte man nicht wissen.

»Okay«, sagte Teresa. »Ich hol uns jetzt noch mal was zu trinken, anders verkrafte ich das hier grad nicht, dann erzähl ich euch gern alles über Gunnar, was ich weiß. Und Joachim: Es wäre mir lieb, wenn du das Schwein da wegnimmst. Wenn mir die Stäbchen umkippen, riecht die Bude wieder zwei Tage lang nach Patchouli, davon bekomm ich Migräne.«

Fünf Minuten später saßen sie zu dritt am Boden, verteilt auf zwei Schaffellen, die aus der Zeit stammten, in der Teresas Lieblingsbodenauflage noch keine Yogamatten gewesen waren. Sie verteilte Espressotassen und schenkte allen Eierlikör ein. Joachim hatte Mookie gerade noch rechtzeitig auf seinen Schoß nehmen können, ehe es die Vase umstoßen oder sich allzu gierig ans Beschnuppern der Likörflasche machen konnte. Madelaine streichelte sein Köpfchen, und als das Schwein verträumt die Augen schloss, glitt ihre Hand langsam über Mookies Stirn hinweg und dann seine Wange entlang und landete schließlich auf Joachims Oberschenkel, und da blieb sie liegen.

Teresa sagte: »Ich hab natürlich damit gerechnet, dass diese Frage irgendwann kommt. Eigentlich hatte ich sie sogar viel früher erwartet. Als du ein Teenager warst, hab ich jeden Tag damit gerechnet, dass zu mir kommst und wissen willst, wer dein Vater ist. Aber anscheinend kamst du ganz gut ohne Vaterfigur zurecht, Jo, oder du trautest dich nicht, und ich wollte dich auf keinen Fall zu irgendwas drängen, also hab ich …«

Sie brach ab, massierte sich die Nasenwurzel, holte Luft. »Na gut, wie auch immer. Jetzt sind wir hier, und das ist, was zählt. Ich werde dir so viel erzählen, wie ich kann. Aber es ist keine besonders schöne Geschichte, das muss ich vorausschicken. Und ob er mit dem Schwein was zu tun hat, weiß ich natürlich auch nicht.«

Joachims Blick fiel auf das Bücherregal. Ein Bildband von Okoye, ein Weltatlas, Groschenromane und Meditationsbücher. Und auf einmal sah er es, ganz links am Rand und verstaubt: das kleine gelbe Buch. Vor vielen Jahren hatte er sich an einem regnerischen Sonntag gelangweilt durch Teresas Literatur geblättert und war dann auf diese verhängnisvolle Frage gestoßen. *Eine spi-*

rituelle Selbstreise. Verfasst von jemandem mit unaussprechlichem Namen, vermutlich ein Pseudonym. Da stand es, etwas abseits der anderen Bücher, genau so, wie er es damals zurückgestellt hatte, als hätte es seit der Begegnung mit Joachim keinen Kontakt mehr zu Menschen gehabt. *Wie sah dein Gesicht aus, bevor* … Joachim sah weg. Nicht jetzt. Seine Reise war noch nicht zu Ende. Dieser Frage würde er sich später widmen, vielleicht. Erst einmal musste er das Gesicht seines Vaters ausfindig machen.

»Also, dann fang ich mal an«, meinte Teresa und leckte sich den gelben Rand von der Oberlippe.

Wie auf Kommando startete draußen eine Kirchenglocke ein imposantes Geläut, das der Situation eine Melodramatik aufzwang, die im ersten Moment etwas beunruhigend wirkte, aber irgendwie auch angebracht war. Es war halb eins. Joachim dachte an Maria und Josef, die heute vor etwas mehr als zweitausend Jahren durch eine Wüstenpampa, in der heute höchstwahrscheinlich schon viel zu lange ein Krieg andauerte, gestapft waren und verzweifelt nach einer Unterkunft Ausschau hielten, in der sie Gottes Sprachrohr das Licht der Welt erblicken lassen konnten. Und plötzlich war er sehr dankbar dafür, im Warmen sein zu können, ohne überhaupt darüber nachdenken zu müssen.

»Sein Name ist, wie gesagt, Gunnar. Gunnar Moen.«

»Ist das skandinavisch?«

»Ja. Norwegisch. Dein Vater ist Norweger. Er hat hier ein Auslandssemester gemacht und an der Uni Philosophie und Kunst studiert, ich hab dort eine Ausbildung absolviert als Bibliothekarin. Eines Tages stand er plötzlich vor mir und wollte mit diesem niedlichen Akzent von mir wissen, wo die Sprachbücher seien. Um mich war es sofort geschehen, als ich diesem großen, wunderschönen Blondschopf in die Augen geguckt habe. Obwohl ich noch so jung war, ein Mädchen eigentlich, und er schon ein richtiger Mann.«

Teresa war jung, das stimmte. Nur knapp zwanzig Jahre älter als er, Joachim. Ihm war das nicht bewusst gewesen, bis sie einmal, als er fünfzehn war, zusammen in der Stadt waren und er mit ansehen musste, wie ein Typ in seinem Alter, der offenbar im Gegensatz zu Joachim nicht wusste, dass er in seine Parallelklasse ging, versuchte, sie anzubaggern. Seine Mutter hatte gekichert und ihm eine falsche Telefonnummer angegeben, was Joachim damals ziemlich verstört hatte.

»Er war sportlich und unfassbar charmant«, fuhr Teresa fort, »und er konnte Sachen, die eigentlich gar nicht von Bedeutung waren, so sagen, dass sie einem total durchdacht erschienen. Jedenfalls war das mein Eindruck, als wir am nächsten Tag ein Date hatten, zu dem er mich einlud, nachdem ich ihm ein paar Sprachbücher empfohlen hatte. Es gab kein Thema, zu dem er keine Meinung hatte. Das hat mir sehr imponiert.« Sie blickte zu Joachim, der seine Likörtasse anstarrte, dann zu Madelaine, deren Körper von Kopf bis Fuß eine filmreife Ergriffenheit ausstrahlte, schließlich zu Mookie, das leise schnarchte, und fuhr fort: »Er war auch mein allererster Liebhaber. Ich hatte damals noch keine Ahnung von Sex und allem, was damit zu tun hat. Ich bin ja in einem sehr christlichen, erzkonservativen Haushalt aufgewachsen, wo die einzige Form von Aufklärungsarbeit seitens meiner Eltern darin bestand, mir einzubläuen, dass man für seine Sünden um Vergebung bitten muss, um nicht in die Hölle zu kommen. Folglich war auch Verhütung kein Thema, mit dem ich mich auskannte.«

»Verstehe. Ich war also kein Wunschkind.«

»Nein, damals nicht. Aber sobald du auf die Welt kamst,

warst du eins, zumindest was mich betraf. Gunnar hat von Anfang an mit offenen Karten gespielt. Er sagte, er fände mich toll, aber eine Zukunft könne er sich mit mir nicht vorstellen. Allein schon deshalb, weil er wieder nach Norwegen zurückkehre. Daran gab es nichts zu rütteln, und für mich war klar, dass ich hierbleiben wollte, wenigstens bis zum Ende meiner Ausbildung.

Also habe ich einfach versucht, meine Gefühle im Zaum zu halten und die Zeit mit ihm zu genießen, solange es eben ging.

Nun ja, und dann kam es, wie es kommen musste, und eine Woche vor seiner Rückreise erfuhr ich, dass ich schwanger war. Fast schon klischeemäßig, was?

Meine Familie fiel natürlich aus allen Wolken. Die waren zutiefst erschüttert und wollten, dass ich abtreibe. Das sei die kleinere Sünde, als unverheiratet ein Kind zu bekommen. Aber ich wollte das nicht. Auch wenn ich gerade mal im achten Semester war und mich noch überhaupt nicht reif fühlte fürs Erwachsensein – dich zu verlieren war für mich unvorstellbar.«

»Und er?«, fragte Joachim.

»Wie?«

»Na, was hat er dazu gesagt? Gunnar?«

»Ach, der. Geschickt aus der Sache rausgeschlängelt hat er sich. Als ich ihm sagte, dass ich schwanger bin, sah er mich ganz ernst an und fragte: *Und was willst du jetzt von mir?* Ich war geplättet, das könnt ihr mir glauben. Er wirkte überhaupt nicht geschockt, noch nicht einmal überrascht, sondern verhielt sich beinahe so, als hätte er mit so was gerechnet. Genervt und abgeklärt war er, als sei ich irgendeine dusslige Sekretärin von ihm, die ihn mit Buchhaltungssachen belästigt.«

»Was für ein Idiot« hauchte Madelaine.

Teresa zuckte mit den Achseln. »Damals hab eher ich mich

wie die Idiotin gefühlt. Ich dachte, es sei mein Fehler, also, mich nicht um die Verhütung gekümmert zu haben. Ich hab zu Gunnar gesagt: *Es ist auch dein Kind, also, was willst* du *von mir?*, und er hat mir knallhart ins Gesicht gesagt, ihm sei völlig egal, was ich mit dem Kind machen würde, aber er wolle damit nichts zu tun haben, er fahre zurück nach Norwegen, und danach sei die Sache zwischen uns abgeschlossen.«

»Das war's?«, fragte Joachim fassungslos. »Er hat das einfach so stehen lassen und in Kauf genommen, jahrelang Unterhalt zahlen zu müssen?«

»Ach, Jo, damals hatte ich doch noch keine Ahnung von so was. Die Unterhaltsgesetze waren anders als heute, in Norwegen sowieso, und mir fehlten wirklich die Nerven, mich um so was zu kümmern. Geld hätte er genug gehabt, Gunnars Eltern waren stinkreich. Abgesehen von all dem wäre es für mich aber auch nicht infrage gekommen, ihn zum Zahlen zu nötigen. Nachdem er mich so verletzt hatte, war ich ganz froh, ihn ganz aus meinem, aus unserem Leben streichen zu können.«

Sein Vater war also reich und gut aussehend? Joachim konnte es kaum glauben. Er hatte es bislang vermieden, sich seinen Vater vorzustellen, aber wenn er es getan hätte, wäre bestimmt ein anderes Bild dabei herausgekommen.

»Tja, und das war's dann. Was hätte ich darauf auch noch antworten sollen. Ich wusste nichts vom Leben, von der Liebe noch weniger, und meine Familie wollte nach der *Sache*, wie sie es nannten, auch nichts mehr mit mir zu tun haben. Mir wurde klar, dass ich von nun an alleine mit allem fertigwerden musste, was auf mich zukommen würde. Als ich im sechsten Monat war, hab ich meine Ausbildung abgebrochen und mich für einen Abendkurs im Bereich Kunsttherapie im Folgejahr angemeldet, drei Monate später kamst du zur Welt, hast mein Leben auf den Kopf gestellt und, na ja, den Rest kennst du ja mehr oder weniger.«

»Wow«, bemerkte Madelaine.

Teresa nickte, wischte sich eine einzelne Träne vom Gesicht, exte ihren Eierlikör und schenkte nach. »Ja. Tja – das war jedenfalls alles, was ich über deinen Vater sagen kann. Tut mir leid, dass ich keine erfreulicheren Informationen parat hatte.«

Joachim, für den vor einer Stunde noch unvorstellbar gewesen wäre, dass er für die Frage nach seinem Vater genügend Motivation aufbringen würde, war jetzt Feuer und Flamme. Aber er hatte ja auch nicht geahnt, dass sie ihn direkt zum Ziel seiner Mission führen würde.

»Und wo lebt er jetzt?«

»Das weiß ich nicht. Keine Ahnung. Er meinte damals, sein Vater wolle, dass er eines Tages die Firma in Oslo übernehme, aber mir hat Gunnar gesagt, er träume von einer Karriere als Schauspieler. Ausgerechnet! Wo er es ja nicht mal ansatzweise für nötig hielt, mir etwas vorzuspielen, und das vermutlich auch gar nicht gekonnt hätte. Er hatte das Herz auf der Zunge, wie man so schön sagt. Das hast du vermutlich von ihm, Jo.«

Joachim sagte nichts zu dieser unhandlichen Metapher.

»Seine Mutter stammte ja aus Hamburg, vielleicht ist er auch dahin gezogen irgendwann, wer weiß.«

»Du hast also gar nichts von ihm, keine Telefonnummer oder sowas?«

»Nein, ich habe …«

»Er lebt nicht in Norwegen«, unterbrach Madelaine Teresa mit vor Aufregung bebender Stimme. Joachim verstand nicht sofort; glaubte, sich verhört zu haben, und versuchte, gedanklich die fünf Wörter zu einem sinnvollen Satz zusammenzufügen.

Seine Mutter war schneller als er: »Was, wie kommst du darauf? Wie meinst du das, er lebt nicht in Norwegen?« Madelaine starrte zwei dramatische Sekunden lang mit riesigen Augen auf ihr Handy. Dann drehte sie den Bildschirm in Teresas Richtung, so kurz, dass diese kaum etwas erkannt haben konnte, dann hefteten sich wieder ihre eigenen Augen darauf, und sie sagte: »Ich hab grad bei Facespot geguckt. *Gunnar Moen*, da ist er, das muss er sein. Denke ich. Da steht, er kommt aus Bergen, das Alter scheint auch zu passen. Und er lebt hier.«

»Was?« Joachim war sich nicht sicher, ob er bereit war zu erfahren, wie sein Vater aussah, also rückte er sicherheitshalber ein bisschen von ihr weg und fragte: »Wie meinst du das, hier?«

Madelaine klickte sich offenbar gerade durch ein Profil und war zu überwältigt von ihrer Entdeckung, um zu antworten. Erst als Teresa ebenfalls wiederholte: »Hier, wie, hier?«, hob Madelaine kurz den Blick vom Handy und murmelte:

»Da steht, er arbeitet hier an der Uni.«

Teresa bemühte sich, gefasst zu wirken, aber das Zittern in ihrer Stimme konnte sie nicht unterdrücken. »Da haben wir uns kennengelernt.«

»Ich muss ihn besuchen«, entfuhr es Joachim. Die Rettung lag zum Greifen nahe. Endlich. Er wollte sofort los.

Niemand antwortete indes auf seine Ankündigung. Die Glocke hatte aufgehört zu schlagen. Es war unfassbar still in diesem Wohnzimmer. Bis Teresa aufstand und losging, das Parkett knarzte an den gleichen Stellen wie früher. Mit langen Schritten drehte sie eine Runde um Madelaine und Joachim und Mookie herum, seufzte, warf den Kopf in den Nacken wie ein Kind, das mit sich haderte, weil es müde war, aber noch nicht ins Bett wollte, bis sie schließlich neben Madelaine stehen blieb, noch mal seufzte, dann in die Hocke ging und meinte: »Zeig mal.« Madelaine starrte sie einen Moment lang paralysiert an, dann nickte sie nervös, rückte ein Stück zur Seite, und eine Sekunde später saßen die zwei aneinandergequetscht auf dem schmalen Fell wie beste Freundinnen und stierten aufs Handy.

»Ja, das ist er.« Teresas Schultern gingen nach oben, ein seltsames Lächeln huschte über ihr Gesicht. Das war nicht ihr Gewinnerlächeln. So hatte Joachim sie noch nie gesehen.

»Er sieht wirklich gut aus«, stellte Madelaine fest.

»Ja, oder?«, Teresa warf Joachim einen Blick zu, in dem Verlegenheit gegen Neugier ankämpfte. Sie setzte ihre Lesebrille auf, um sich wieder Gunnar zu widmen. »Wahnsinn, er hat sich fast nicht verändert … Oh, Halt. Zeig mir mal das Bild da, wo er diese Fliege anhat.« Madelaine tippte den Bildschirm an, vollführte mit Zeigefinger und Daumen die unverkennbare Zoombewegung und beide guckten gebannt. Dann wischte sie zum nächsten Bild, beide kicherten. Joachim war fassungslos.

»Und wo genau wohnt er?«, fragte er ungeduldig, ohne eine Antwort zu erhalten. Na wunderbar, dann musste er das halt selbst in die Hand nehmen. Er zog sein Handy hervor und gab bei einer Suchmaschine seiner Wahl *Gunnar Moen* und den Stadtnamen ein, und tatsächlich fand er neben seinem Facespot-Profil auch noch irgendeine komische Uniseite, die ihn aufführte, ohne Foto, dafür aber mit seinem akademischen Werdegang. Er war Dozent für Englisch und Philosophie. Auch das noch. Mit Philosophiestudenten hatte Joachim sich noch nie verstanden.

Seine Anschrift stand dort leider nicht, und auch als Joachim *Adresse* und *Gunnar Moen* eingab, wurde er nicht fündig. Nachdem er erfolglos fünf verschiedene Links angeklickt hatte, fragte er sich, wie es sein konnte, dass jede vermaledeite App irgendwelche persönlichen Daten aufsaugte und diese clever zu verarbeiten wusste, einem verzweifelten Sohn aber offenbar nicht gestattet war, mithilfe eines vollständigen Namens den eigenen Vater zu lokalisieren. Er rieb sich die Stirn.

»Alles gut?«, fragte Madelaine. Nein, gar nichts war gut. Ohne Adresse hatte er nur ein vages Ziel, das ihm Angst machte, wenn er ehrlich war, obwohl er sich freuen sollte, endlich herausgefunden zu haben, wer ihm diese wirren Spielkarten zugeworfen hatte, die er seit zwei Tagen versuchte zu ordnen.

»Lass uns gehen«, murmelte er. »Vielleicht können wir ja bei der Uni vorbeifahren und dort nach Informationen fragen.«

»Klar«, nickte Madelaine. Wie wunderbar sie war. Während er ihr dabei zusah, wie sie ihr Handy in der Tasche verstaute, registrierte er zum ersten Mal bewusst ihre Augenfarbe: leuchtendes Chrysopras-Grün, gespickt mit bernsteinfarbenen Pünktchen. Das war genau dieselbe Farbe wie sie einer der sogenannten Heilsteine hatte, die seine Mutter in einer runden Bastbox neben ihrem Bett aufbewahrte und deren genaue Bezeichnungen er im Teenageralter mal alle auswendig gelernt hatte, als ihm ein Geologietest bevorstand. Edelsteine waren überhaupt nicht das Thema gewesen, es war um rudimentäres, solides Baugestein gegangen, Prophyte und Gneise und Stadtkies, um Materialverdichtungen in einem italienischen Delta, aber aus irgendeinem Grund hatte ihn diese neue Steinwelt so sehr fasziniert, dass sein Interesse rasch über den Lernstoff hinauswuchs, und er hatte sich noch Wochen nach dem Test immer wieder sehnsuchtsvoll über die Bastbox gebeugt und Teresas Edelsteine studiert. Und offenbar war einiges davon hängen geblieben, zumindest fiel ihm der Name Chrysopras sofort wieder ein, während Madelaine nicht bemerkte, dass er sie anstarrte, sondern aufstand und sich an Teresa wandte.

»Danke für alles. Wir melden uns auf jeden Fall, wenn wir Gunnar finden.«

Mookie rutschte von Joachims Schoß und tappte Richtung Tür. Es schien noch immer ein wenig benebelt zu sein von den ätherischen Ölen.

»Ich hoffe für euch, also, für dich, Jo, dass du nicht enttäuscht sein wirst«, murmelte Teresa, »bei diesem unberechenbaren Mann kann man nie wissen.«

»Ich werde nicht enttäuscht sein«, sagte Joachim. Hauptsache, er würde ihn finden. Und wenn er dafür nach Norwegen reisen musste.

»Ich wünsche dir viel Glück, mein Schatz. Aber schade, dass ihr schon wieder loswollt. Es scheint wohl mein Schicksal zu sein, dass Joachim an Weihnachten immer etwas Wichtigeres zu tun hat, als mit seiner alten Mutter abzuhängen.«

»Du bist doch blutjung«, widersprach Madelaine. Joachim umarmte Teresa, lange war es her, sie roch holzig wie früher, und dachte, dass er den Ausdruck *blutjung* irgendwie gruselig fand.

Dann endete der Besuch bei Teresa, und Mookie, Madelaine und Joachim machten sich auf den Weg zu ihrem letzten Ziel.

12

JOACHIM UND MADELAINE rauchten Kette, während sie den verspäteten Bus herbeiwarteten. Dicke Schneeflocken rieselten auf gerötete Hände, taube Finger bahnten sich an, Mookie schlotterte mit weißen Wimpern vor sich hin.

»Vielleicht sollte ich dich aber lieber erst zu Hause abliefern, ehe ich weiter nach Gunnar suche – jetzt, wo ich weiß, wie unfassbar attraktiv du ihn findest.«

Madelaine lachte. Joachim warf die letzten Reste des gekränkten Stolzes, die Madelaines Max-Geschichte hinterlassen hatte, über Bord, und schlang seinen Arm um ihre Schultern.

»Du«, murmelte Madelaine in seine Brust hinein.

»Ich?«

»Ja.«

»Was ist mit mir?«

»Keine Ahnung.« Und dann, so leise, dass es fast im Weihnachtsgejaule von Michael Bublé unterging, das aus einem nahe gelegenen Café drang, sagte sie: »Ich mag dich.«

Joachims Herz plumpste irgendwohin, wo es nicht hingehörte. Er wusste nicht, was er erwidern sollte, also tätschelte er bloß ihren Rücken mit seiner Raucherhand, weshalb er nicht an die Zigarette herankam und sich beinahe die Stelle zwischen Daumen und Zeigefinger versengte. Endlich rollte der Bus heran. Mookie machte einen Satz nach vorne, schlitterte mit seinen

Eiszapfenkläuchen an der Gehsteigkante entlang und verpasste die Bustür. Ungebremst rutschte es kopfvoran mit voller Wucht gegen einen Reifen. Joachim sprang hinterher und wollte es retten, aber leider entglitt auch ihm auf dem glatten Asphalt die Kontrolle über seine Schwerkraft, sodass er strauchelte, hilflos mit den Armen ruderte, einknickte und schließlich auf den Hintern fiel. Joy hätte diesen *Fail* mit Sicherheit zum Totlachen gefunden. Madelaine aber lachte nicht über ihre zwei gestürzten Weggefährten, sondern schnappte sich das verdatterte Schwein mit der schwarzen Rußspur auf der Nase und half Joachim aufzustehen, während sie es gleichzeitig auch noch schaffte, den Knopf zu drücken, damit die Tür offen blieb.

Mookie zerrte die beiden direkt in die hinterste Reihe zum Dreiersitz, wo sie sich folgsam platzierten.

»Lass uns beim Hauptbahnhof umsteigen«, sagte Joachim.

»Okay. Wir haben gar keine Tickets gelöst.«

»Scheiß drauf, es ist Weihnachten.«

Und dann küsste er sie. Sein Herz war schwer vor Dankbarkeit, weil sie ihm vom Boden aufgeholfen hatte, und weil sie so schöne Augen hatte, denen er nun einen Namen geben konnte, und weil überhaupt jedes Puzzleteil ihrer Persönlichkeit, das sie ihm zuwarf, ein Bild erahnen ließ, das er unbedingt ganz sehen wollte. Wenig später knutschten sie herum wie zwei Teenager, so, wie sie gestern geknutscht hatten, unten in Madelaines Hof, ehe sie ihn hinter sich her nach oben und in ihr Bett gezogen hatte. Als bei der Folgestation tatsächlich zwei Teenager einstiegen, die Joachim aus dem Augenwinkel für die Bauchtaschenboys hielt, die er vorgestern aus dem Fenster beobachtet hatte, und diese etwas Anfeuerungsmäßiges in ihre Richtung grölten, spürten beide das verschwörerische Lächeln auf den Lippen des anderen. Und sie machten weiter. Küssten sich mit grinsenden Gesichtern die Lippen wund, bis sie aussteigen mussten.

»Schnell nach Hause!«, trompetete einer der jungen Männer, die sich selbstbewusst über zwei Sitzreihen ausgebreitet hatten, und der andere ergänzte: »Alter, voll pervers, das Schwein!« Joachim warf ihnen, gerade bevor sich die Tür hinter ihm schloss, einen Blick zu, mit dem er noch schnell zu sagen versuchte: *Seht lieber zu, dass ihr so was auch mal erlebt, anstatt euch schon mit vierzehn die Lungen schwarz zu rauchen.*

Als sie am Bahnhof ankamen, war es kurz nach drei. Mookie hatte sich von seinem kleinen Unfall erholt und trennte die beiden Händchenhaltenden voneinander, indem es wie verrückt an der Leine zerrte.

»Was hast du denn«, rief Joachim. Entweder war Mookie am Erfrieren, oder es hatte Angst, einen Zug zu verpassen, jedenfalls drängte es wie wild geworden dem Bahnhofsgebäude entgegen.

Dieses verströmte seines Zeichens heute die Aura eines großen Bunkers. Offenbar hatten alle Reisewütigen die Stadt bereits verlassen, oder sie gingen im Schneegestöber vor den Eingangstüren einfach unter.

»Mist, jetzt geht der Schneesturm wieder los. Lass uns einfach mal reingehen und da weiter überlegen«, meinte Madelaine.

Joachim zögerte. Die Uni war am anderen Ende der Stadt, und wenn sie jetzt unnötige Zeit verloren, würde er, bis sie dort wären, höchstens noch auf ein paar verlorene Seminararbeitschreiber in der Bibliothek treffen. Aber sie hatte recht, in diesem Wind konnte man nicht denken. Sie betraten den Bahnhof. Joachim zog Madelaines Hand an seinen Mund und küsste sie, während er überlegte, ob an Heiligabend überhaupt Sekretariatsmitarbeiter in der Uni zugegen waren. Dann blieb sein Blick an dem Handknäuel hängen, das er produziert hatte, und er stellte fest, dass etwas nicht stimmte.

Madelaine, die vergebens versuchte, ihre Hand wieder aus seiner zu ziehen, fragte: »Was denn, möchtest du sie behalten?«, und da stieß Joachim sie unsanft von sich weg, als er realisierte, was passiert war.

»Mookie ist weg!«

Die Farbe wich aus Madelaines Gesicht. Erschrocken starrte sie erst ihre frei gewordene Hand an, dann Joachims, und murmelte: »Scheiße.«

Panik überfiel Joachim wie eine riesige schwarze Decke, die unvermittelt alles zunichtemachte, was er bis hierhin erreicht hatte – und vor allem auch auf das, was ihm noch bevorstand. Das Adrenalin übernahm die Kontrolle. Er rannte nach draußen.

Es schien, als würde sich der Schneefall mit jeder Sekunde verdichten. Er konnte kaum mehr die Bushaltestelle ausmachen, an der sie vor fünf Minuten knutschend ausgestiegen waren. Da war alles noch gut gewesen. Zuversicht hatte ihn geleitet. Jetzt war alles von riesigen weißen Schlieren durchzogen, seine Sicht, seine Hoffnung, seine Liebe.

»Mookie!«, brüllte er und stellte fest, dass ihm Tränen in die Augen schossen. Er wusste, dass das absolut sinnlos war, aber er rief weiter. Als könne das stoische Wiederholen dieses albernen Wortes verhindern, zurück in das Loch zu stürzen, aus dem es ihm geholfen hatte herauszuklettern. Hätte helfen sollen.

Madelaine folgte ihm und stellte vernünftige Fragen – Wann genau hat es sich losgerissen? Wie weit kann es gelaufen sein? –, aber Joachim fehlte die Kraft, vernünftige Antworten zu geben. Alles, was er denken konnte, war: Jetzt ist es passiert, ich habe alles ruiniert, mir meine eigene Chance verbaut. Nichts würde je wieder gut werden.

»Ganz ruhig«, sagte Madelaine, obwohl ihre Stimme beunruhigt klang, »allzu weit kann es nicht sein, es hat ja noch den Gürtel am Hals. Vielleicht hat es sich unter irgendeinen schneegeschützten Ort gestellt.«

Aber Mookie war weder bei der Bushaltestelle zu finden noch unter dem Dach des Esskastanienstandes, und die Leute, denen sie begegneten, schüttelten verwirrt und ungeduldig die Köpfe, als sie nach einem kleinen ausgebüxten Minischwein gefragt wurden, verstauten schnell wieder die Gesichter unter ihre Kapuzen und flüchteten.

Schließlich gingen sie zurück ins Bahnhofsgebäude, auch wenn sie bloß eine halbe Sekunde darin gestanden hatten, und suchten dort weiter. Guckten unter Wartebänke, hinter Ticketautomaten, schoben den Vorhang einer Fotobox zur Seite, entdeckten darin eine ertappt dreinblickende Taube, aber kein Schwein. Sie sprachen einen Obdachlosen an, der schon die ganze Zeit bei der Drehtür herumlungerte und allen Ein- und Ausgehenden frohe Weihnachten wünschte und sie anschließend nach Kippen fragte – vergebens. Mookie war spurlos verschwunden.

13

»WIR BRAUCHEN EINEN PLAN«, sagte Madelaine.

»Ich fass es nicht. Wie konnte das passieren.«

»Keine Ahnung. Aber es ist passiert. Jetzt müssen wir überlegen …«

»Das kann doch nicht sein! Die ganze Zeit wich es keinen Schritt von meiner Seite, und dann, einfach so, fing es an zu zerren, als sei der Teufel hinter ihm her.«

»Joachim. Ich weiß, es ist schlimm. Aber so etwas passiert nun mal. Manchmal können Tiere sein wie kleine Kinder, die bockig werden und abhauen, wenn sie nicht genug Aufmerksamkeit bekommen.«

»Nicht genug Aufmerksamkeit? Mein ganzes Leben dreht sich seit gestern um diese kleine Sau.«

»Ich weiß. Können wir bitte in Ruhe überlegen, was wir tun? Es bringt doch nichts, wenn du dich aufregst.«

Sie saßen in einem Bahnhofscafé, das den bittersten Kaffee der Welt servierte und in dem es abgesehen davon auch noch stickiger war als im Tropenhaus. Madelaine hatte ein Schokocroissant bestellt, das sie mit steifen Fingern zerzupfte und dann krümelweise ihrem Mund zuführte. Joachim, der es nicht schaffte, seinen Espresso anzurühren, betrachtete diese Finger und sah gerade weder etwas Menschliches noch Liebenswertes in ihnen. Stattdessen dachte er wieder: sinnlos. Diese Finger und das Croissant waren sinnlos, so wie sein Leben. Wozu sollte man essen, wenn man wusste, dass man eines Tages sterben würde. Nichts ergab einen Sinn. Vielleicht war ja das von Anfang an das wahre Ziel seiner Mission gewesen: ihn endgültig ins Verderben zu stürzen, indem ihm klargemacht wurde, dass er zu rein gar nichts in der Lage war, das mit einem normalen Leben zu tun hatte. Wie sollte er es jemals hinkriegen, für sich selber Verantwortung zu übernehmen, wenn er es noch nicht mal schaffte, auf ein Hausschwein aufzupassen?

»Sobald der Schneesturm etwas aufgehört hat, sollten wir Zettel aufhängen«, sagte Madelaine.

»Zettel?«, wiederholte Joachim.

»Ja, klar, Zettel. *Schwein entlaufen*. Und hier überall in der Gegend aufhängen.«

Joachim nickte. Zettel, die man überall aufhängte. Klang logisch.

Die praktisch veranlagte Madelaine zauderte nicht lange, sondern stand auf und ging zur Theke, wo sie ein paar Worte mit dem Kellner wechselte, der sich offenbar nicht zu schade war, für die acht Euro Stundenlohn den ganzen Tag einen Nikolausbart im Gesicht hängen zu haben. Kurze Zeit später kam sie triumphierend mit einem karierten DIN-A4-Blatt und einem Kugelschreiber zurück.

Sie begann zu kritzeln. Sie zeichnete. Joachim verstand erst, was vor sich ging, als sie das Blatt hochhielt und fragte: »Na? Hab ich es getroffen?«

Er blickte den Zettel an und war wirklich nicht in der Lage zu zeigen, wie beeindruckt er war. Stattdessen murmelte er nur:

»Krass.«

Madelaine lächelte bescheiden. »Ich zeichne ganz gern. Hast du das Bild in meinem Schlafzimmer gesehen?«

»Das ist von dir?«

Sie nickte, merkte aber wohl, dass dies nicht der geeignete Zeitpunkt war, um Bewunderung für eine bislang verschwiegene Begabung einzuheimsen, stattdessen schrieb sie Joachims Telefonnummer von ihrem Bildschirm ab und neben die Skizze, darunter: *vermisst.* Dann meinte sie: »Los, gehen wir. Ich lad dich ein.«

Während sie bezahlte, konnte Joachim immer noch nicht nachvollziehen, wie er es geschafft hatte, so einen überlebensfähigen Menschen an seine Seite zu ziehen, während er selbst nichts anderes tun konnte, als regungslos auf das Konterfei seines Weihnachtsgeschenks zu starren. Dann schickte er zum ersten Mal in seinem Leben ein stummes Gebet zum Himmel, gerichtet an alle monotheistischen Götter, an die er nie geschafft hatte zu glauben.

Bitte, Gott, dachte er, *wie immer du dich nennen möchtest, Allah oder Jahwe, meinetwegen Elvis – falls es dich gibt, hilf mir, es wiederzufinden. Bitte. Es tut mir leid, dass ich bisher keinen Zugang zu dir gefunden habe, aber wenn du mir Mookie wiederbringst, verspreche ich, dass ich es probieren werde. Ehrlich. Amen.* So betete er, so wahr er hier saß.

Immerhin hatte sich der Sturm beruhigt, als sie weiterzogen, um einen Kopierer zu finden. Alis Spätkauf hatte einen, der war nicht allzu weit weg, aber an der nächsten Straßenecke tauchte ein waschechter Copyshop auf, also gingen sie da hinein.

»Reichen zehn Stück, meinst du?«

Joachim zuckte mit den Achseln. Das Gefühl, Mookie für

immer verloren zu haben, war stärker als seine Hoffnung in irgendeinen Spaziergänger, der ein umherirrendes Schwein aufsammelte und zufällig Madelaines Skizze entdeckte.

»Machen wir sicherheitshalber zwanzig.«

Er ließ sich die Hälfte der Kopien in die Hände drücken und schaffte es sogar, sich höflich bei dem jungen Mann zu bedanken, der ihnen einen Spezialpreis gemacht hatte und ihm jetzt die Hand schüttelte und meinte: »Viel Glück, Bruder. Ich weiß, wie du dich fühlst.«

Als sie draußen waren, fühlte Joachim sich besser. Nicht direkt zuversichtlich, aber zumindest hatte sich der Panikschleier etwas gelichtet. Irgendetwas würde schon passieren. Er gab noch nicht auf. Allerschlimmstenfalls würde er ohne Mookie weitersuchen. Es ging hier schließlich am Ende des Tages immer noch um sein Seelenheil, nicht um das des Schweins. Wenn Mookie keine Lust mehr auf ihn hatte – bitte schön.

Als sie fertig waren mit Aufhängen, standen sie am Rande eines kleinen Weihnachtsmarktes, auf dem beide vorher noch nie gewesen waren. Madelaine sagte: »Ich bin völlig durchgefroren. Lass uns hier einen Glühwein trinken, bis sich jemand meldet.«

»Bist du dir sicher, dass du meine Nummer richtig aufgeschrieben hast?«

Zur Antwort verdrehte Madelaine die Augen und steuerte auf einen Glühweinstand zu. Ein Moment mit Déjà-vu-Potenzial. Aber es kam alles anders als vor zwei Tagen: Als Joachim ihr folgen wollte, drängelte sich eine Mutter mit ihrer kleinen Tochter an ihm vorüber. Die beiden führten eine Diskussion, das Mädchen weinte.

»Felicitas, ich hab die Nase voll«, sagte die Mutter mit vor Überforderung bebender Stimme. Felicitas warf ihren Schokoapfel auf den Boden.

»Du hast gesagt, ich darf mir was aussuchen!«

»Ja, hab ich gesagt, Felicitas, aber dann wurde meine Tasche geklaut, und ohne Geld kann ich dir auch keine Barbie kaufen! Verstehst du das? Außerdem hast du in dem Laden alle verrückt gemacht mit deinem Geplapper. Ein Schwein! Hat es dir ins Köpfchen geregnet, Felicitas?«

Joachims Synapsen kollabierten. Das konnte nicht sein. Das war nicht möglich.

Felicitas klappte den Kindermund auf und plärrte nur noch Unverständliches. Madelaine kam mit zwei Tassen angelaufen und fragte, was los sei.

»Die reden über ein Schwein«, flüsterte Joachim. Nein, offenbar hatte er nicht geflüstert. Die Mutter hatte ihn gehört. Mit blutunterlaufenen Augen kam sie auf ihn zugewankt. »Ich hab die Nase so voll von diesem Kindergequatsche«, stöhnte sie. Offenbar hatte sie heute auch schon den einen oder andern Glühwein getrunken.

Madelaine wandte sich an Felicitas: »Was ist denn los? Hast du dir wehgetan?«

Felicitas wimmerte. Die Mutter erklärte: »Hat sie nicht. Die tut sich nie weh. Sie behauptet, sie hat ein Schwein gesehen. Im Spielzeugparadies. Ein echtes.«

Da platzte es aus Felicitas heraus: »Ich hab auch eins gesehen! Es stand die ganze Zeit neben uns, du blinde Kuh!«

»Wie redest du mit mir«, schnaubte die Mutter entkräftet.

Madelaine ging professionell in die Hocke und legte Felicitas sanft eine Hand auf die zitternde Schulter.

»Ganz ruhig. Ich glaube dir. Du hast ein Schwein im Spielzeugparadies gesehen? In dem Laden da hinten in der Seemannstraße?«

»Ja!«

»Sie sieht ständig irgendwelche Tiere, die nicht da sind«, jammerte die Mutter, »letzte Woche behauptete sie, ein Leopardenbaby sei in die Kita spaziert. Ich weiß nicht, woher diese Hirngespinste kommen, aber das geht jedenfalls erst so, seit ihr Papa nicht mehr da ist.«

»Hatte das Schwein zwei dunkle Flecken? Einen hier« Madelaine deutete unbeirrt auf ihr linkes Auge, dann klopfte sie liebevoll auf Felicitas' Rücken, »und einen hier?«

Das Mädchen nickte erschöpft. Madelaine lachte. Joachim wäre am liebsten auf die Knie gefallen und hätte allen dreien die Füße geküsst. Vielleicht hätte er es sogar getan, wenn sich in dem Moment nicht die Mutter nach dem Apfel gebückt und ihm den Zugang zum Boden versperrt hätte.

14

»EIN SCHWEIN?« Die junge Dame mit dem schwarz glänzenden Pferdeschwanz hob auf eine Weise ihre linke Augenbraue an, die Joachim Lust machte, sie am Nacken zu packen und ihre Stirn auf die massive Vintagekasse hinter ihr zu donnern.

Madelaine übernahm: »Wir sind hier, weil wir unser Schwein suchen. Eine Frau und ihre Tochter haben es hier gesehen.«

Die Verkäuferin, die Joachims Ansicht nach höchstens vierzehn Jahre alt sein konnte, verschränkte die Arme vor ihrem Namensschild und nickte einem Kollegen zu. Dieser war soeben herangerauscht und hatte mit einer bescheuerten Spaziergeste auf seiner Handfläche erklärt, dass er Feierabend machen wollte.

»Ein kleines Mädchen hat hier ein Schwein gesehen, sie hatte zwei Zöpfe und pinke Stiefel«, stellte Joachim noch mal klar, »Verstehen Sie? Und dieses Schwein suchen wir.«

»Aha«, machte der Typ, offenbar war von ihm auch nicht viel zu erwarten.

»Hast du eins gesehen hier?«, fragte die Schwarzhaarige.

»Ein Schwein?«

»Ja« sagte Madelaine. »Ein kleines Schwein mit einem Gürtel um den Hals.«

Der Angestellte zog eine Ladung Naseninhalt in die Richtung, in der andere Menschen ein Hirn besaßen, und meinte: »Eigentlich nicht.«

Joachim zog einen Amoklauf in Erwägung, Madelaine erkundigte sich nach der Filialleitung.

Und in dem Moment geschah etwas Magisches, das kein Drehbuch der Welt hätte besser inszenieren können: Während die Verkäuferin sich tatsächlich anschickte, ein Hinterzimmer aufzusuchen, war Joachim wie vor zwei Tagen zumute, als er von einer höheren Macht zu der losen Stelle im Parkett gelockt wurde. Der Laden wurde von einer Sekunde zur anderen durchflutet von einem bedeutungsschwangeren Licht, das auf alle Spielzeuge um ihn herum einen Schärfungsfilter zu legen schien. In Zeitlupe scannte er den Raum ab, bis seine Aufmerksamkeit von einem älteren Mann angezogen wurde, der ungefähr drei Meter von ihnen entfernt stand, flankiert von einem Ständer mit Kühlschrankmagneten und einem Puzzle-Regal. Er leuchtete ebenfalls, dieser Mann, am stärksten sogar von allem hier drin, und passte eindeutig noch weniger in einen Spielzeugladen für Kleinkinder als Joachim und Madelaine. Und als er sah, dass Joachim ihn sah, winkte er. Vielleicht winkte er auch nicht, sondern kratzte sich am Hals, so genau konnte Joachim das nicht erkennen, weil er geblendet war von diesem Augenblick, jedenfalls folgte er der schicksalhaften Aufforderung und ging auf den Mann zu.

Er hatte ein müdes Gesicht, aber sehr wache Augen in der Farbe eines Bergsees, und schneeweißes, schulterlanges Haar. Außerdem hatte er kleine Flechtzöpfchen im Bart, an denen Perlen hingen. Als Joachim vor ihm stand, erinnerte er sich daran, dass er beim Anheben des Holzsplitters keinen greifbaren Hinweis erhalten hatte, sondern erst einen Tag später durch Mookie. Er war sich also plötzlich etwas unsicher, wie viel er sich von dem Alten erhoffen durfte, der jetzt mit einer Bewegung, die an ein Schilfrohr erinnerte, das sich sanft dem Wind beugte, seinen

Oberkörper zur Seite neigte. Zu einer Tür, über der *Notausgang* stand.

»Er ist da rausgerannt.«

»Was? Wer ist da rausgerannt?«

»Der Taschendieb.«

»Der Taschendieb?«

»Ja. Ich dachte, ihr sucht den Taschendieb. Ihr habt ja vorhin mit Natascha über die Mutter gesprochen, die mit ihrer Tochter hier war. Der wurde die Tasche geklaut. Leider wurde mir das erst bewusst, als der Typ längst rausgestürmt war, weil die Dame es erst fünf Minuten später bemerkt und Alarm geschlagen hat. Ich dachte, das sei einfach nur ein Irrer mit einer Damentasche, der es eilig hat. Tja, dumm gelaufen, der ist jetzt bestimmt schon über alle Berge, und ich kann hier nicht weg, wenn so viel los ist.«

Joachim seufzte. Er hätte es wissen müssen. Das war kein Bruder des heiligen Sankt Nikolaus, sondern ein normaler Ladendetektiv, noch dazu anscheinend nicht der beste, und die Welt benahm sich, als hätte es Mookie nie gegeben. Vielleicht war dem ja auch so. Vielleicht hatte Felicitas sich das Schwein wirklich nur eingebildet, genauso wie er. Zuzutrauen war es ihm schließlich, ihm war alles zuzutrauen, seit er vor zwei Monaten den Verstand verloren hatte, und dass psychotische Phasen Halluzinationen hervorriefen, war nichts Ungewöhnliches. Er drehte sich um, um zu sehen, ob wenigstens Madelaine real existierte. Tat sie. Sie stand neben ihm und zeigte auf den Notausgang.

»Sollen wir es trotzdem da probieren?«, fragte sie. »Immerhin steht die Tür offen, und wenn Mookie wirklich hier war, ist die Wahrscheinlichkeit doch größer, dass es da raus ist als durch die umständliche Drehtür vorne.«

Sie hatte recht. Wie immer.

Madelaine und Joachim stolperten in ein Treppenhaus, das von Linoleum in Stracciatellaoptik und Essigreinigergeruch dominiert wurde. Es gab einen Lift, eine Treppe nach unten und eine nach oben sowie zwei verschlossene Türen und einen roten Besen, der an der Wand lehnte.

»Hoch oder runter?«, fragte Joachim, »sollen wir uns aufteilen?«

»Eigentlich wäre eine der Türen auf dieser Etage logischer. Treppen benutzt es ja nicht besonders gern.«

»Ja, aber die hier sind beide zu.«

»Vielleicht war eine davon ja vorher noch offen, bevor der Dieb raus ist.«

Joachim stieß die erste Tür auf – es war eine Rumpelkammer. Ein weiterer altmodischer Hexenbesen mit blauem Stiel, eine deckenhohe Pyramide aus Mineralwasserkisten und ein dröhnendes, Wärme produzierendes Gerät, das er unter anderen Umständen vielleicht hätte identifizieren können. Sie blickten lange genug hinein, um sicher sein zu können, dass Mookie sich nicht irgendwo versteckte, dann zog Joachim die Tür wieder zu, und Madelaine probierte die andere. Prompt blickten sie auf einen schmalen Flur, der zu einer weiteren Tür aus Glas führte, hinter der man eine Seitenstraße erkennen konnte.

»Ich glaube, es ist da rausgegangen«, meinte Madelaine.

»Wie kommst du darauf?«

»Nur so ein Bauchgefühl. Außerdem ist es frisch hier drin, und da liegt etwas Schnee auf dem Boden, der noch nicht geschmolzen ist, das deutet doch darauf hin, dass die Tür vor Kurzem noch auf gewesen sein muss.«

Joachim war nur noch sprachlos.

Sie betraten über die Glastür eine unebene Gasse, die linkerhand runter zum Marktplatz führte und rechterhand in eine Sackgasse mündete, gesäumt von schmalen Hausrückwänden. Bis auf einen Müllcontainer und einen großen Haufen Schneematsch, den jemand unlängst zusammengekarrt haben musste, gab es hier nichts zu sehen, also gingen sie nach links.

Und obwohl die Stresshormone in Joachim nicht lockerließen und er sich ernsthafte Sorgen machte, dass Mookie etwas zugestoßen sein konnte, fühlte er sich irgendwie geborgen, während sie zum Marktplatz eilten. Weil Madelaines Schulterblätter da waren, auf die er immerzu blicken und sich daran erinnern konnte, dass es noch Hoffnung gab für ihn, die Konstruktion eines Tages wieder zu schätzen zu wissen.

Auf dem Marktplatz war nicht mehr viel los, es ging auf den Abend zu, die Leute suchten ihre trauten Heime auf, um den heiligen Familienplausch einzuläuten, und die paar wenigen Gestalten, die noch zugegen waren, verströmten nicht den Eindruck, als hätten sie vor Kurzem ein Schwein vorbeiblitzen sehen.

Trotzdem fragte Madelaine die eine oder andere Person, an der sie vorbeikamen: »Ein Hausschwein, etwa so groß?«, wobei sie ihre zarten Hände in die Höhe reckte und ein Oval formte. Aber es wurden nur erneut Köpfe geschüttelt und steif gefrorene Achseln gezuckt. Jemand lud sie zu einem Konzert in der Kirche ein, anstatt die Frage zu beantworten, und ein Typ mit Snowboard unterm Arm fragte Madelaine allen Ernstes, ob sie was zu kiffen habe. Als sie Nein sagte, bot er ihr marokkanisches Haschisch an. Joachim erinnerte sich daran, dass er seit vierundzwanzig Stunden kein THC mehr konsumiert hatte und wusste nicht, ob dies ein Moment war, in dem das als Fortschritt zählen konnte.

Gerade als Madelaine meinte, vielleicht sei es doch keine schlechte Idee, sich aufzuteilen, klingelte Joachims Handy.

Sein Herz überschlug sich, als er eine unbekannte Nummer sah. Beim ersten Versuch verfehlte er die grüne Taste und hatte schon Angst, den Anruf aus Versehen weggedrückt zu haben, beim zweiten schien es zu gelingen, wenn es auch furchtbar lange dauerte, bis auf dem Bildschirm was passierte. Mit zitternder Hand hielt er sich das Gerät ans Ohr und hörte zum Glück eine Stimme.

»Hallo?«

»Hallo.«

Stille. Was sollte das, wer rief bei jemandem an und sagte dann nichts?

»Hallo«, wiederholte Joachim.

»Ja, äh, hi. Haben Sie diesen Zettel aufgehängt? Schwein vermisst?«

»Ja.«

»Ja?«

»Ja.«

»Ja, cool. Hi, hier ist Gregory. Toll, dass ich jemanden erreiche. Sorry für die Störung, ich mach's ganz kurz: Ich bin gerade dabei, mir ein Software-Start-up aufzubauen, und ich könnte jemanden gebrauchen, der mein Logo designt. Der Stil dieser Skizze vermittelt genau die Sprache, nach der ich suche. Ich bin begeistert von dem legeren, aber präzisen Strich. Darf ich vielleicht wissen, ob ich gerade mit dem Künstler persönlich spreche?«

Joachim wollte kotzen. Stattdessen ließ er sein Telefon fallen. Er stapfte im Kreis herum und hielt die Tränen zurück.

»Was machst du denn da?« Madelaine hob das Handy auf, presste es an ihr Ohr und rief: »Hallo? Hallo?« aber offensichtlich hatte Gregory aufgelegt, oder es war kaputt.

Joachim lief weiter; inzwischen nicht mehr im Kreis, sondern quer über den Platz, und die Tränen rannen ihm übers Gesicht. Es war ihm egal. Er stolperte über irgendwas, vermutlich seine Füße, fiel in den dreckigen Schnee, rappelte sich wieder hoch, ging weiter.

Madelaine holte ihn ein und bewarf ihn mit Fragen. Er hörte sie nicht. Er wollte sie nicht mehr hören und nicht mehr sehen, weil er es nicht mehr ertragen konnte, dass sie es immer wieder schaffte, ihm Hoffnung zu machen, die jedes Mal in einer neuerlichen Enttäuschung endete.

Als er in einer Seitenstraße angelangt war, die an ein Wohngebiet grenzte, blieb er stehen, um zu schreien. Er schrie einmal laut auf, etwas, das er seit Ewigkeiten nicht mehr getan hatte und das sich auch nicht befreiend anfühlte, dann ging er weiter, still, weinend. Madelaine rief: »Dein Telefon!« und wollte es ihm geben, er beschleunigte das Tempo.

»Joachim!«

Joachim rannte.

»Joachim!«

Er hatte das Bedürfnis, erneut zu schreien, aber es ging nicht mehr, seine Kehle machte nicht mit. Aber da brüllte Madelaine seinen Namen ein weiteres Mal, und diesmal war etwas anders in ihrem Tonfall, so anders, dass er sich tatsächlich umdrehte, und da sah er, dass Madelaine mit ihrer Hand herumfuchtelte, aber nicht mehr weil es um das sich darin befindliche Smartphone ging, sondern weil sie etwas entdeckt hatte.

»Da, da, da!« Sie deutete irgendwohin, an eine Stelle zwischen zwei Häusern, an der er vorher in seiner blinden Verzweiflung vorbeigerannt war. Joachim war am Ende. Er stolperte zurück und fiel Madelaine in die Arme.

15

MOOKIE SAH AUS wie zwischen die Häuserzeilen gezeichnet. Die Ähnlichkeit mit Madelaines Skizze war frappant; als würde es nachträglich für jene posieren. Für ein paar Sekunden stand es vollkommen regungslos da, genau wie er, und guckte ihn freundlich an, als sei es sich keiner Schuld bewusst. Dann drehte es sich seelenruhig um, um weiter zu spazieren. Joachims Gürtel hinterließ eine Schlangenspur im Schnee.

Madelaine griff nach Joachims Hand, presste ihre Finger auf seine, wie um zu signalisieren, dass sie noch nicht die Nase voll hatte von ihm. Was so ziemlich das beste Gefühl der Welt für jemanden war, der den Glauben an sich selber verloren hatte.

»Los, hinterher, nicht dass es schon wieder ausbüxt!«

Mookie schien ein Ziel zu haben, und Joachim war bereit, sich ausnahmsweise mal ganz auf die schweinische Intuition zu verlassen. Vielleicht hätte er das schon viel früher tun sollen. Aber immerhin waren sie jetzt wieder vereint, und das hatten sie dem alten Mann im Spielzeugparadies zu verdanken, der davon zwar nichts wusste, aber das mussten schicksalhafte Wegweiser in der Mission eines anderen auch nicht zwangsläufig. Und auch Gregory war es zu verdanken, ohne dessen Anruf Joachim nicht in diese Straße gerannt wäre, und auch den Nikolauskellner im Bahnhofscafé hatte es gebraucht, ganz zu schweigen von Felicitas; es waren viel zu viele, um sie sich alle zu vergegenwärtigen, jeder einzelne Mensch auf der Straße hatte einen Miniteil dazu beigetragen, ihn hierher zu führen, jede Schneeflocke, die ihm ins Gesicht geflogen war, und plötzlich kam ihm der Gedanke, dass es sich mit der ganzen Urgroßmuttergeschichte ähnlich verhalten musste. Alles hatte mit allem zu tun und nichts mit nichts. Es hatte ein wenig gedauert, aber nun war er an einem Punkt, von dem er zumindest das Gefühl hatte, dass es irgendwie weitergehen würde. Außerdem war die Stadt gerade genauso friedlich, wie sich das für einen 24.12. gehörte. Es herrschte eine Ruhe, wie es sie nur nach Schneefall gab, und die Joachim erst jetzt wahrnehmen konnte, wo es auch wieder etwas stiller war in seinem Kopf.

Das Viertel, in welches Mookie sie führte, war unspektakulär. Ein adrettes Glascontainertrio, orangefarbene Mehrfamilienhäuser, ein Spielplatz mit einer Art Trojanischem Pferd in der Mitte. Das Haus, vor dem Mookie stehen blieb, war das letzte in der Reihe. Vor dem Eingang hatte vor Kurzem jemand den Weg freigeschaufelt, zumindest wurde der Kiespfad von zwei kniehohen Schneewällen gesäumt, und zwischen diesen watschelte Mookie entlang, bis es auf der kleinen Treppe angelangt war, die zur Haustür führte.

Madelaine und Joachim folgten brav und fühlten sich nur ein kleines bisschen wie Eindringlinge, weil sie so erleichtert waren, Mookie wiedergefunden zu haben. Aber um das reine Wiederfinden ging es hier gerade gar nicht. Das wurde Joachim schlagartig klar, als er Mookie dabei beobachtete, wie es am Putz schnupperte. Das musste das Haus seines Vaters sein! Na klar. Mookie hatte sich an die Adresse seines ursprünglichen Besitzers erinnert und beschlossen zurückzukehren. Vielleicht hatten Schweine einen ähnlichen Spürsinn wie Hunde, wer konnte es wissen. Er, der sich immer noch kein Tutorial angesehen hatte, wusste es jedenfalls nicht, aber das war jetzt egal, denn sie waren da, ans Ziel geführt von dem Wesen, das ihn auf die Reise geschickt hatte, so wie sich das gehörte. Joachim widmete sich dem Klingelschild. Nein, da war kein Gunnar Moen aufgeführt. Was hatte das zu bedeuten? Hatte Mookie sich in der Hausnummer geirrt?

Unterdessen hatte es prompt aufgehört, an der Fassade zu schnuppern, sondern sich zurück in den Vorgarten begeben, wo es auf einen Schneemann zustapfte.

»Kann ich Ihnen helfen?« Eins der Erdgeschossfenster war aufgegangen, ein gestresster Familienvater guckte raus. Hinter ihm war eine zeternde Frau zu hören, anscheinend war es bei denen mit der Besinnlichkeit noch nicht losgegangen oder schon vorbei.

»Äh, entschuldigen Sie die Störung, aber kennen Sie zufällig einen Herrn Gunnar Moen? Wohnt hier jemand, der so heißt? Der Mann hat mir nämlich ein Schwein geschenkt, das ich ihm zurückgeben will.«

Der Mann mit der Halbglatze verzog das Gesicht, als hätte Joachim ihn um eine Tasse Weihrauch gebeten.

Kopfschüttelnd machte er das Fenster wieder zu.

Madelaine seufzte. Joachim warf einen Blick in den schwarzen sternklaren Himmel hoch, dann ging er zu Mookie, um es endlich wieder an die Leine zu schnallen.

»Weißt du was, vielleicht lassen wir es einfach für heute«, sagte Madelaine, als sie wieder auf dem Gehsteig standen. »Ich bin echt kaputt von dem vielen Rumlaufen. Lass uns schlafen gehen, morgen ist auch noch ein Tag. Wir können uns ja gegen zehn Uhr treffen und zusammen zur Uni fahren.«

»Ja.« Er stimmte ihr zu, obwohl er weder müde war noch nach

Hause wollte. Aber dann blieb Madelaine stehen und sagte: »Moment mal.«

»Was?«

»Ich hab da gerade so eine Idee. Ich glaube, sie wird dir nicht gefallen, aber ich sag sie dir trotzdem: Wir könnten Max anrufen, um ihn nach deinem Vater zu fragen. Er studiert an der Freien Uni Philosophie und Geschichte. Es ist mir gerade eingefallen. Bestimmt kennt der ihn! Was meinst du?«

»Deinen Ex?«

»Ja!«

Joachim blickte in Madelaines Chrysoprasaugen, die ihn voller Elan anfunkelten. Hatte er sie jemals so euphorisch gesehen?

»Na ja«, murmelte er, »warum nicht.«

Madelaine nickte, holte ihr Handy hervor, gelangte verdächtig schnell zu Max' Nummer und streckte es Joachim abrupt entgegen.

»Telefonier du mit ihm, ist besser. Geht ja um deinen Vater. Und ich möchte eigentlich nicht mit ihm sprechen.« Den letzten Satz fand Joachim überzeugend, also presste er sich einigermaßen gespannt ihr Telefon ans Ohr.

»Hallo? Madelaine?«

»Nein, hier ist Joachim Borst, guten Abend. Spreche ich mit Max?« Max schwieg.

»Ich hab eine kurze Frage an dich.«

»Okay.«

Joachim räusperte sich, Madelaine hüpfte von einem Fuß auf den anderen.

»Ich bin auf der Suche nach … einem Mann namens Gunnar Moen. Er ist Dozent an der Freien Uni, und du … studierst dort. Hab ich gehört.«

»Hat dir das Madelaine erzählt?«

»Ja.«

»Bist du ihr neuer Freund?« Joachim zögerte, Madelaine pustete sich die Hände warm.

Bevor es allzu komisch wurde, meinte Max: »Egal, schon gut, geht mich nichts an. Ja, ich bin Max, übrigens. Also … Gunnar Moen, klar kenn ich den. Hab einen Kurs bei dem. Er ist aber schon ewig nicht mehr an der Uni aufgetaucht. Ich allerdings auch nicht, muss ich zugeben, hab ich nur von Kumpels gehört.«

Unglaublich. Nun war das letzte Verbindungsglied zur Auflösung seiner Mission also tatsächlich Madelaines Exfreund. Immerhin hatte sein Schicksal einen zynischen Sinn für Humor.

»Hast du irgendwas von ihm? Eine Telefonnummer oder so?«

»Klar, natürlich. Er hat mir letztes Jahr eine Tutoratsstelle angeboten, da waren wir in engem Austausch. Hab alles von ihm, Adresse, Name, Facespot-Kontakt.«

Joachim lachte leise. Madelaine machte fragend das Daumenhoch-Zeichen, Joachim nickte.

Und so kam es, dass sie sich fünf Minuten später doch nicht auf den Weg nach Hause machten, sondern zu Gunnar Moen fuhren.

16

JOACHIM KAM SICH ein bisschen verarscht vor. Jahrelang war er durch diese Gegend geschlendert, ohne zu ahnen, dass sein Vater hier lebte. In diesem schicken Neubau, an dem er schon tausendmal vorbeigegangen war und sich gefragt hatte, ob es für die Bewohner einen Zugang zum Flachdach gab, weil von dort oben die Aussicht fantastisch sein musste.

Tatsächlich spürte er so etwas wie leise Wehmut, als er vor das Klingelschild trat. Nun war es also so weit. Die Mission würde zu Ende gehen, seine Zeit mit dem Schwein somit vermutlich auch. Wobei, wer sagte denn, dass Gunnar es zurücknehmen würde? Vielleicht müsste er es doch noch zum Tierheim bringen.

»Na denn. Bist du bereit?« Bevor Joachim antworten konnte, drückte Madelaine auf die Klingel.

Joachim rechnete mit Magenkrämpfen, aber diese blieben aus. Erstaunlicherweise fühlte er sich auf einmal rundum ruhig. Was konnte schon passieren. Das war sein Vater. Sein Fleisch und Blut. Der atmete, genauso wie er. Der genauso wie er wahrscheinlich keine Idee hatte, wie sein Gesicht ausgesehen hatte, bevor seine Urgroßmutter geboren worden war, und der bis jetzt noch nicht mal wissen konnte, was für Gesichter sein eigenes Genmaterial produzierte.

Eine tiefe Stimme drang aus der Gegensprechanlage, aber

Joachim brachte auf die Schnelle kein Wort heraus, also übernahm Madelaine das Reden: »Guten Tag, sind Sie Herr Moen?«

»Ja, wer ist da?«

»Hier ist Madelaine, Sie kennen mich nicht, ich bin die Freundin Ihres Sohns. Joachim.«

Freundin. Sohn. Joachim. Joachims Magen krampfte nun doch. Himmel, was geschah hier. Von wegen atmen, er bekam keine Luft. Gleich würde er tot umfallen.

»Mein Sohn?«

»Ja. Er ist auch hier, er steht neben mir. Wollen Sie uns einen Augenblick reinlassen?«

Die Stimme erwiderte nichts, man hörte sie aber flach atmen. Dann erklang ein Brummton, und die Tür ließ sich aufstoßen.

Es roch nach Fleisch im Flur, da hatte jemand was Geflügeltes im Ofen.

Man hörte, wie im zweiten Stock eine Tür aufging.

»Geh du zuerst«, sagte Madelaine und deutete auf die Treppe, als gäbe es Alternativen. Joachim zog sich am Geländer die Stufen hoch. Mookie folgte. Madelaine folgte auch. Trotzdem fühlte Joachim sich plötzlich mutterseelenallein.

Umfallen, tot, gleich. Nein. Er lebte. Er hatte das Ende der Treppe erreicht, und er stand – stand vor seinem Vater, der nicht stand. Gunnar Moen saß. In einem Rollstuhl. Der Rollstuhl stand im Türrahmen, und sein Vater saß darin. Der Fleischgeruch war immer noch penetrant, obwohl er eindeutig aus einer anderen Etage kam, von unten, Familie Hofstetter, der Name hatte sich ihm eingeprägt, als er den darüber stehenden so lange angestarrt hatte, bis das ganze Klingelschild vor seinen Augen zu einem Messingbrei verschwommen war. Auch jetzt wurde wieder gestarrt.

Joachim starrte, sein Vater starrte zurück, es war eine ganzheitlich starre Situation. Nur Mookie bewegte sich. Bewegte sich geschmeidig auf Gunnar zu und schnupperte. Wie immer. Etwas anderes gab es ehrlicherweise in dem Moment für ein Schwein auch nicht zu tun. Schwer zu sagen, ob es sich freute, ihn wiederzusehen, den Mann, der in dem Gefährt hockte wie eine Puppe, die man in einen Spielzeugkinderwagen gesetzt hatte. Klein und verloren wirkte er. Irgendwie unvollständig.

»Hallo«, sagte Joachim. Mehr brachte er nicht heraus. Das hier war nicht sein Vater. Nie im Leben war das sein Vater. Er sah ihm nicht ähnlich. Er sah auch nicht gut aus, wie behauptet worden war. Hier musste eine Verwechslung vorliegen. Mookie hatte sich geirrt. Der alte Mann im Spielzeugparadies hatte sich geirrt. Alle hatten sich geirrt, allen voran er selbst.

»Guten Tag, Herr Moen. Schön, Sie zu sehen«, sagte Madelaine.

Der Mann rollte rückwärts in die Wohnung und meinte: »Kommt rein, es zieht.«

Die Wohnung war sauber und hell. Wenig Möbel. Keine Weihnachtsdeko. Nichts wies darauf hin, dass hier ein Unidozent lebte, dem ein Schwein gehört hatte. Das musste alles ein Missverständnis sein. Der Marmorboden war weiß wie der Schnee draußen. Joachim war sich ganz sicher, dass dies nicht die Wohnung seines Vaters sein konnte. Und er wollte hier wieder raus. Es war ihm unangenehm, in der Wohnung eines Rollstuhlfahrers zu stehen. Madelaine offenbar nicht. Aber die war ja auch anders gestrickt als er. Die konnte agieren. Sie schaute sich interessiert im Raum um, als sei sie auf einer Wohnungsbesichtigung, und meinte: »Schön haben Sie es hier.«

Der Mann im Rollstuhl sagte nichts darauf, fragte aber: »Wollt ihr etwas trinken?«

Joachim wollte nichts trinken. Raus wollte er, die Jacke anbehalten und raus, sofort. Stattdessen nickte er. Und sagte: »Warum nicht.«

»Warum nicht«, wiederholte der Mann im Rollstuhl, der anscheinend Gunnar Moen hieß, wie sein Vater. »Also gut, dann kommt in die Küche.« Er rollte voraus. Die Küche war groß. Viel zu groß für das, was sich in ihr befand. Das Inventar hier war klein und niedrig. Rollstuhlgerecht. Der Mann öffnete die Kühlschranktür und blickte sehr lange hinein, als müsse er die vorhandenen Produkte erst zählen, ehe er sich umdrehen und fragen konnte, was sie trinken wollten.

»Ich hab Orangensaft, Wasser und Weißwein da.«

»Ich bin für Weißwein«, sagte Madelaine, Joachim schwieg. Ihm war wirklich egal, was getrunken würde, Hauptsache, sie wären schnell damit fertig.

»Warten Sie, ich helfe Ihnen«, sagte Madelaine, als der Mann zu einem Sideboard rollte, das sich für Menschen ohne Gehbehinderung auf Beckenhöhe befand, und versuchte, mit Kraft aus den Ellbogen seinen Oberkörper aus dem Rollstuhl zu stemmen, um nach den Gläsern zu greifen.

Gunnar sagte nichts, aber sein Gesichtsausdruck schien zu vermitteln, dass er das alleine gekonnt hätte. Trotzdem ließ er sich bereitwillig zurückfallen, als Madelaine ihm zwei Gläser aus der Hand nahm, sodass er mit einem einzelnen Glas und der Weinfasche zum Tisch rollen und die beiden Sachen dort abstellen konnte. Mit ernsten Gesichtern saßen sie sich gegenüber, es herrschte eine Vorstellungsgesprächsstimmung.

Jedes Mal, wenn Gunnars Blick sein Gesicht streifte, schauderte es Joachim. Und sein Blick streifte ihn oft. Er konnte ihn spüren, auch wenn er jedes Mal versuchte, sein Gesicht in eine andere, sichtgeschützte Richtung zu drehen.

»Nun denn, zum Wohl«, sagte Gunnar. Madelaine und er stießen an. Joachim fehlte dafür die Kraft, er führte das Glas direkt zum Mund.

Der Weißwein schmeckte sauer. Joachim würgte ihn hinunter und hatte das Gefühl, erbrechen zu müssen.

Er hatte vergessen, Mookies Leine loszumachen, was er bislang immer getan hatte beim Betreten einer Wohnung, also holte er diesen Vorgang jetzt nach. Mookie grunzte fröhlich und dackelte aus der Küche hinaus, und Gunnar blickte ihm nach. Irgendwann fragte er: »Ist das eine neue Mode? Sich ein Schwein zu halten, meine ich?«

Als Madelaine Moens ernsten Blick sah, der immer noch an der Tür hing, auf deren Schwelle sich Mookie zu ihm umdrehte und vermutlich nett gewunken hätte, wenn es gekonnt hätte, schüttelte sie pflichtbewusst den Kopf und sagte: »Nein, eigentlich nicht. Ich wüsste jedenfalls nichts von diesem Trend.« Wie liebenswert sie war. Chrysoprasaugenmadelaine. Joachim konnte es nicht fassen. Dieser Max war ein Vollspast.

»Hab ich noch nie gesehen«, murmelte Gunnar, es klang bedauernd, »offenbar hab ich mehr aufzuholen, als ich dachte.«

Joachim wollte aufstehen und gehen, schließlich war die Sache damit geklärt. Dieser Mann hatte mit dem Schwein nichts zu tun, Gott sei Dank, und mit ihm selber noch viel weniger.

Madelaine aber hatte nicht das Bedürfnis zu gehen. Obwohl die Mission hier nicht weiterging, war ihr danach, Erklärungen zu liefern.

»Dieses Schwein hat Joachim gestern geschenkt gekriegt.«

Beim Stichwort *Joachim* guckte Gunnar ihn wieder an, durchdringend, mit schieferfarbenen Augen wie das Dach, unter dem er lebte, als wolle er ihn hypnotisieren, und Joachim fragte sich, wie ein gelähmter Mann so ausdrucksstarke Augen haben konnte.

Er musste etwas sagen. Konnte nicht weiter schweigen. Er musste reden, für Madelaine. Denn sie war gut. Sie war toll. Er wollte sie nicht weiter allein diese horrende Situation managen lassen. Sie hatte schon mehr als genug für ihn getan.

»Ja, gestern. Gestern Mittag stand ein Paket vor meiner Tür, ohne Absender, und da war dieses Schwein drin«, sagte Joachim, und er merkte, wie holprig seine Stimme klang, aber er zwang sich weiterzusprechen: »Seither bin ich auf der Suche nach demjenigen, der es mir geschenkt hat, und deshalb bin ich jetzt auch hier. Ich dachte, vielleicht sei es von meinem Vater. Also, das Schwein. Ein Geschenk von Gunnar Moen. So heißt mein Vater.«

»Von Gunnar Moen, soso.« Fast spitzbübisch sagte er das, als amüsiere es den Rollstuhlfahrer, diesen fremdländischen Namen auszusprechen, und Joachim dachte mit einem Anflug von Wut: Jetzt gib schon zu, dass du nicht wirklich Gunnar bist, nicht mein Vater, und dass du mir kein Schwein geschenkt hast, sag es einfach.

»Also von mir ist das Geschenk nicht. Ich wusste nicht mal, dass ich einen Sohn habe, ehrlich gesagt. Tut mir leid. Aber ein Schwein hätte ich so oder so nicht verschenkt, an niemanden, wie käme ich auch dazu.« Wie käme er auch dazu.

»Sie wissen also nichts von einem Sohn«, wiederholte Joachim, vorerst beruhigt.

»Nein, tut mir leid. Ich habe bis vor fünf Jahren noch in Norwegen gelebt.« Der Wein hinterließ eine Brandfläche in Joachims Rachen.

»In Bergen?«, erkundigte sich Madelaine.

»Richtig, in Bergen, woher wissen Sie das?«

»Wir haben Sie bei Facespot gesucht.«

»Ach so. Facespot, klar. Na dann, erzählen Sie mal, wenn ich bitten darf. Wie kommt's, dass ich einen Sohn habe?«

Joachim schenkte sich Wein nach. Brauchte er jetzt. Tat gut. Wärmte. Ätzte, aber belebte. Er trank das Glas in einem Zug leer und füllte es umgehend wieder auf. Anders ging es nicht. Er war schon viel zu lange nicht mehr betrunken gewesen.

»Erinnern Sie sich an Teresa?«, fragte er, ohne das Glas abzusetzen.

»Teresa? Sagt mir nichts.«

»Das ist meine Mutter.« Weitertrinken, schnell.

»Teresa, Teresa.« Gunnar runzelte die Stirn. Schwer zu sagen, ob er schauspielerte oder wirklich konzentriert überlegte. »Sie müssen mir auf die Sprünge helfen, ich erinnere mich wirklich nicht. Der Wein schmeckt grässlich, was?«

Madelaine meinte schnell: »Er ist etwas trocken, aber alles gut, man kann ihn trinken.«

»Nein, nein, er ist wirklich viel zu sauer. Ich hab noch einen anderen im Eisfach, wartet.« Sprach's, rollte flugs zum Kühlschrank und brachte einen anderen Wein, französischen Rosé. Auf dem Etikett war ein schlecht gezeichneter Baum abgebildet. Hätte Madelaine besser hingekriegt.

»Den hab ich kalt gestellt für nachher, ich bekomme nämlich ein paar Gäste beziehungsweise, ich sollte welche bekommen. Das hier erscheint mir eigentlich wichtiger, vielleicht sollte ich ihnen absagen.«

»Oh, nein, Sie brauchen unseretwegen nicht Ihre Pläne zu ändern, wir können gerne ein anderes Mal vorbei…«

»Nein, nein, bleibt. Das sind nur ein paar Kollegen von der Uni. So, also. Bedient euch einfach. Ich hab auch noch Oliven, einen Moment.« Auf einmal war er richtig lebhaft, dieser Gunnar, der so zerbrechlich wirkte in seinem Stuhl und irgendwie fehl am Platz darin, wie ein unfreiwilliger Statist, den man in ein beklemmendes Requisit gepfercht hatte in einer Kulisse, die für reiche, charmante Menschen gedacht war. Er sauste durch die Küche und belud geschickt ein Tablett mit Oliven, Salzstangen, Trockenfleisch, drei neuen Gläsern und einem altmodischen Flaschenöffner.

Joachim schwitzte, er hatte seine Jacke immer noch nicht ausgezogen. Hatte er auch nicht vor.

»Bedient euch«, sagte Gunnar noch einmal und stellte das Tablett auf den Tisch.

»Danke.« Madelaine griff nach einer Olive, und Joachim beobachtete dankbar, wie sie sie inspizierte, ehe sie sie aß. Gunnar entkorkte Wein Nummer zwei und sagte: »Also, bitte noch einmal von vorn. Ich habe einen Sohn. Mit einer Frau namens Teresa.«

»Wenn Sie der Gunnar Moen sind, der vor dreißig Jahren an der Freien Uni Kunst und Philosophie studiert hat, dann müssten Sie sich daran eigentlich erinnern«, sagte Joachim, vom Wein endlich ein wenig forsch geworden. Gunnar sah ihn nachdenklich an.

»Na, Kunst und Philosophie hab ich an der Freien Uni studiert, das stimmt wohl«, murmelte er, »aber wen ich da alles kennengelernt habe, das … da erinnere ich mich nicht mehr an alles. Nun ja. Es gibt da etwas, das ich euch vielleicht über mich erzählen sollte. Ich sitze im Rollstuhl. Sieht man ja.« Er lachte. Was gab es da zu lachen. Joachim fixierte die Flasche. Schneller, dachte er, als Gunnar den neuen Wein in die leeren Gläser füllte, schenk verdammt noch mal schneller ein und mach den Mund auf und rede.

»Das war nicht immer so. Ich war ein sportlicher Mensch, früher. Ich habe jahrelang Tennis gespielt, mit dem Kajak die wildesten Flüsse durchquert. Ich bin über den ganzen Sognefjord geklettert und hab vom höchsten Punkt aus Paragliding gemacht. Das sind Sachen, an die ich mich erinnere. Jetzt geht das alles halt nicht mehr. Ich hatte einen Schlaganfall. Vor ein paar Monaten. Die Ärzte meinten, es sei möglich, dass ich irgendwann noch mal einen bekomme, den ich dann nicht überleben werde. Sie meinten aber auch, dass es sein kann, dass das nicht passiert und ich eines Tages sogar wieder gehen lerne. Letzteres sei aber unwahrscheinlich. So ein Schlaganfall ist eine merkwürdige Sache. Schwups, er kommt, einfach so, und von einer Sekunde auf die andere ist das Leben nicht mehr das, das es vorher war. Da geht was kaputt im Hirn ...« Er brach ab und musterte seine Hände, die wie zwei unbeschriebene Blätter nebeneinander auf der Tischplatte lagen. Es waren große, gesunde Hände. Nichts an ihnen deutete darauf hin, dass sie zu einem Mann gehörten, dessen Beine nicht mehr funktionierten.

»Jedenfalls ... hm, der Wein hier ist besser, was?«

Madelaine nickte mit bewegtem Gesicht. Red weiter, dachte Joachim. Er griff mit seiner freien, schwitzigen Hand nach einer Salzstange, die sogleich davonrollte und auf den Boden fiel. Red einfach weiter bitte. Er schmeckte absolut keinen Unterschied zum ersten Wein.

»Ich habe viele meiner Erinnerungen verloren. Amnesie, nennen das die Ärzte. Man kennt so was ja aus Filmen und Büchern, aber dass es in der Realität tatsächlich so ablaufen kann, wie es dargestellt wird, hätte ich nicht für möglich gehalten. Wenn ich versuche, an meine Vergangenheit zu denken, ist es so, als ob ich vor einer weißen Leinwand stehe. Manchmal taucht etwas aus ihr auf, manchmal nicht. Und manchmal ist das Bild klarer, mal weniger, und ... manchmal geht es dann wieder weg, meistens, und manchmal, selten bleibt es haften und wird wieder zu einem Teil von mir selbst, sozusagen. Es ist schwer zu erklären. Einige Dinge von früher sind auch noch da, wie zum Beispiel das mit dem Sport. Ich erinnere mich auch an meinen alten Klavierlehrer, als ich acht Jahre alt gewesen bin, Thore Iversen. Obwohl ich ihn gehasst habe, hat er sich kein bisschen aus meinem Gedächtnis gelöscht. Ich weiß noch ganz genau, wie er mir einmal auf die Finger gehauen hat. So fest, dass ich mich danach weigern wollte, weiter in seinen Unterricht zu gehen, aber mein Vater meinte, er hätte dafür bezahlt, also musste ich noch zwei Monate hin. Daran erinnere ich mich. Aber so viel anderes ist einfach weg. Viel zu viel. Ich arbeite auch nicht mehr seit August. Oder war es September? Man hat mir zwar angeboten, wieder anzufangen. Langsam, mit ein bis zwei Vorlesungen pro Woche, und zu sehen, wie es funktioniert, es gibt an der Uni ja mittlerweile Rampen, aber ich glaube, ich schaffe das einfach noch nicht. Ich hab sogar einige englische Wörter vergessen. Wichtige Wörter. Stellt euch das mal vor! Wie soll ich denn eine Englisch-Vorlesung halten, wenn ich nicht einmal mehr die Sprache verstehe?« Und plötzlich weinte er. Vielleicht hatte er schon vorher geweint, aber Joachim sah es erst jetzt. Er weinte leise. Die Tränen rollten einfach runter. Plumpsten in seinen Wein.

Madelaine senkte schuldbewusst den Blick, fast rechnete Joachim damit, dass sie ebenfalls losheulte.

Gunnar redete weiter: »Dass ich im Rollstuhl sitze, habe ich inzwischen akzeptiert. Es ist zwar kein Zuckerschlecken, aber es gibt auch ein paar Vorteile. Die Leute lassen einen zum Beispiel manchmal vor an der Kasse. Auch das mit dem Gedächtnis wäre nicht so schlimm, wenn … wenn ich mich nicht so anders fühlen würde. Ich fühle mich so anders, seit das passiert ist. Als wüsste ich nicht mehr, wer ich war und wer ich bin. Oder vielmehr: Wer ich zu sein habe. Ich versuche, mir vorzustellen, was für ein Mensch dieser Gunnar Moen ist, und komme einfach nicht dahinter. Als sei dessen Existenz von einer Sekunde zur anderen vollkommen überflüssig gemacht worden, aber ich muss mich mit ihr herumschlagen. Könnt ihr euch vorstellen, wie das ist?«

»Nein«, murmelte Madelaine.

»Nicht wirklich«, sagte Joachim, obwohl er innerlich bitter auflachen musste. Sein Vater hatte also ungefähr zum gleichen Zeitpunkt wie er dieselbe Erkenntnis gehabt wie er, bloß dass es bei Joachim dafür keinen Schlaganfall gebraucht hatte, sondern nur eine harmlose Frage aus einem gelben Buch. Wegen der er jetzt hier saß. Vielleicht sollte er ihm diese frappierende Gemeinsamkeit mitteilen. Vielleicht war es das Letzte, das er ihm sagen sollte.

»Es ist nicht schön«, sagte Gunnar. »aber ich will euch jetzt auch nicht mit meinem Schicksal vollquasseln. Trinkt bitte den Wein. Und esst. Ich bin nicht hungrig.«

Madelaine, die jetzt doch Tränen in den Augen hatte, murmelte: »Es tut uns leid, dass wir Sie einfach so überfallen haben.«

»Ach, sagt ruhig du zu mir. Gunnar. Ihr braucht euch nicht zu entschuldigen. Mir tut es leid, dass ihr mich so antrefft. Ich hätte mich rasiert, wenn ich gewusst hätte, dass ich so hohen Besuch bekomme. Bei den Deppen von der Uni ist es mir egal.« Er lachte wieder. Lachte und weinte immer noch und fügte hinzu: »Ich mache Spaß, das sind keine Deppen, natürlich nicht, die sind alle sehr nett, wirklich, die lassen sich nichts anmerken, wenn ich ihre Namen verwechsle. Ich weiß nicht, ob sie früher ernsthaften Respekt hatten vor mir, aber falls ja, rechne ich ihnen hoch an, dass sie so tun, als hätten sie den nicht verloren. Aber erzählt ihr mir mal. Wer seid ihr? Was macht ihr?«

Er glaubte es, zu hundert Prozent. Er hatte es sofort geglaubt, im Gegensatz zu Joachim. Er hatte vermutlich auch weniger zu verlieren. Oder zu gewinnen. Also erzählte Joachim. Von seinem Studium, das er vor fünf Jahren beendet und von dem überbezahlten, aber langweiligen Job, den er danach angenommen hatte, weil er irgendwie Geld verdienen musste, um die Miete einer Dreizimmerwohnung zu zahlen, die für eine Person alleine eigentlich viel zu groß war. Warum er nicht umziehe? Joachim sagte: »Ich weiß es nicht.« Er erzählte von Michael Solmecke. Von seinem besten Kumpel Harry erzählte er auch, der seine Lehre als Lackierer abgebrochen und sich als Grafiker selbstständig gemacht hatte. Er erzählte, dass er seinen Freund für diesen Schritt bewunderte, auch wenn die lukrativen Aufträge ausblieben.

Gunnar nickte, kratzte sich an der Stirn und meinte: »Vielleicht kannst du dich ja auch selbstständig machen, wenn dir deine Arbeit nicht gefällt.«

Joachim, der nicht erwartet hätte, einen handfesten Tipp von

Gunnar zu erhalten, erwiderte: »Ich weiß nicht, ob das was für mich wäre. Ich hab keine ausbaufähigen kreativen Talente. Das Einzige, was mir spontan in den Sinn käme, wäre, Gras zu verticken. Wobei das vielleicht gar keine so blöde Idee wäre, zumindest wüsste ich schon mal, wie ich mich selber wieder aus dem Knast holen kann.«

»Kiffst du?«, fragte Gunnar rundheraus. Es klang nicht ansatzweise wertend, sondern schlichtweg neugierig.

»Ich versuche mir einzureden, es sei nur vorübergehend.«

»Verstehe. Tja, vielleicht kannst du mir ja mal welches verkaufen. Einer meiner Ärzte hat mir nämlich gesagt, er habe schon bei vielen Schlaganfallpatienten gesehen, dass Gras den Geist anregen und die neuropathischen Schmerzen bedeutsam lindern würde.«

»Warum nicht«, sagte Joachim, in dessen Kopf das Kiffen gerade keinen Platz mehr hatte. Alles, woran er denken konnte, war die Zeit, in der Rauschmittel noch kein fixer Bestandteil seines Alltags gewesen waren. Die Zeit, in der er die nötige Kraft gehabt hätte, wichtige Weichen zu stellen für sein Leben und dessen Umgestaltung in Angriff zu nehmen. Stattdessen war er damals in einer Duldungsstarre gefangen gewesen, ohne zu ahnen, dass diese sogenannte gelebte Normalität ihm eines Tages den Stinkefinger zeigen und ihn grob aus ihr hinauskatapultieren würde. Gunnar sagte nichts mehr, also erzählte Joachim weiter. Von dem Gefühl, nicht genug zu leisten, und von der Angst, nicht einmal genug leisten zu wollen. Von seiner Versagensangst. Von der Angst vor dem Nichts. Von der Angst vor der Einsamkeit und von seinem Hass auf Menschen. Vom Hass auf sich selbst und von der Angst vor diesem Hass. Dann fügte er hinzu, dass er nicht sicher war, ob es sich wirklich um Hass handelte oder eher um ein erdrückendes Unzugänglichkeitsgefühl. Er erzählte kurz von der Zeit mit Joy. Ob er verliebt gewesen sei? Nein. Er war noch nie verliebt gewesen. Außer im Kindergarten, in ein Mädchen namens Sabine, aber auch nur bis zu dem Tag, an dem sie ihm einen Joghurt ins Gesicht geschleudert hatte. Er erzählte von Muhammed Mansour, dem leckeren Essen, das dieser gekocht hatte, und von dem Kartenspiel, das ihn für mehrere Minuten frei gemacht hatte von sämtlichen Ängsten. Und dass diese Männer, die so viel Schreckliches erlebt hatten, dennoch einen Optimismus ausstrahlten, den er bei Einheimischen erst selten gesehen hatte.

Er erzählte noch einmal, dass er auf der Suche nach dem Schenker von Mookie war, und dass er hoffte, dass sich dadurch sein Leben verändern werde. Dann war er still. Sein Hals war ganz trocken geworden vom Reden. Er zog die Jacke aus, obwohl er plötzlich fror.

»Das klingt gut«, sagte Gunnar nach einer schwülen Schweigeminute. Mehr nicht. Das klingt gut, leise, nickend, mit seinem kahl wirkenden Kopf, weil die hellblonden Haare durchscheinend waren, und seinem schlauen, betrübten Gesicht. Gut. Gar nichts war gut. Nicht für Joachim. Er hatte einen Vater, dem man kaum Vorwürfe machen konnte, weil er inzwischen im Rollstuhl saß und ein kaputtes Gedächtnis hatte. Selbst wenn er geschwindelt hatte und sich heimlich sehr wohl noch an Teresa erinnerte, würde es nichts mehr ändern, da er heute mit Sicherheit nicht mehr derselbe war, in den sich Joachims Mutter damals verliebt hatte.

Nichts war gut, denn es war Heiligabend, und Joachim hatte wahrhaftig keine Ahnung mehr, wen er noch aufsuchen sollte im Rahmen seiner Mission. Es gab niemanden mehr; er musste wohl der Tatsache ins Auge sehen, dass sich keine tiefe Botschaft verbarg hinter Mookie, die ihm dabei half, endlich etwas anzufangen mit sich, das nicht beinhaltete, die vermutete Sinnlosigkeit des Lebens mit noch mehr Sinnlosigkeit zu bekämpfen, indem er sich das Selbstwertgefühl wegsoff und seinen Tatendrang mit Kiffen behinderte.

Vermutlich war das die einzige traurige Botschaft, die er mitnehmen konnte: Dass sein Leben nicht wie ein Film funktionierte, und dass Klarkommen und Nichtklarkommen im Grunde dasselbe waren – zwei Methoden, um die Lebenszeit totzuschlagen.

Als sie sich von Gunnar verabschiedeten, war es halb acht abends und draußen stockfinster. Joachims Vater hatte ihnen angeboten, sie in ein Restaurant einzuladen, aber offenbar vergessen, dass er Kollegen erwartete, oder zumindest, ihnen abzusagen, weshalb es um zwanzig nach sieben an der Tür klingelte und drei nahezu identisch aussehende Männer in unverkennbarer Dozentenoptik die Wohnung betraten, in der alles so klein war, bis auf den Kummer, der sich angesammelt hatte, und den riesigen Christstollen, welchen die drei anschleppten. Madelaine und Joachim standen auf und sagten, es sei schon in Ordnung, man könne ja wiederkommen, morgen beispielsweise, und Gunnar nickte traurig, als zweifle er daran, dass sie es ernst meinten, oder als rechne er damit, die Nacht nicht zu überleben. Aber als sie an der Tür und die ehemaligen Arbeitskollegen in der Küche verschwunden waren, bedankte sich Gunnar für den Besuch mit einem Lächeln, das sich langsam während ihres Gesprächs in seinem Innern entwickelt zu haben schien und es erst jetzt an die Oberfläche geschafft hatte. Er hielt Joachims Hand fest, als Madelaine schon draußen war, drückte sie mit seinen beiden Händen fest zu, und sagte: »Es freut mich sehr, dich kennengelernt zu haben, mein Sohn«, wie in einem sehr schlechten Film, und Joachim erstaunte die Kraft, mit der seine Finger zusammengepresst wurden, und die ihn daran erinnerte, dass dies die unmittelbare Realität war, keine neu angelaufene Hitserie, für die ihm die Konzentration fehlte. Dies war alles, was er hatte, dieser eine Moment im Hier und Jetzt, und er wandte sich ab, damit Gunnar nicht sehen konnte, wie ihm Tränen die Sicht verschleierten.

»Wie fühlst du dich?«, fragte Madelaine.

»Gut«, sagte Joachim, was nicht einmal ganz gelogen war.

»Und was sollen wir jetzt tun?«

»Ich glaube, ich muss jetzt echt ins Bett. Mich erholen. Vielleicht noch ein bisschen nachdenken über alles.«

»In Ordnung.«

Kaum hatte er das ausgesprochen, bereute er es schon. Mookie hing wieder wie gehabt an der Leine. Sie hatten es nach dem Eintreffen von Gunnars Kollegen eine Weile suchen müssen und schließlich in seinem Büro gefunden, wo es an Krücken geschnuppert hatte, und es fühlte sich an, als sei man nie voneinander getrennt gewesen. Sie liefen zum Bus. Der Abend schien den Versuch, einem Bilderbuchausschnitt entsprechen zu wollen, bereits aufgegeben zu haben. Der Schnee war an vielen Stellen geschmolzen, der Teer eroberte sich sein Gebiet zurück und anstelle eines Weihnachtsorchesters hörten sie die Sirene eines Krankenwagens, als sie sich unter das schmale Dach des Wartehäuschens stellten.

»Du warst also noch nie verliebt?«, fragte Madelaine.

»Bitte?«

Der Wind blies ihr die Haare vor die Edelsteinaugen, sie wischte sie nicht zur Seite. Und als sie keine Antwort gab, sondern sich erst mal abwandte, um den Fahrplan zu betrachten, legte Joachim kurz entschlossen die Hand auf ihre Schulter, um sie zu sich umzudrehen und ihr die verwindeten Strähnen hinter die Ohren zu streichen.

»Das stimmt. Bis heute Nachmittag war ich wirklich noch nie verliebt.«

Weil sie erneut nichts erwiderte, sondern ihn stattdessen geduldig ansah, sagte er: »In die Busfahrerin von vorhin. Es war Liebe auf den ersten Blick. Die Art, wie sie auf den Schließknopf drückte, hat mich umgehauen.«

Madelaine lachte. Dann hielt sie inne, meinte: »Ich glaub, ich hab was zwischen den Zähnen«, schob sich den linken Zeigefinger in den Mund, und Joachim dachte, dass er sich geirrt hatte. Er liebte sie nicht. Aber er hatte den Verstand verloren, und das war vermutlich dasselbe.

»Woran denkst du?«, fragte er, »an Max?«

»Nein. Seit gestern kaum noch. Ich weiß auch nicht, was mit meinem Hirn gerade los ist. Vielleicht festgefroren?«

»Das wird der Fall sein.«

Madelaines langer Seufzer ließ ein dickes Kondenswölkchen vor ihrem Gesicht entstehen. Als es weg war, sagte sie: »Er ist dir ähnlich, irgendwie.«

»Wer, Max?« Sie verdrehte die Augen und sagte nichts.

»Inwiefern soll ich wie Gunnar sein? Wie bin ich denn?«

»Du bist …« Madelaine setzte zu einer Antwort an, aber dann hielt der Bus neben ihnen. Sie stiegen nicht ein. Die Tür ging auf, der Busfahrer guckte gelangweilt zu ihnen raus und fragte: »Wird's noch was?«

»Komm«, sagte Joachim und zog Madelaine von der Haltestelle weg. »Kalte Luft hält den Geist auf Trab, lass uns ein bisschen spazieren.« Der Bus fuhr davon und hinterließ graues Abgasgedöns, das sich zügig mit dem aufwirbelnden Schneestaub vermischte und die Straße für einen kurzen Moment wie ein schwammiges Ultraschallfoto eines Embryos aussehen ließ.

Dann wurde die Luft wieder klarer, normalisierte sich, und sie spazierten Hand in Hand durch die schweigende Stadt, während Mookie sich daran gewöhnt zu haben schien, seinen Begleiter mit einer zweiten Person zu teilen.

Madelaine sagte: »Ich weiß nicht, wie du bist. Auf jeden Fall bist du anders als die Männer, die ich sonst kennenlerne. Die meisten Typen in deinem Alter glauben, sie seien irgendwo angekommen. Dabei sind sie das nicht. Du hingegen wirkst so suchend, dass ich manchmal den Eindruck habe, du siehst die Welt mit ganz anderen Augen als ich. Und dann frage ich mich immer, was du da so siehst.«

»Suchend?«

»Ja. Damit meine ich jetzt natürlich nicht nur die Mookie-Sache. Und ich finde das schön, auf der Suche zu sein.«

»Okay.«

Er war also Joachim, der Suchende. Besser als Joachim B., wahrscheinlich. Sie ließ seine Hand los, um eine Zigarette zu drehen. Tja. Jetzt hatte er ihr also durch die Blume gesagt, dass er sie liebte, und sie hatte nichts darauf erwidert. Dies war eine weitere Perle in der Kausalkette, mit der er nun zurande kommen musste, blieb ihm ja nichts anderes übrig, er konnte sie schließlich nicht dazu auffordern, seine Gefühle zu erwidern. Und bei ihm zu bleiben und in Zukunft sein Leben rund um die Uhr ein bisschen angenehmer zu machen mit ihrer besänftigenden

Präsenz und all ihren liebenswerten kleinen Ticks, an die er sich bereits so gewöhnt hatte, dass es ihm grausam erschien, sich nicht mehr mit ihnen konfrontiert zu sehen, wie etwa die Eigenart, den Filter kurz anzulecken, ehe sie ihn ins Papierchen schob, so, wie sie es jetzt auch wieder machte, und auch ihr Rauchergesicht, das gleich darauf folgte, war ihm bereits so vertraut geworden, dass er nicht mehr hinzusehen brauchte, um zu wissen, dass neben ihrem linken Mundwinkel zwei winzige Fältchen aufgetaucht waren, die genauso liebenswert waren wie ihre Sommersprossen und das Knacken ihres Kniegelenks.

Sie gingen durch den Park, hinter dem Joachims Haus lag. Sie wechselten kein Wort miteinander, bis sie zu dem Ausgang gelangten, von dem aus man sein Zimmerfenster sehen konnte. Es brannte Licht. Zuerst dachte Joachim an Einbrecher, dann daran, dass die Wahrscheinlichkeit, dass er es in seiner Euphorie einfach vergessen hatte auszuschalten, größer und außerdem sowieso nichts da war, dessen Verlust ihn traurig machen würde.

Links vom betreffenden Zauntor schoss eine schmächtige Zeder aus der Erde, rechts davon eine Bank, auf der ein Penner lag, in dessen Schnurrbart kleine Eiskränzchen vor sich hin glitzerten. Er sah aus wie tot.

»Da drüben wohne ich übrigens. Wenn du willst, kannst du noch mit hochkommen, und wir essen was Kleines oder so. Es ist chaotisch, aber wenn du mir fünf Minuten Vorsprung lässt, könnte ich es schaffen, das Gröbste zu beseitigen, denk ich.«

»Nein. Du hast recht. Wir sollten beide schlafen gehen und das alles erst mal sacken lassen, jeder für sich.«

»Na gut.«

Madelaine sah ihn an, als wolle sie ihn ein letztes Mal für heute küssen. Joachim war bereit dazu. Ein leidenschaftlicher Abschiedskuss, danach würde ihn dieser Abend zurück in die Einsamkeit spucken und ihm den Fakt zum Verdauen mitgeben, dass er Mookie noch immer an der Backe hatte. Aber anstatt ihn zu küssen, schweifte Madelaines Blick ab und glitt über seinen Schulterrand hinweg, zur Bank.

»Sag mal, müssen wir nicht was machen?«

Joachim stand auf dem Schlauch. Sie mussten ihre Münder aufeinanderdrücken, anders würde das nichts werden. Aber das meinte sie nicht. Er drehte sich um. Ach ja, der Penner.

»Der sieht ja ganz erfroren aus«, sagte Madelaine, schob Joachim zur Seite und schritt mit wehendem Mantel auf die Bank zu. Wie eine Kommissarin sah sie aus mit dem beigefarbenen Trenchcoat und der Kippe im Mundwinkel, unterwegs zu einem Tatort und bereit, allen Wahrheiten dieser Welt ins Auge zu blicken.

Joachim folgte ihr und dachte darüber nach, was passieren würde, wenn der arme Kerl wirklich erfroren war. Er hatte während seines Studiums die unterschiedlichsten Mordfälle analysiert. Er hatte den Schädel eines Mannes gesehen, dem bei lebendigem Leibe die Augäpfel mit einer Rasierklinge aus dem Gesicht geschnitten worden waren. Er hatte Gutachten gelesen, in denen festgehalten wurde, dass das Opfer noch mit weiteren Stichen traktiert wurde, als es längst tot war, sinnlos ausgehöhlt und bis zur Unkenntlichkeit malträtiert in blinder Raserei. Aber dies hier war etwas anderes. Das war echt und unmittelbar, und es gab weit und breit keine Täter, sondern nur sie beide als Zeugen. Das Gesicht des Penners war blau angelaufen. Das, was er anhatte, wirkte nicht wie Kleidung, sondern wie irgendwelche

Textilien, die man unsorgfältig um ein Stück Fleisch gewickelt hatte.

Madelaine kniete sich neben den Oberkörper des Mannes und befühlte seinen Hals. »Mist, ich bin so schlecht darin. Aber doch, ich kann den Puls fühlen.«

Sie versuchte, den schweren Männerkörper in eine Sitzposition zu hieven, und Joachim konnte an nichts anderes denken, als dass er sie liebte, ganz wahrhaftig, und dass heute so ein Tag war, von dem er sich in ein paar Jahren fragen würde, ob das alles wirklich so passiert sein konnte. Und dass das, was er hier beging, unterlassene Hilfeleistung war, zumal er Madelaine die ganze Arbeit überließ.

Der es wiederum tatsächlich gelang, den Penner vorsichtig aufzurichten. Sein Kinn kippte zwar gleich vornüber, aber er gab ein leises Hüsteln von sich.

Madelaine sah besorgt aus, ehrlich besorgt, sie hatte Angst um den Mann. Joachim, der auch Angst hatte, aber weniger um diesen fremden Mann als vielmehr vor dem Tod allgemein, vor der Gnadenlosigkeit einer Winterkälte, die es vermochte, ein Menschenleben auszulöschen, meinte: »Vielleicht sollte ich einen Krankenwagen rufen.«

Madelaine tätschelte den Rücken des Obdachlosen, aus dessen Kehle jetzt ein ungesundes Röcheln drang. Dann schlug er unvermittelt die Augen auf.

»Himmel«, rief er erschrocken, »keinen Krankenwagen, die Scheiße muss ich nachher bezahlen!«

Madelaine lachte erleichtert, rutschte ein Stückchen zur Seite und fragte: »Geht es wieder?«

Der Penner drehte das Gesicht zu ihr und öffnete den Mund. Seine Gesichtsfarbe veränderte sich. Er bewegte die Gliedmaßen, als wolle er testen, ob sie noch funktionierten, und glich einem verwirrten Oktopus, der an Land geraten war und hilflos seine Tentakel durch die Gegend schlingerte. Dann lief etwas Speichel aus seinem Mund, den er sofort reflexartig wegwischte, und diese Geste rührte Joachim, weil ihm bewusst wurde, dass dieser Typ auch sein Vater sein könnte, oder er selbst, wenn sich die Kausalketten ihrer Leben anders verhalten hätten.

»Ich hatte grade einen ganz abgefahrenen Traum«, sagte der Mann, gefolgt von einem Husten. »Da waren ganz viele Wölfe, vielleicht auch Hunde, die standen alle auf so einer Hügelkuppe und starrten mich an, das war …« Er brach ab, sein Blick trübte sich wieder, aber Madelaine, die tapfere Retterin, tätschelte seine aufgeplatzte Hand, die zwischen den Fingern eiterte, und sagte: »Schon gut, keine Sorge, es war nur ein Traum. Sie haben geschlafen, und wir dachten, Ihnen muss sehr kalt sein, darum haben wir Sie geweckt.«

»Ach so. Tja, mir ging's schon besser, aber es geht.« Und dann lachte er, ein freundliches Raucherlachen, resigniert und unbekümmert zugleich, und Madelaine lachte ein bisschen mit, dann fragte sie ihn, ob er eine Zigarette wolle.

»Ja, das wär geil, danke, sehr gern.«

Madelaine drehte ihm eine, und der Penner machte ein bezaubertes Gesicht.

»Sie sind ein Engel. Danke.« Er ließ sich Feuer geben und pustete hingebungsvoll einen Rauchball in die Luft. Dann zuckte er zusammen, als hätte ihn die Nikotinwirkung etwas übermannt mit der Erinnerung daran, dass er ein ganz normaler Mensch war, und fragte: »Sagt mal, was für ein Tag ist heute?«

»Der vierundzwanzigste. Heiligabend.«

»Oh, Scheiße! Dacht ich's mir doch! Heiligabend, heilige

Scheiße! Heute gibt's Gratisessen in der *Savanne* bis zweiundzwanzig Uhr, wie spät ist es?«

»Kurz vor acht.«

»Na, Scheiße, da muss ich los, sonst sind die guten Sachen alle weg.« Sprach's und erhob sich, schwankend, taumelnd, aber durchaus bei Kräften wirkend, und Joachim und Madelaine tauschten einen hektischen Blick. Es fühlte sich verantwortungslos an, ihn ziehen zu lassen, doch sie wussten nicht, was sie sagen sollten, der Mann hatte nun mal Hunger.

Bevor er loszottelte, wandte sich der Penner an Joachim, nahm einen tiefen Zug von Madelaines Zigarette und sagte: »Pass gut auf deine Frau auf, die ist Gold wert.« Und dann verschwand er, aus dem Park, zur *Savanne*, was immer das sein mochte, und danach wahrscheinlich wieder zurück auf diese Bank, oder auf irgendeine andere.

Vor Joachims Haustür, genau an der Stelle, wo gestern das verhängnisvolle Paket gestanden hatte, kamen sie doch noch zu ihrem letzten Kuss. Joachim hatte den Eindruck, dass er kleine Fortsetzungspunkte auf seinen Lippen hinterließ, vielleicht hatte er von der Kälte aber auch bloß Empfindungsstörungen. Madelaine sagte: »Bis bald.«

»Ja. Fröhliche Weihnachten. Komm gut nach Hause.«

»Du auch.«

»Ha, ha.«

Sie drehte sich um, ging ein paar Schritte vorwärts, dann blieb sie stehen und blickte zurück. Joachim, der ihr nachsah und feststellte, dass er das irgendwie erwartet hatte, weil Leute in Filmen sich auch meistens noch mal umdrehten, wenn sie sich von einer Person entfernten, mit der sie gerade ein Abenteuer erlebt hatten, wusste trotzdem nicht, was er für ein Gesicht machen sollte, als sie zu ihm zurückkam.

»Joachim?«

Mookie grunzte und kratzte an Joachims Haustür.

»Ja?«

Madelaine sagte nichts. Jetzt war sie es, die suchte. Nach irgendwas, das sie offenbar in seinem Gesicht vergessen hatte. Aber dann zuckte sie mit den Achseln, meinte: »Nicht so wichtig, ich sag's dir ein andermal«, und verschwand in der Dunkelheit.

17

GERADE ALS JOACHIM die Tür aufschließen wollte, rief ihm jemand zu.

»Hey!«

Er drehte sich um. Ein kleiner Mann mit grauem Haar und einem großen Bauch kam auf ihn zu. Es dauerte eine Weile, bis Joachim ihn erkannte, weil er Ali noch nie außerhalb seines Ladens angetroffen hatte und daher sein Gesicht untrennbar mit seinem Inventar verbunden war.

»Joachim, alles gut?«

Joachim zögerte. Hatte er etwas falsch gemacht? Hatte er irgendwann neulich vergessen zu bezahlen? Was für einen Grund konnte es geben, dass Ali seinen wichtigen Posten verließ, um ihn auf der Straße anzusprechen?

»Ja, alles super, danke. Und bei dir?«

»Auch gut, auch gut. Hab dich ja lang nicht mehr gesehen. Seit vorgestern.« Er zwinkerte ihm zu, dann hielt er Joachim ein zerknautschtes Zigarettenpäckchen hin.

»Danke.« Ein bizarrer Moment entstand für Joachim, der seit Ewigkeiten kein privates Gespräch mehr mit Ali geführt hatte. Er hatte gedacht, der hätte ihn abgeschrieben. Wegen seines täglichen Bierkonsums, über den Ali wahrscheinlich besser Buch führen konnte als Joachim selbst, und seiner fahrigen Floskeln, die er rausließ, wenn Ali ihn fragte, wie die Dinge so liefen. Aber hier stand Ali, und sah ihn eigentlich überhaupt nicht vorwurfsvoll an, sondern eher so, als wollte er heute mal herausfinden, was wirklich so in seinem Kunden vorging. Da Joachim für heute aber wirklich genug davon hatte, mehr über sich selber zu erfahren, fragte er: »Arbeitest du heute?«

Ali nickte abgeklärt. »Aber nur bis einundzwanzig Uhr, dann mach ich Schluss.«

»Feiert ihr Weihnachten?«

Abermals Kopfschütteln, dann ein energisch hinterher geschobenes: »Und du?«

»Ich? Nein.«

»Warum? Du solltest mit deiner Familie feiern.«

»Ich bin nicht so in Feierlaune.«

»Alleine sein ist nicht gut für einen jungen Mann wie dich. Ich war auch viel zu viel alleine in deinem Alter. Das ist nicht gut, gar nicht gut. Man wird verrückt im Kopf.«

Tja, da sprach er wohl ein wahres Wort.

»Komm, gehen wir was trinken. Bei mir im Laden. Komm.«

Joachim traute sich nicht zu widersprechen. Er folgte Ali in den Spätkauf, wo es immer gleich roch, ohne dass man sagen konnte, wonach, und in dem er schon so häufig gewesen war, dass ihn völlig überwältigte, wie anders die gesamte Atmosphäre wirkte, als er zum ersten Mal hinter dem Verkaufstresen anstatt davorstehend in den Laden blickte. Es war entrückend. Da, sein Getränkeschrank. Sah aus dieser Perspektive total verzerrt aus. Das Regal mit den Dosenravioli daneben wirkte klein und unscheinbar und nicht wie sonst riesig und platzraubend.

Ali holte zwei Pappbecher und eine Flasche Wodka unter seiner Kasse hervor. Joachim setzte sich auf einen Stapel Paletten, die er ebenfalls zum ersten Mal sah, genauso wie den Teppich, den Ali hier hinten ausgelegt hatte. Ihm war ein bisschen schwindelig. Mookie setzte sich auf den Teppich und sah aus wie ein Baby, dem bald die Augen zufallen würden.

»Das hast du gestern gekriegt, oder?«, fragte Ali.

»Was?«

»Das Schwein.«

»Oh, äh, ja. Genau. Woher weißt du das?«

Ali nippte in Zeitlupe an seinem Becher und machte ein allwissendes Gesicht. Joachim hätte ihn gern am Arm gepackt und ein bisschen geschüttelt.

»Ich sehe alles von hier aus.« Joachim drehte sich um. Es stimmte. Von seinem Hocker aus hinter der Kasse konnte er genau auf Joachims Hauseingang blicken. Wie hatte ihm das nicht klar gewesen sein können? Jedes Mal, wenn Joachim sich hier Bier kaufte, schämte er sich und verstaute alles tief in seinen Taschen, als sei es für später oder jemand anderen gedacht, doch sobald er auf der Straße war, schraubte er bereits den ersten Deckel auf in der absurden Vorstellung, dass irgendeine magische Wand ihn hier draußen von Alis Visier abschirmen würde. Als sei Alis Spätkauf eine vom Rest der Welt isolierte Kapsel, genau wie seine Wohnung, die ihm dabei half, seine Verlorenheit mit Unsichtbarkeit zu besiegen, dabei war dem nicht so. Alis Laden war der Dreh- und Angelpunkt dieser Straße. Ali wusste alles. Vermutlich konnte er sogar in Joachims Fenster sehen. Er wollte es gar nicht so genau wissen.

»Hast du denn gesehen, wer mir dieses Paket gebracht hat?«

Ali zuckte mit den Achseln. Joachims Blutdruck erhöhte sich rapide.

»Bitte sag mir, was du gesehen hast. Ich muss es wissen.«

»Ich weiß nicht, ich glaube, es war ein Mann. Gestern Mittag.«

»Ja, gestern Mittag.«

»Er kam mit Auto.«

»Mit dem Auto? Mit was für einem?«

»Normaler Wagen. Marke habe ich nicht erkannt.«

»Also kein Lieferwagen? Irgendjemand vom Zoo?«

»Nein.«

»Und die Person, die es hingestellt hat, wie sah die aus?«

»Normal. Wie gesagt, ich glaube, es war ein Mann. Oder eine große Frau.«

Es war zum Verzweifeln. Nun war er der Lösung auf einmal so nah und zugleich ferner denn je. Joachim trank Wodka. Jetzt bräuchte er Madelaines kombinatorisches Geschick. Ihren Kommissarinnenblick. Ihre Nähe. Stattdessen war er allein mit Ali, von dem er immer angenommen hatte, dass er abstinent lebte, so tadelnd, wie er ihn angesehen hatte, wenn er seine Ware scannte, der aber jetzt bereits seinen zweiten Becher leerte.

Mookie schlummerte jetzt. Joachim fragte sich, ob Tiere irgendwie ahnten, dass sie eines Tages sterben würden, oder ob sie wie Kinder waren, die eines Tages einfach von irgendwelchen brutalen Realitätsformationen überrollt wurden.

Des Weiteren überlegte Joachim, ob er Ali fragen sollte, ob es eine Überwachungskamera gab, aber irgendwie kam ihm das unsinnig vor.

»Was würdest du an meiner Stelle tun«, fragte er, »was würdest du denken, wenn dir jemand ein Schwein schenkt, und du keine Ahnung hast, wer es war?«

Ali seufzte. »Ich weiß es nicht. Ich würde einfach abwarten. Gott wird einem schon die Antworten geben, die man braucht, wenn die richtige Zeit da ist.«

»Aber was, wenn ich Gott egal bin?«

Ali wiegte den Kopf. Anstatt ihm darauf zu antworten, sagte er: »Ich habe dich gesehen, mit einer blonden Frau. Wer ist sie?«

Wer war sie?

»Ich glaube, sie ist …« Joachim blickte auf die Kasse, an der ein Foto eines kleinen Jungen mit Zahnlücke hing, Alis Sohn, den hatte er auch schon hier im Laden gesehen, inzwischen musste er älter sein, im Bauchtaschenalter.

»Ich weiß es noch nicht.«

»Magst du sie?«

»Ja.«

»Mag sie dich?«

»Ich weiß es nicht. Ich hoffe es. Doch, einmal hat sie mir gesagt, dass sie mich mag.«

Ali nickte zufrieden. Er zündete sich eine Zigarette an, einfach so, obwohl er draußen ein Rauchen-Verbotsschild hängen hatte, und benutzte eine leer stehende Vase als Aschenbecher.

»Sie ist sehr schön«, sagte er. Joachim nickte. So schön, dass es ihm schon fehlte, ihre Sommersprossen auf den Wangen zu zählen.

»Du siehst aber auch gut aus.«

Joachim lachte verlegen.

»Solltest aber deinen Bart schneiden. Ich kenn da jemanden. Ein Cousin von mir. Ich kann dir die Adresse geben. Das kriegt man schon wieder hin.« *Das kriegt man schon wieder hin* war tatsächlich ein ziemlich beruhigender Satz.

»Man sollte nicht immer zu weit suchen«, fuhr Ali fort. »Meistens versteckt sich die Lösung da, wo wir nicht hinschauen.«

Was für ein Ratschlag. Er, der seine Augen überall hatte, sagte so was. Aber vermutlich hatte Ali recht. Sich selber unter Druck zu setzen hatte ihm bislang im Leben auch noch nie bessere Resultate eingebracht. Alles auf die lange Bank zu schieben hingegen auch nicht.

Joachim stellte den Becher neben die Kasse.

»Danke, Ali. Ich glaube, ich hau mich dann mal aufs Ohr.«

»Okay. Hau nicht zu fest, ja? Und komm bald mal wieder vorbei.«

»Bestimmt.«

Gerade als er zur Tür rausgehen wollte, rief Ali: »Joachim?«

»Ja?«

Zum ersten Mal, so hatte Joachim das Gefühl, sah er Ali als Menschen aus Fleisch und Blut und nicht als eine Art immer wiederkehrender Levelboss, der ihm überlegen war.

Ali lächelte ihm zu. »Fröhliche Weihnachten«, sagte er. Passend dazu bimmelte das Glöckchen über der Tür.

Als Joachim sich ins Bett legte, war es grade mal halb neun. Er war trotz des Wodkas stocknüchtern und konnte nicht einschlafen, aber zum Aufstehen war er auch schon zu müde, also lud er sich ein paar neue Apps runter, die sich leider alle als weniger unterhaltsam herausstellten, als ihre Beschreibungen versprachen. Sonst gab es nicht viel zu tun. Er könnte Madelaine eine Nachricht schreiben, irgendetwas Unverfängliches zum Abschluss dieses ereignisreichen Tages, etwas Witziges, oder ein paar Worte an Joy, irgendeinen zynisch angehauchten, aber im Herzen lieb gemeinten Festtagsgruß, den sie vermutlich falsch interpretieren würde, oder wenigstens ein Selfie mit einem dämlichen Weihnachtsfilter drüber an Harry, einfach nur, um sich noch ein bisschen gesellig zu fühlen heut. Aber er wusste nicht, ob sich das lohnte; am Ende würde niemand antworten und er sich selbst verschuldet einsam fühlen, also ließ er schließlich einfach den Kopf auf die andere Seite kippen und wartete, bis ihm das Telefon aus der Hand rutschte.

18

JOACHIM WACHTE DAVON AUF, dass Mookie an seinem Gesicht schnupperte.

Stöhnend versuchte er, es wegzuschieben, aber Mookie blieb hartnäckig. Es pflanzte sich neben ihm auf das zweite Kissen, auf dem er früher manchmal Joys schlafendes Gesicht beim Aufwachen gesehen hatte, und musterte ihn mit einer Selbstverständlichkeit, die daran zweifeln ließ, dass er es jemals wieder loswerden würde.

Joachim wühlte sich aus den Laken. Sein Zeh stieß beim zweiten Schritt die obligatorischen morgendlichen Schmerzsignale aus, also setzte er sich erst mal zurück auf die Matratze, obwohl sein Magen knurrte und er eigentlich schnurstracks in die Küche gehen und endlich seine Vorräte aufbrauchen wollte. Er guckte zeitschindend aufs Handy. Zehn Uhr zehn, das war in Ordnung.

Drei neue Nachrichten waren eingetroffen. Die erste war von gestern, zweiundzwanzig Uhr zwei, von seiner Mutter, die sich für den Besuch bedankte, gefolgt von einem unscharfen Foto, das eine griechische Fleischplatte und zwei Gläser Rotwein zeigte sowie die Hand einer Frau, die wohl Veronika hieß und sich auf der Mitte des Tisches um die Hand seiner Mutter schlang.

Danke. Bist du nicht mittlerweile Vegetarierin?, schrieb Joachim zurück.

Die nächste Message kam von Madelaine, dreiundzwanzig Uhr vierundzwanzig, da hatte er schon geschlafen, und das Erste, das ihm ins Auge stach, war das rote Herz am Anfang, noch vor dem Text, was ihn spontan dazu verleitete, sich diese Nachricht aufzusparen. Die andere hatte er von Joy erhalten, heute morgen, kurz vor neun.

Lieber Joachim B., ich hoffe, es geht dir etwas besser. War schön, dich mal wieder zu sehen. Sorry, dass ich gestern so still war, aber ich war echt überrascht, dich bei Momo zu sehen. Meld dich einfach, wenn du Hilfe brauchst. Silvester machen wir ne kleine Party, gib Bescheid, wenn du vorbeikommen magst. Merry X-Mas.

Momo, alles klar. Aber nett war die Einladung ja irgendwie schon. Und auf einmal war es schön, ihn wiedergesehen zu haben, interessant.

Joachim wusste nicht, was er davon halten sollte, erst recht nicht konnte er abschätzen, was an Silvester passieren würde, bis dahin konnte sich sein ganzes Leben geändert haben, also ließ er die Nachricht unbeantwortet und öffnete den Mailordner. Prompt war auch da Neues eingetroffen.

RE: Betreff: REKLAMATION!!!!!!, überflog er im Posteingang. Die Mail war von gestern Nachmittag. Joachim zuckte zusammen. Hatte er unter Alkoholeinfluss irgendwas verbrochen? Nein. Während er die Mail anklickte, fiel es ihm wieder ein: Klosaki, logisch. Der Sushi-Boss, an dem er seinen Frust ausgelassen hatte, vorgestern nach seinem Absturz. Wahnsinn, dass der sich überhaupt meldete, und dann auch noch an Weihnachten. Gespannt begann er zu lesen.

Sehr geehrter Herr Borst,
als Erstes möchte ich mich ganz herzlich bei Ihnen dafür entschuldigen, dass im Rahmen unseres Lieferservice Unannehmlichkeiten für Sie entstanden sind. Wir sind stets darum bemüht, geschultes Personal einzustellen, aber wie Sie ja selber schon erwähnt haben, machen auch die besten Leute mal Fehler.

Joachim schluckte, als er sah, wie lange die Mail noch weiterging. Für Vorwürfe fühlte er sich noch nicht wach genug, andererseits hatte er sich das selber eingebrockt, also las er weiter.

Nun aber zu Ihren ganz konkreten Vorwürfen, die mich betreffen.

Als Erstes muss ich Sie leider enttäuschen, denn meine Frau heißt nicht Cordula, sondern Maria, (passend zu Weihnachten, was?), und ich bin sehr glücklich mit ihr.

Dennoch möchte ich Ihnen zusätzlich gern versichern, dass all unsere PraktikantInnen volljährig sind und ich noch nie ein Verhältnis am Arbeitsplatz angefangen habe.

Alkohol trinke ich seit elf Jahren keinen mehr, weshalb Sie mit Ihrer Glühwein-mit-Schuss-Vermutung leider ebenfalls falschliegen, und französische Chansons konnte ich überhaupt noch nie leiden.

Zu Ihrer Aussage, ich sei hässlich, kann ich nicht viel sagen, das bleibt wohl Geschmackssache.

Nun aber zu Ihrem, wie mir scheint, wichtigsten Anliegen. Ich habe Ihre Frage aufmerksam gelesen und mir überlegt, wie mein Gesicht wohl aussah, bevor meine Urgroßmutter geboren wurde. Eine interessante Überlegung. Meine Urgroßmutter hieß Sophia und war Hausfrau. Leider hatte meine Großmutter kein Bild von ihr. Sie ist gerade im Krankenhaus, meine Oma, sie ist fünfundachtzig und körperlich nicht mehr so fit. Geistig geht es ihr aber nach wie vor super, daher bin ich zu ihr gefahren und hab sie ein bisschen ausgefragt. Bis dahin wusste ich absolut nichts über meine Familiengeschichte jenseits meiner Eltern.

Der Krieg hat Sophia und ihre Kinder getrennt, als meine Oma sechzehn Jahre alt war. Meine Großmutter meinte, sie sei ein sehr emotionaler Mensch gewesen, gerechtigkeitsliebend und großherzig, und eine fantastische Sängerin. Nachdem Sophias Mann kurz nach Beginn des Zweiten Weltkriegs erschossen wurde, setzte sie alles daran, ihre Kinder in Sicherheit zu bringen. Es gelang ihr. Meine Oma und ihre drei Brüder konnten ins Ausland fliehen, wo sie bei einer befreundeten Familie unterkamen. Sophia selber wollte ein paar Tage später nachkommen, zusammen mit ihrem Cousin, der starker Rheumatiker war, weshalb sie einen längeren, aber dafür sichereren Reiseweg wählen mussten. Sie schafften es wohl auch über die Grenze und informierten ihre Familie darüber, dass sie unterwegs waren, aber kurze Zeit später verschwanden beide spurlos, meldeten sich nicht mehr und tauchten nie wieder auf. Meine Oma überlebte den Krieg und kehrte zwölf Jahre später in ihre Heimatstadt zurück, wo sie meinen Opa kennenlernte und heiratete und meinen Vater zur Welt brachte. Der verstarb leider an Krebs, als ich noch ein Kind war, weshalb ich ihm all diese Fragen nie stellen konnte.

Dies alles hätte ich wohl nie erfahren, wenn Sie mir nicht geschrieben hätten. Ich bin zwar nicht dahintergekommen, wie mein Gesicht vor Sophias Geburt aussah, zumindest aber weiß ich jetzt, dass ich ohne ihren Mut und ihr Handeln niemals das Licht der Welt erblickt hätte. Insofern gebe Ihnen recht: Wir können offensichtlich wirklich etwas voneinander lernen. Ich habe zwar nicht ganz verstanden, worauf Sie dabei genau hinauswollten, aber ich fand schon, dass ich mich irgendwie revanchieren sollte für Ihren anregenden Input.

Ich saß gerade in meinem kleinen Büro hinter der Küche im Cha-Che-Doh (einen Kamin habe ich übrigens auch zu Hause nicht), als Ihre E-Mail kam, und habe mir also überlegt, wie ich Ihnen Ihr schreckliches Weihnachten ein wenig versüßen könnte. Und da kam mir die Idee.

Die Hausschweinzucht ist seit drei Jahren mein großes Hobby, man könnte auch sagen, mein zweites Standbein, und falls es damit mal richtig gut laufen sollte eines Tages, werde ich meinen Job als »Sushi-Boss« wahrscheinlich an einen meiner Mitarbeiter abgeben. Ich weiß, es ist etwas gewöhnungsbedürftig, aber ich bin sicher, Sie werden Ihre Freude an dem kleinen Stinker finden. Vielleicht konnte es Sie ja etwas von Ihrer Einsamkeit ablenken. Ich habe Ihnen nämlich ein ganz besonderes Exemplar geschenkt, das kann Männchen machen, probieren Sie's mal aus. Falls Sie mit Schweinen gar nichts anfangen können, dürfen Sie es mir selbstverständlich sagen, dann hole ich es so bald wie möglich wieder ab, ich lass Ihnen meine Handynummer da.

Nun gut, das war es erst einmal von meiner Seite. Ich wünsche Ihnen noch mal ganz frohe Festtage und einen guten Rutsch ins neue Jahr.

Herzliche Grüße

Tino Klosaki

PS: Ich hoffe, der Sake hat Ihnen trotz allem ein bisschen geschmeckt.

Joachim legte das Handy weg. Dann nahm er es wieder in die Hand. Es hatte einen neuen Kratzer oben links, von gestern Nachmittag, nachdem er mit Start-up-Gregory telefoniert hatte. Er legte es wieder weg. Nahm es in die Hand. Mookie, das inzwischen aufgestanden war und mit lang durchgestreckten Beinchen neben ihm auf der Matratze stand, beobachtete ihn aufmerksam und grunzte bei jeder seiner Bewegungen leise, als wartete es vergebens auf die richtige. Dann begann Joachim zu lachen. Lachtränen strömten über sein Gesicht, bis er Seitenstechen davon bekam und sich auf den Rücken legen musste. Er legte das Handy erneut weg, dachte an Gunnar Moen, der mit seinem Rollstuhl vielleicht gerade auf dem Weg in die Küche war, um ein Stückchen von seinem Christstollen zu frühstücken, und sich auf einen Besuch freute von seinem Sohn und dessen umwerfender Begleitung. Vielleicht war seine Gedächtnisleinwand für das Gestern aufgrund der Amnesie aber auch bereits wieder dunkel. Joachim hörte auf zu lachen, aber die Tränen flossen weiter.

Er nahm das Handy wieder in die Hand und drückte auf *Antworten.*

Dreimal tippte er irgendwelche Satzanfänge in das weiße Feld hinein und löschte sie wieder.

Sehr geehrter Herr Klosaki, ich danke Ihnen für die rasche Antwort,

Guten Morgen Tino, das ist ja nicht zu fassen,

Herr Klosaki, Sie wissen gar nicht, was Sie ange…,

Dann gab er auf. Später. Morgen. Im neuen Jahr. In hundert Jahren. Egal. Er wischte sich mit dem Ärmel über das feuchte Gesicht und legte eine Hand auf Mookies Rücken. Mit der anderen schloss er das E-Mail-Postfach und öffnete die Chat-Nachrichten, um endlich in Erfahrung zu bringen, welche Botschaft ihn hinter Madelaines Herz erwartete.

Danksagung

ICH MÖCHTE MICH von tiefstem Herzen bedanken bei:

Mama, weil sie die Beste ist und mir immer ihre ehrliche, unzensierte Meinung sagt, obwohl ich ihre Tochter bin;

dem Literarischen Colloquium Berlin Wannsee, insbesondere Nora Molitor und Thorsten Dönges für ihre tolle Arbeit und Unterstützung von Menschen im *Shining*-Fieber wie mich damals;

meinem Mann, dem ich am liebsten alle guten Worte widmen möchte, die es gibt, für dessen Großartigkeit es aber eigentlich keine Worte gibt;

Anuk, für ihre unermüdliche Anteilnahme und das Zur-Verfügung-Stellen eines herrlichen Sofas;

Rahel, für laue Sommernächte und ein Buch, das ich bald lesen werde, versprochen;

dem Basler Fachausschuss für Literatur, weil er jungen AutorInnen die Möglichkeit gibt zu schreiben;

Omar, Wissam, Taha und Ala für viele Arabischlektionen, die einiges bewirkt haben;

Flurina, weil die Welt ohne sie ein trauriger Ort wäre;

Oskar und Joscha für das gelungene Arbeitstriangel, das die Quarantäne überstanden hat;

Adam Schwarz, für das mentale Dasein aus der Ferne und vieles mehr;

Meret, weil wir fast zusammen doktoriert hätten und über Leipziger Brunnen lachen können;

Buju, die zwar kein Schwein war, aber dafür das allerbeste nichtmenschliche Wesen, das ich je kennengelernt habe;

allen Leuten, die mich nie gefragt haben *Worüber schreibst du denn?* und sich dennoch dieses Buch gekauft haben;

allen Menschen, die lieb zu anderen und sich selber sind, und allen unbekannten Urgroßmüttern dieser Welt.